Georges Simenon

mit Selbstzeugnissen
und Bilddokumenten
dargestellt von
Nicole Geeraert

rororo

Rowohlt

Für Michael

Dieser Band wurde eigens für «rowohlts monographien» geschrieben
Den Anhang besorgte die Autorin
Herausgeber: Wolfgang Müller
Redaktionsassistenz: Katrin Finkemeier
Umschlagentwurf: Walter Hellmann
Vorderseite: Mit 22 Jahren (Fonds Simenon de l'Université de Liège)
Rückseite: Georges Simenon und die Maigret-Statue, die er am 3. September 1966 in Delfzijl eingeweiht hat (Foto: A. W. Bruna & Zoon, Utrecht)

Veröffentlicht im Rowohlt Taschenbuch Verlag GmbH,
Reinbek bei Hamburg, Februar 1991

Satz Times (Linotronic 500)
Gesamtherstellung Clausen & Bosse, Leck
Printed in Germany
1080-ISBN 3 499 50471 5

Inhalt

Georges Simenon, Lausanne 1973

Steckbrief

Fünfhundertfünfzig Titel! Wirft man einen Blick auf das Werkverzeichnis von Georges Simenon, dann ist diese Zahl wohl das erste, was einem auffällt. Sein Name ist so untrennbar mit dem des berühmten Kommissars Maigret verknüpft, daß seine anderen Werke leicht darüber vergessen werden könnten; sicher, Simenon hat sechsundsiebzig Maigret-Romane geschrieben – aber fünfhundertfünfzig Titel!?

Da sind zum einen die Reportagen, mit denen seine Karriere begann, zum anderen die zahllosen Kurzgeschichten und Erzählungen für populäre Massenblätter, für die Regenbogenpresse der zwanziger und dreißiger Jahre. Der Erfolg dieser pseudonym veröffentlichten Texte kam nicht von ungefähr: Systematisch und gründlich studierte Simenon diese trivialen Zeitschriften, um das Vokabular, die Handlung und den mehr oder weniger reißerischen, schon für sich genommen unglaublich suggestiven Titel seiner Erzählung dem jeweils einen oder anderen Verlag anzupassen. Und dann die einhundertsiebenundachtzig Groschenromane, die parallel zu diesen Arbeiten entstanden – Schriftstellereien fürs tägliche Brot, die Simenon ebenfalls unter verschiedenen Pseudonymen veröffentlichte und die es ihm in seinen Worten erlaubten, allmählich sein Handwerk als Romancier zu erlernen: *Nach dem Groschenroman will ich mich im halbliterarischen Roman versuchen.* [1*]

Hier tauchte dann eines Tages, eher beiläufig, Jules Maigret auf: eine Gestalt aus Fleisch und Blut, ein Antiheld, der auf Anhieb die Sympathien des Publikums gewann, ein unverbrauchtes Gesicht, das dem Genre des Kriminalromans neue Impulse gab. Während Maigret «in Serie» ging, wurden Mutmaßungen angestellt: Maigret trage die Charakterzüge Simenons, behaupteten die einen; der Autor habe den Kommissar nach dem Bild seines Vaters entworfen, sagten die anderen; wieder andere wollten in ihm einen Nachbarn des Schriftstellers wiedererkennen. Auf die Frage «Wer sind Sie, Kommissar Maigret?» [2], erlaubte sich Simenon den Spaß, mit der Veröffentlichung von *Maigrets Memoiren* [3] zu antworten, und *ich bin nicht traurig darüber, daß sich mir so Gelegenheit bietet, endlich über meine Beziehungen zu jenem Herrn namens Simenon Auskunft zu geben* [4]:

* Die hochgestellten Ziffern verweisen auf die Anmerkungen S. 115 f.

Eine spielerische Irreführung des Lesers mit einem Anflug von Humor, den man sonst nur selten bei Simenon findet. Maigret als Schlüsselgestalt? *Nach dem achtzehnten Maigret-Band verspürte ich das Bedürfnis, mich davon frei zu machen und das zu schreiben, was ich als «romans-romans»* («echte Romane») *bezeichnet habe.*[5] Simenon war 31 Jahre alt und fühlte sich als reifer Schriftsteller. *Ich näherte mich dem Menschen, dem Menschen schlechthin, dem Menschen im Angesicht seines Schicksals, und das ist, wie ich meine, der oberste Bereich des Romans.*[6] In 130 Non-Maigret-Romanen und -Erzählungen begab sich Simenon auf die Suche nach dem *nackten Menschen*[7], zeigte ihn im Konflikt mit seiner Persönlichkeit und seiner Umgebung. Zugleich gab er sich alle Mühe, seinen einfachen Stil beizubehalten, um ein möglichst großes Publikum zu erreichen.

So entstand Werk auf Werk, in festem Rhythmus: Während seiner Schreibklausuren waren es bis zu 80 Seiten pro Tag, Jahr für Jahr. Nichts vermochte diesen Fluß zu hemmen – weder die Reisen Simenons noch seine zahlreichen Umzüge. Der ganz auf das individuelle Schicksal der Protagonisten konzentrierte Realismus seiner Romane scheint alles allgemeine Geschehen auszuklammern; nicht einmal der Zweite Weltkrieg hat konkrete Spuren in Simenons Œuvre hinterlassen. Es ist nicht die, sondern seine Wirklichkeit, die sich – oft freilich erst lange Zeit später

Simenon bei der Korrektur eines Manuskripts

Am Anfang seiner Karriere schrieb Simenon bis zu 80 Seiten am Tag

– in seinen Werken widerspiegelt. Simenons erste, wenn nicht einzige Inspirationsquelle ist sein persönliches Erleben; nur so ist auch der Vorwurf der Literaturkritik zu verstehen, er sei ein «Romancier ohne Phantasie»[8]. Tatsächlich sind selbst die Erinnerungen seiner Roman-Gestalten aufs engste mit seinen eigenen Erinnerungen verwoben, in seinem ganzen Œuvre «spürt Simenon seiner eigenen Vergangenheit nach»[9].

Das letzte Kapitel seines Lebens war denn auch nichts anderes als die logische Konsequenz dieser ständigen Selbsterforschung: Im Jahre 1973 gab Simenon den Entschluß bekannt, das Schreiben aufzugeben. *Mit siebzig Jahren war es mir zu schwer geworden, Personen zu erfinden und den ganzen Tag in ihrer Haut zu stecken.*[10] Statt dessen vertraute er Tag für Tag einem Tonband seine *Dictées* an – Bilder der Vergangenheit, der Gegenwart und der Zukunft; Gedanken über große und kleine Ereignisse fanden hier ebenso Raum wie Betrachtungen über Philosophie, Anthropologie, Psychologie, Ethnologie, Naturwissenschaft und Ethik. Tenor der *Dictées* war die spontane Eingebung, die Intuition: Selbsterfahrung als Wegweiser auf der Suche nach dem *nackten Menschen,* den Simenon noch immer nicht gefunden hatte.

Die Tonband-*Dictées* wurden veröffentlicht – 21 Bände bis 1981; ebenfalls 1981 erschienen die *Mémoires intimes*[11], Simenons letzte Veröffentlichung zu Lebzeiten. Die durchweg negative Kritik tadelte vor allem die Langatmigkeit der Lebenserinnerungen – eine Ausnahme, denn in der Regel ist die Kritik mit Simenon relativ wohlwollend umgegangen, auch wenn sie nie seinen Rang als großer Schriftsteller anerkannt hat. Man gestand ihm zwar die Gabe zu, seine Leser zu fesseln und erst am Ende einer Geschichte wieder freizugeben, aber im gleichen Atemzug warf man ihm vor, ein oberflächlicher Vielschreiber zu sein. Für François Bondy zum Beispiel können «Romane, die eine bestimmte Situation zu ihrer extremen Konsequenz führen und dann in einer Pointe enden, nicht in dieser Weise lang und tief wirken»[12]. Damit man sich bereit fand, ihn ernst zu nehmen und sein Werk systematisch zu untersuchen, mußte wohl erst ein so namhafter Schriftsteller wie André Gide (mit dem Simenon mehr als zwölf Jahre lang im Briefwechsel stand) coram publico seine Verteidigung übernehmen und erklären, «daß ich Simenon für einen großen Romancier halte, vielleicht den größten und den echtesten Romancier, den die französische Literatur heute besitzt»[13].

Jenseits aller Kritik aber steht Simenons Erfolg, den er selbst einmal mit dem *Fehlen von schönen Worten und Phrasen*[14] erklärt hat. Seine Bücher wurden bisher von mehr als 550 Millionen Menschen gleich welcher sozialen Schicht, Hautfarbe oder Nationalität gelesen, verlegt in 40 Ländern und übersetzt in 56 Sprachen.[15] (Nach Lenin ist Simenon der meistübersetzte Autor der Welt.) Dabei geht sein Erfolg weit über die Druckmedien hinaus. Während nur relativ wenige seiner Werke für die Bühne eingerichtet wurden[16], sind allein für das Kino mehr als 50 seiner Romane verfilmt worden, und das von den größten Regisseuren der Zeit; in Frankreich zum Beispiel von Marcel Carné, Claude Chabrol, Jean-Pierre Melville, Édouard Molinaro, Jean Renoir, Bertrand Tavernier oder Henri Verneuil. Nicht weniger illuster liest sich die Liste der Schauspieler: Charles Aznavour, Brigitte Bardot, Jean-Paul Belmondo, Bernard Blier, Pierre Brasseur, Geraldine Chaplin, Alain Delon, Edwige Feuillère, Jean Gabin, Annie Girardot, Philippe Noiret, Raimu, Serge Reggiani, Pierre Renoir, Heinz Rühmann, Romy Schneider, Michel Serrault, Simone Signoret, Michel Simon, Barbara Sukowa, Jean-Louis Trintignant, Charles Vanel[17] e tutti quanti – ein regelrechter Gotha der Cinématographie. Und was darüber hinaus die Hörspiel-Adaptationen und die Verfilmungen seiner Romane für das Fernsehen in Frankreich und im Ausland betrifft, so läßt sich ihre stetig wachsende Zahl nicht einmal annähernd erfassen.

Georges Simenon – ein Schriftsteller, der fast die ganze Welt gesehen hat: zahllose Reisen, zehn Jahre in Paris, vierzehn Jahre an der französischen Atlantikküste, zehn Jahre in den Vereinigten Staaten – 33 Umzüge: von kleinen, billigen Mansarden in die luxuriöse Welt von Schlössern und

Die bedeutendsten Schauspieler Frankreichs waren seine Interpreten: Romy Schneider und Jean-Louis Trintignant in «Le Train» (1973)

Palästen (nur, weil ich alle Milieus kennenlernen wollte [18]), schließlich in die «maisonnette rose», ein kleines, bescheidenes Haus in der Nähe von Lausanne. Ein Multimillionär, der sein Vermögen kaum überblicken kann und zugleich erklärt: *Geld interessiert mich nicht.* [19] Immer hat sich Simenon vehement zu seiner Liebe für die kleinen Leute bekannt, sich eng verbunden gefühlt mit seiner kleinbürgerlichen Familie, seiner Kindheit, seiner Heimatstadt Lüttich (Liège). Zwei Ehen, aus denen vier Kinder hervorgegangen sind, haben ihm nicht das Gefühl der Einsamkeit nehmen können, bis er endlich in Teresa, der ehemaligen Kammerzofe seiner zweiten Frau, die Lebensgefährtin seines Alters fand. Eines Tages jedoch macht der Vierundsiebzigjährige Schlagzeilen mit seiner Behauptung, zehntausend Frauen «besessen» zu haben, die meisten von ihnen Prostituierte. Es gibt keinen Grund, diese Angabe anzuzweifeln: Simenons sexuelle Aktivität ist wirklich mehr als erstaunlich, selbst wenn sie Befriedigung eher in flüchtigen Umarmungen findet als in tiefen und dauerhaften Beziehungen zu einer Frau. Auf der Suche nach dem *nackten Menschen* hat er keine Gelegenheit ausgelassen, auf die Jagd nach der Frau, nach allen Frauen zu gehen. Zeitweise drohte er zwar dem Alkohol zu verfallen, doch mit seiner ungewöhnlichen Energie und Willensstärke hatte sich Simenon fest genug im Griff, um der Gefahr zu begegnen. Immer wieder hat er an anderen und an sich selbst die physischen und psychischen Mechanismen des Menschen studiert – auch mit Hilfe der Medizin, einer seiner großen

Lüttich: Pont-des-Arches, im Hintergrund die Kirche Saint-Pholien-des Prés, 1904

Leidenschaften. Es ging ihm darum, zu verstehen, ohne je zum Richter zu werden. Doch bei aller Toleranz (oder sollte man sagen: Permissivität?) ist ihm der Mensch zeit seines Lebens ein Rätsel geblieben.

Simenon – ein «Mensch wie jeder andere» [20]? Sicher nicht. Eher schon das «Phänomen»[21], das «Wunder»[22], das «Mystère»[23], das «Monstrum Simenon»[24]. *Ich hasse die Literatur*[25], hat der belesene Schriftsteller einmal bekannt, und doch hat gerade er eine ganze Flut von Literatur ausgelöst, die sich mit seiner Karriere, seinem Leben und seiner außergewöhnlichen Persönlichkeit beschäftigt. In den Titeln der Arbeiten, die über Simenon geschrieben worden sind, klingen immer wieder seine Grundthemen an: «Die Augenfälligkeit des Durchschnittsfranzosen»[26], «Der Mensch, das ungeschützte Tier»[27], «Der Mensch ist niemals schuldig»[28], «Simenon, ein Kind aus Lüttich»[29], «Seine letzte Gestalt: Er selbst»[30], «Die Allgegenwart der Frau im Leben Simenons»[31], «Die Erotik und das Gefühl des Bösen im Werk George Simenons»[32], «Ärzte und Kranke im Werk Simenons»[33], um nur einige zu nennen.

Ich habe alles gesagt[34], hat Simenon 1981 erklärt. Doch es ist nicht auszuschließen, daß nach einem derart erfüllten Schriftstellerleben noch so manches Tonbandprotokoll in seiner Schublade schlummert.

Simenons Stammbaum, oder: Die Schule der Mütter

Man kennt einen Menschen nur dann wirklich, wenn man seine Kindheit kennt.[35]

Lüttich im Jahre 1903. Eine alte, blühende Stadt mit mehr als 165 000 Einwohnern – größtenteils Wallonen –, am Fuß einer Zitadelle gelegen und umgeben von ausgedehnten Vororten. Die Maas teilt Lüttich in zwei Hälften, aber sechs Brücken verbinden das eine mit dem anderen Ufer. Den Herzschlag der Stadt, deren engste und dunkelste Viertel nach und nach saniert werden, bestimmt die Industrie: Lüttich lebt von den Waffenfabriken (mehr als eine halbe Million Gewehre und ebenso viele Revolver gehen in diesem Jahr 1903 von hier in alle Welt), von den Gerbereien und Hüttenwerken, die zumeist in den Vororten angesiedelt sind, und natürlich vom Handel, vor allem mit Kolonialwaren. In den Straßen herrscht reges Treiben; bald sind es die laut ratternden Trambahnen, denen der Fußgänger ausweichen muß, bald ist es einer der vielen Straßenhändler, der das Ergebnis der letzten Lotterie ausruft. Auf den schattigen öffentlichen Plätzen – auf dem kleinen, alten, provinziellen Marktplatz zum Beispiel – verheißt das Plätschern eines marmornen Springbrunnens Kühlung. Welch ein Kontrast zu dem bunten, brodelnden Leben, das den Spaziergänger auf den Quais erwartet! Nach kurzer Rast bei den berühmten Muscheln mit Pommes frites oder bei frischem Aal geht es weiter durch die enge Passage Lemonnier, zu den Renaissancebauten der Maison Curtuis und des Justizpalastes, zum Theater und zur Universität; 1166 Studenten sind hier 1903 eingeschrieben und die Universitätsbibliothek hält mehr als 200 000 Bände für sie bereit. Kirchen in allen Stilen überragen die Stadt, die schönsten von ihnen sind wohl die Jakobs-Kirche und die Sankt-Pauls-Kathedrale.[36]

Belgien mit seinen etwa 6 600 000 Einwohnern unter König Léopold II. ist fast ausschließlich katholisch. Die Sprache der höheren Stände ist Französisch, obwohl das Land zweigeteilt ist: Im Norden Flandern, das an die Niederlande angrenzt, im Süden Wallonien, das sich nach Frankreich orientiert; die Feindschaft, die zwischen beiden herrscht, hat Tradition. Zu den Fragen, die in jenem Jahr 1903 das belgische Parlament be-

Die Eltern von Simenons Mutter: Maria Elisabeth und Wilhelm Joseph Brüll, Flamen aus dem Großbürgertum

schäftigen, gehören die Spielhäuser, die Zukunft des Kongo, die allgemeine Wehrpflicht und das allgemeine und gleiche Wahlrecht.

1903 ist auch das Jahr, in dem Jack Londons «Lockruf der Wildnis» erscheint, Heinrich Manns «Die Göttinnen oder die drei Romane der Herzogin von Assy», Thomas Manns «Tristan», Arthur Schnitzlers «Reigen» und George Bernard Shaws «Mensch und Übermensch». Es ist das Jahr, in dem Gustav Klimt sein Gemälde «Jurisprudenz» ausstellt, das Todesjahr der Maler Paul Gauguin und James Whistler, das Jahr der «Madame Butterfly» Giacomo Puccinis und der «Jenufa» Leoš Janáčeks, der «Estampes» Claude Debussys, der «Shéhérazade» Maurice Ravels und der «Drei Stücke in Birnenform» von Erik Satie. Der französische Physiker Henri Becquérel erhält den Nobelpreis für seine Erforschung der Radioaktivität, der Amazonas wird weiter erkundet, Robert Scott erforscht die Antarktis, Henry Ford gründet mit 100000 Dollar die Ford-Automobil-Gesellschaft, die Internationale Konvention über Maßnahmen gegen Pest, Cholera und Gelbfieber wird unterzeichnet.

Dies also ist die Welt, in der am 13. Februar 1903 Georges Joseph Christian Simenon geboren wird. Zugleich aber wird er gewissermaßen «zwischen zwei Welten»[37] geboren: Seine Mutter, Henriette Brüll, stammt aus dem Norden, aus einer katholischen Familie. Ihr Vater – ein

Deutscher – war zunächst Gutsverwalter im deutschen Limburg gewesen und übte später, im belgischen Limbourg, das Amt eines Deichhauptmanns aus, wie ihn Theodor Storm in seinem «Schimmelreiter» beschrieben hat. *Der Dijkmaster verwahrt die Schlüssel zu den Schleusen, die es gestatten, bei großer Trockenheit das Land unter Wasser zu setzen, und das macht ihn zu einer wichtigen Persönlichkeit.*[38] Dann gab er Limbourg auf und ließ sich am Stadtrand von Lüttich nieder, wo er als Holzgroßhändler zu beträchtlichem Reichtum gelangte. Bald besaß er vier, fünf Lastkähne und bewohnte mit seiner Familie ein großes Haus, ein Schloß fast, am Kanalufer in Hertal. Er heiratete eine Holländerin, die von einem großen Bauernhof in der holländischen Provinz Limburg stammte. Von ihren dreizehn Kindern ist Henriette die jüngste, «die Kleine», «der Nachkömmling»: *Du hättest die Tochter eines deiner Geschwister sein können.*[39] Beide – der Vater mit seinem langen Schnurrbart und die Mutter mit ihrem ebenmäßigen Gesicht – haben harte Züge. Henriette ist auffällig klein (nicht viel größer als einen Meter fünfzig), hat ein schmales Gesicht, weißblondes Haar, einen blassen Teint und *schmale, fast immer fest geschlossene Lippen*[40]; mit hellen blaugrauen Augen beobachtet sie die Welt. Ihr Leben lang spricht sie ein mit deutschen Brocken vermengtes Flämisch.

Simenons Mutter
Henriette Brüll

Die Palette ihrer Brüder und Schwestern ist denkbar bunt: Es gibt Kaufleute darunter, einen Anarchisten (Léopold), und einen Bruder, Louis, der zu Reichtum gelangt ist, ein Schloß bewohnt und sich Louis de Tongres nennt; er wird sie später um die letzten Möbel von Wert betrügen, die ihr Vater ihr hinterlassen hat, und sie gegen billiges Serienmobiliar austauschen. Eine ihrer Schwestern beendet ihre Tage in einer Irrenanstalt, zwei andere Geschwister werden Alkoholiker. *Du hattest wie dein Vater, wie die meisten deiner Geschwister von Geburt an die Veranlagung zu einer gewissen Schwäche, heute würde man sagen zur Neurose. Ihr wart alle von krankhafter Empfindlichkeit.*[41]

Mit fünfzig hatte ihr Vater begonnen, unmäßig zu trinken, und *fest steht, daß er nach einer großen Sauferei Wechsel für einen Freund gegenzeichnete, daß dieser Freund Bankrott machte und daß er auf einen Schlag ruiniert war*[42]. Kurz darauf stirbt er an Zungenkrebs. Maria Brüll muß mit der fünfjährigen Henriette zwei kleine Zimmer in einem alten Haus in einer volkstümlichen, wenn nicht proletarischen Geschäftsstraße nahe der Rue Féronstrée beziehen. Der plötzliche Wechsel vom Wohlstand zur Armut fällt schwer; Henriettes Mutter gibt sich alle erdenkliche Mühe, den Schein zu wahren: Nie erlaubt es ihr Stolz, ohne Handschuhe und Hut auszugehen, und wenn überraschend Besuch eintrifft, macht sie sich geschwind am Herd zu schaffen und stellt Töpfe mit Wasser auf, um den Eindruck zu erwecken, ein opulentes Mahl werde vorbereitet. Diesen Stolz und diesen Haß auf die Armut wird Henriette von ihrer Mutter erben; ihr Leben lang sucht sie die materielle Sicherheit um jeden Preis, *sie haßt die Reichen, aber sie mag die Armen nicht*[43]. Überhaupt prägt sie diese Periode ihres Lebens ein für allemal, läßt sie *unterwürfig* werden *im Umgang mit Reichen: Sie ist so erzogen worden.*[44] *Du warst stolz auf deine Niedrigkeit,* schreibt Simenon in *Lettre à ma mère* (*Brief an meine Mutter*[45]); *sie lehnte sich instinktiv gegen alles auf, was viel Geld kostete*[46]. Bis zu ihrem Tod im Jahre 1970 bleibt sie dem Reichtum und dem Erfolg Georges' gegenüber äußerst mißtrauisch und geht sogar soweit, die Angestellten ihres Sohnes zu fragen, ob dieser große Schulden habe.[47]

Über die nächsten Jahre in Henriettes Leben gibt es Unstimmigkeiten. Simenon behauptet: *Mit vierzehn Jahren warst du Kindermädchen bei deiner Schwester.*[48] *Deine Mutter muß also zu dieser Zeit schon tot gewesen sein, denn sie nahmen dich ins Haus.*[49] Bei dieser Schwester muß sie nicht nur deren Launen ertragen, sondern wird ausgenutzt und gedemütigt; man läßt sie mit den Dienstboten essen, und auch ihr Schwager, ein Lebensmittelgroßhändler, begegnet ihr mit Härte. Ist sie nicht wirklich *ein kleines Aschenbrödel*[50]? Nie habe sie soviel geweint wie während dieser Zeit ihres Lebens, erinnert sie sich später.

So entschließt sie sich also, die unwürdige Stellung aufzugeben, *steckt ihr Haar hoch, macht ihr Kleid länger*[51] und stellt sich bei dem großen Kaufhaus «Innovation» als Verkäuferin vor. Sie gibt vor, neunzehn Jahre alt zu sein; tatsächlich ist sie erst sechzehn. (Simenons Angaben schwanken: Einmal heißt es, Henriette habe das Haus ihrer Schwester mit achtzehn verlassen[52], ein andermal, sie sei erst fünfzehn gewesen[53].) Jedenfalls bekommt sie die Stelle, und hier im «Innovation» begegnet sie eines Tages Désiré Simenon, der freilich einer ganz anderen Welt als Henriette angehört.

Die Simenons sind ein fest geschlossener Clan. Ihrer Abstammung nach Flamen und ebenfalls in der Provinz Limbourg ansässig, sind sie schon vor langer Zeit nach Süden gezogen und leben seit Generationen in Wallonien, wo sie der untersten Mittelschicht angehören. Désirés Familie ist väterlicherseits bäuerlicher Herkunft, während auf seiten der Mutter Vater und Großvater Bergarbeiter waren. Natürlich sprechen alle französisch. Désirés Vater hat sich gewissermaßen auf der sozialen Leiter hochgearbeitet, ist Handwerker geworden und hat sich nach seiner Gesellenreise durch Europa als Hutmachermeister in der Rue Puits-en-Sock niedergelassen. Er und seine Frau sind regelrechte ‹Pfahlbürger› und so fest in ihrem Viertel Outremeuse verwurzelt, daß sie nie umgezogen sind. Auch sie haben dreizehn Kinder (und 38 Enkelkinder), und Désiré gilt in der tief katholischen Familie als der Älteste, hat doch sein Bruder Guillaume eine geschiedene Frau geheiratet!

Es ist schwer für Henriette, die ‹Fremde›, in den Simenon-Clan mit seiner Engstirnigkeit einzutreten, mit seiner Vorliebe für große Familienfeste, gutes Essen, feucht-fröhliches Beisammensein und derbe Witze. Désiré ist zwei Jahre älter als sie, schlank und groß gewachsen (einen Meter sechsundachtzig), trägt *einen kleinen braunen Kinnbart wie die Musketiere*[54] und *hat einen so schönen Gang: Immer langen, regelmäßigen Schrittes.*[55] Schüchtern, fast linkisch, schlicht gekleidet, ist dieser ruhige, selbstbeherrschte Mann mit seiner *Dichterstirn*[56] stets zufrieden. *Er hatte ein sehr großes Herz,* erinnert sich der Schriftsteller später an seinen Vater, den er vergötterte, *aber wie alle Simenons, die ich kannte, ging er nie aus sich heraus*[57]. Désiré – das einzige Kind der Simenons, das das Collège besucht und Abitur gemacht hat – wird von seiner Familie respektiert; er ‹hat es zu etwas gebracht›: höherer Angestellter einer Versicherungsgesellschaft, ein «Intellektueller» nach damaligem Sprachgebrauch. In dem Unternehmen ist er zuständig für Feuerversicherungen, für die Buchhaltung und auch für die Kasse; höher hinaus will er gar nicht: Er liebt seine Arbeit, wenngleich der Lohn durchaus nicht seinen Verantwortlichkeiten entspricht. In seiner Freizeit ist Désiré Mitglied einer Laienspielschar – nicht auf der Bühne, sondern (gemäß seinem Temperament) als Souffleur. Auch der Bürgerwehr gehört er an. Désiré liebt seine Ruhe, seine Pantoffeln, seine Zeitung, lacht gern und ist immer zu Neckereien aufgelegt. Er trinkt nicht, aber jeden Sonntag nach dem Hochamt in der Nikolaus-Kirche erlaubt er sich ein Gläschen in einem kleinen Café des Viertels, nachdem er (ohne Henriette) kurz bei seinen Eltern in der Rue

Die Eltern von Simenons Vater: Marie Catherine und Christian (Chrétien) Simenon, Wallonen aus dem Kleinbürgertum

Simenons Vater
Désiré Simenon

Puits-en-Sock vorbeigeschaut hat; in der Küche gibt ihm seine Mutter das Brot, das sie für jedes ihrer Kinder gebacken hat, für die verheirateten wie für die unverheirateten. Auch jeden Morgen kommt Désiré auf dem Weg zur Arbeit auf einige Minuten her, um seiner Mutter, seinem blinden Großvater und der jüngsten Schwester Cécile, die noch im Elternhaus lebt, guten Tag zu sagen; ein flüchtiger Kuß, Austausch der letzten Neuigkeiten der großen Familie: Alles läuft nach einem fest gefügten Ritual ab.

Mit 25 Jahren hat Désiré nie eine andere Frau als Henriette gekannt. Um ihren ständigen Existenzängsten zu begegnen, wollte er schon bald nach der Heirat eine Lebensversicherung abschließen[58], doch man hatte ihn aus Gesundheitsgründen als Klienten abgelehnt: *Mit fünfundzwanzig war er schon herzkrank, verschwieg es aber bis zum Schluß.*[59] Die ersten Ehejahre verlebt das junge Paar in einer Zwei-Zimmer-Wohnung in der Rue Léopold, wo am Freitag, dem 13. Februar 1903, Georges Simenon zur Welt kommt. (Die Mutter ist freilich abergläubisch und gibt beim Standesamt den 12. als Geburtstag des Kindes an.) Die beiden Zimmer sind eng und ohne Komfort; *du mußtest ein halbes Stockwerk hinuntergehen, um zu einem Wasserhahn zu kommen*[60]. Eines Tages überrascht Henriette ihren Mann mit der Nachricht, sie habe eine andere Wohnung gemietet[61]; Désiré ist zwar nicht begeistert, aber was bleibt ihm anderes übrig: Er zieht also mit seiner kleinen Familie in die Rue Pasteur (heute Rue Georges Simenon), fünf Minuten von der Rue Puits-en-Sock entfernt. Als Henriette 1906 ihr zweites Kind erwartet und sich Désiré nach wie vor (und mit gutem Grund) dagegen sträubt, eine Lebensversicherung abzuschließen, besteht sie auf einem neuerlichen Umzug in ein größeres Haus in der nur ein paar Schritte von der Rue Pasteur entfernten Rue de la Loi, um wenigstens einige Untermieter aufnehmen zu können und sich so materiell einigermaßen abzusichern. Von dieser Zeit an wehrt Henriette jeden Annäherungsversuch ihres Mannes ab, um ihn dafür zu strafen, daß er ihre Sorgen nicht teilt. Ihre ganze Zeit gehört nun den Untermietern, denen sie mit unterwürfiger Höflichkeit begegnet. Sicher ist Henriettes Mitleid mit ihrer Armut aufrichtig, und sie opfert sich für sie auf; andererseits stibitzt sie dem einen ein paar Lebensmittel, dem anderen ein bißchen Kohle, um auf ihre Kosten zu kommen. Die Arbeit, die sie sich aufgehalst hat, erdrückt sie fast, und immer häufiger wird Henriette von Nervenkrisen geplagt. Wohl oder übel muß sie sich damit abfinden, den kleinen Georges in einen von Nonnen geführten Kindergarten zu geben, wo eine der Schwestern dem Vierjährigen Lesen und Schreiben beibringt.

Das Kind ist brav und sehr gepflegt, ein ‹Muttersöhnchen›, das genau weiß, daß der kleinste Ungehorsam seiner Mama Bauchschmerzen bereitet – «Unterleibsschmerzen», sagt sie –, und daß es sie vor Kummer ins Grab bringen wird, wenn es weitermacht. Georges ist aufgeweckt, alles interessiert ihn. Zu Hause zum Beispiel die Untermieter, zumeist arme polnische oder russische Studenten mit mehr oder weniger revolutionärer Gesinnung. Oder auf der Straße die «Arbeiterkinder», wie seine Mutter sie nennt, mit denen man nicht spielen darf. Oder die Sonntagsbesuche bei den verschiedenen Mitgliedern der unüberschaubar großen Familie, wo hinter den bigotten, kleinbürgerlichen Fassaden Dramen und Intrigen gesponnen und entflochten werden.

Sechs Jahre ist Georges alt, als er in das Institut Saint-André eintritt, eine Privatschule gleich gegenüber dem Elternhaus, die seiner Mutter sehr viel lieber ist als die Gemeindeschule, deren Besuch zwar kostenlos wäre, wo der Junge aber Gefahr liefe, sich mit den «Arbeiterkindern» einzulassen. Nicht lange und Georges nimmt an seiner Schule und bei den Fratres eine privilegierte Stellung ein. Während der Pause darf er kurz nach Hause gehen, um das Glas Bier mit einem geschlagenen Ei zu trinken, das seine Mutter für ihn bereithält. Der kleine, so brave und so wohlerzogene Junge mit seinem strohblonden Haar ist der Liebling des

Georges – das «brave Kind», 1908

Frère Médard, und auch Frère Mansuy ist voll des Lobes: *«Ich kann ihm in diesem ersten Schuljahr nichts beibringen, er ist zu weit fortgeschritten.»*[62] Auch Geigenunterricht nimmt er damals während einiger Zeit (von seinem Alter Ego Roger in der Roman-Autobiographie *Pedigree* [*Stammbaum*] schreibt Simenon allerdings, er sei nicht sehr musikalisch gewesen). Georges ist ein ausgesprochener Frühaufsteher und bleibt es zeit seines Lebens. Jeden Morgen ist er gegen halb sechs auf den Beinen und geht – immer pünktlich und hellwach – vor der Schule mit seinem Großvater schwimmen.

Instinktiv lehnt er sich freilich gegen die Rolle des ‹Musterknaben› auf und möchte – ganz gegen den Ehrgeiz seiner Mutter – so sein wie alle

Georges mit dem zwei Jahre jüngeren Bruder Christian, den Simenon in seinem ganzen Werk verschweigt

anderen. Allmählich beginnt das brave Kind zu rebellieren, wird dickköpfig und widersetzt sich manchmal sogar dem Willen der Mutter. Am Tag seiner Erstkommunion etwa verlangt es der Brauch von dem Siebenjährigen, seine Eltern um Verzeihung für den Kummer zu bitten, den er ihnen bereitet hat; Georges aber weigert sich: *Seine Mutter wird er nicht um Verzeihung bitten, er kann es nicht, eben weil sie darauf wartet*[63], heißt es von Roger in *Pedigree*.

An diesem Tag erwacht auch erstmals sein Interesse für das andere Geschlecht – ein Interesse, das ihn sein ganzes Leben lang so sehr verfolgt, daß er ein hemmungsloser Schürzenjäger wird. Keine ‹Trophäe› kann allerdings seine unstillbare (und offenbar ziemlich infantile) Sinnlichkeit befriedigen. *Er spricht sie mit verschämter Stimme an,* erinnert sich Simenon an seine, respektive Rogers erste Erfahrung, *erfindet ein Spiel, bei dem man sich hinhocken muß, um zwischen ihre Beine zu sehen, und bittet sie schließlich, rot wie der Kamm eines jungen Hahnes, da er es nicht mehr aushält: «Laß mich anfassen!»*[64] Aber ist er nicht gerade zur Beichte gegangen, und wird er nicht nun seine erste Kommunion im Zustand der Befleckung empfangen? Die erste Erfahrung ist jedenfalls mit der Idee der Sünde verknüpft. Die zweite kostet ihn noch mehr: *Als ich zum erstenmal in meinem Leben mit einem Mädchen schlief, habe ich ganz und gar meinen Glauben verloren.*[65]

Im Collège ist Georges während dieser Zeit nach wie vor der Klassenbeste und beendet im Juli 1914 die Grundschule mit 293,5 von 315 möglichen Punkten.[66] Schon damals ist das Kind *besessen vom Dämon des Lesens*[67]. Joseph Vrindts, Dichter und Bibliothekar der Bibliothèque des Chiroux, zeigt viel Verständnis und erlaubt Georges, dreimal mehr Bücher auszuleihen als eigentlich zulässig – manchmal auch solche, die nicht seinem Alter entsprechen. So entdeckt er unter anderem Balzac, Conrad, Dickens, Dumas, Flaubert und Stevenson. Zum anderen eröffnen ihm die Untermieter seiner Eltern die Welt Dostojevskijs, Gogols, Gorkis, Puschkins, Tolstojs und Tschechows; sogar ein paar Brocken Russisch haben sie Georges beigebracht. Aber 1914 ist auch das Jahr des Ersten Weltkriegs, und nach und nach müssen die polnischen und russischen Studenten deutschen Soldaten weichen, die bei den Simenons einquartiert werden. Das ändert freilich nichts an der ständigen Aufregung im Haus, am Kommen und Gehen der Mieter und an Henriettes Beflissenheit, nach allem zu schauen und sich um alles zu kümmern.

Georges ist in das Collège Saint-Louis eingetreten und will, dem Wunsch seiner Mutter folgend, Priester werden. Zwar braucht er so nur die Hälfte der Schulgebühren zu bezahlen, aber einmal mehr läßt es ihn sein «Anders-Sein» spüren. Als ziemlich guter Schüler, vor allem in Französisch, erlaubt man ihm, die Themen seiner Hausarbeiten selbst auszuwählen. Allmorgendlich steht er kurz vor sechs Uhr auf und dient als Ministrant bei der Messe in der Kapelle des Hôpital de Bavière, im Umkreis der Kranken und Sterbenden. Es sind Erfahrungen, die dauerhafte Spuren hinterlassen. *Sicher war das Kind fromm. Sicher gefiel ihm die Poesie der Frühmesse in der warmen und etwas geheimnisvollen Atmosphäre der Kapelle.*[68] Aber *ich gehe immer schnell, weil ich im Winter in der Dunkelheit Angst habe*[69]. Man braucht Mut, um die irrationalen Ängste der Kindheit zu überwinden. *Beim Überqueren des Platzes wich er auch den Bäumen aus, weil sich dahinter ein Mann hätte verstecken können.*[70] All diese Eindrücke verschmelzen miteinander: Die Stadt, das noch schlafende Haus, das Läuten der Glocken, das Herzklopfen beim atemlosen Lauf zum Hospital, der Geruch, die Wärme und die Feierlichkeit der Kapelle, das Ritual der Messe, Krankheit und Tod, das herrliche Frühstück, das ihn nach dem Ministrantendienst belohnt. *Das Meßgeschirr war noch am selben Platz, ebenso wie das Priestergewand, das für die nächste Messe bereit lag, und wie der Rock und der Überwurf des Chorknaben*[71], läßt Simenon zwanzig Jahre später Maigret sich erinnern. *Zu seiner Zeit gab es dann Frühstück beim Pfarrer: Ein gekochtes Ei und Ziegenkäse*[72], *an Allerheiligen feierte derselbe Priester drei Messen*[73]. *Ernest fragte sich, woher dieser Stadtmensch wissen konnte, daß es Sonntags ein Ei und Konfitüre im Pfarrhaus gab,* und ein paar Sous, um ihn für seine Mühe zu entschädigen; vielleicht hat auch Georges (wie später der Ministrant Justin in *L'Affaire Saint-Fiacre* [*Maigret und die Affäre Saint-Fiacre*]) davon geträumt, sich von diesem Geld ein Fahrrad zu kaufen?

Simenons Mutter gibt sich alle Mühe, Georges im Sommer einige Zeit auf dem Land, «an der frischen Luft» verbringen zu lassen. Hier hat der Zwölfjährige sein erstes sexuelles Abenteuer mit einem frühreifen, drei Jahre älteren Mädchen. *Es ist ein Traum. Wie in einem Traum verschwindet der Begriff von Zeit und Ort, und dennoch hört er immer das Fließen der Quelle, und im Unterholz knackt es manchmal, sicher ein Tier, ein Eichhörnchen oder ein Wiesel, das sie beobachtet, ihm ist heiß, er ist von einem Geruch von Speichel und feuchter Haut durchdrungen, Haare kitzeln ihn, für einen Augenblick ist sein Mund voll davon, dann plötzlich spannt sich sein Körper, vielleicht wird er schreien, sich losmachen, sie hält ihn durch einen Händedruck auf seinem Arm zurück, sie beißt heftig in seine Lippen, wie um ihm zu befehlen zu bleiben, und Sekunden, Minuten vielleicht fließen dahin, ein Leben, das in keinem Zusammenhang steht mit dem Leben, das er kennt. Er hat Angst. Er empfindet Scham. Seine Lippe tut ihm weh. Ihm ist schwindelig. Das ist zu stürmisch. Das kann keine Sekunde länger andauern, ohne daß er verrückt wird, und er wird tatsächlich steif, liegt da wie tot.*[74]

Dieses schöne Abenteuer läßt ihn den Entschluß fassen, das Collège zu wechseln, um seiner Freundin näher zu sein, wenn die Schule wieder beginnt; so teilt Georges eines Tages seiner Mutter mit, er wolle nicht mehr Priester, sondern Offizier werden[75], gibt das Latein auf und tritt 1915 in den naturwissenschaftlichen Zweig des Collège Saint-Servais ein. Henriette fügt sich widerwillig, setzt aber dann Himmel und Hölle in Bewegung, bis sie auch hier einen Nachlaß der Schulgebühren erreicht. Von Anfang an ist Simenon das Jesuiten-Collège verhaßt, und er ist zudem tief enttäuscht: Das Mädchen hat einen älteren Liebhaber und will von ihm nichts mehr wissen. Im Kreis seiner wohlhabenden Kameraden, die ihn den Standesunterschied spüren lassen, fühlt er sich höchst unwohl. Der Unterrichtsstoff interessiert ihn immer weniger, und wenn er auch nach wie vor gut im Französischen ist, sind seine Leistungen in Flämisch und Deutsch ausreichend bis mangelhaft, in den anderen Fächern bestenfalls mittelmäßig.

Nein, was jetzt für ihn zählt, ist, den Schein zu wahren, mit seinen

Das Jesuitenkolleg Saint-Servais, wo Simenon seine drei letzten Schuljahre verbringt

reichen Kameraden Schritt zu halten. Die Häßlichkeit seiner Kleidung, seines Elternhauses, seines ganzen Lebens sind ihm unerträglich, ebenso wie das Gefühl des Hungers; sein erster, nie veröffentlichter Roman, der damals entsteht, ist bezeichnenderweise die Geschichte eines jungen Hungerleiders. Georges beginnt sein Äußeres zu pflegen, auf seinen Haarschnitt, seine Anzüge, seine Schuhe zu achten. Aber all das kostet Geld, und das Wenige, was er ab und zu – jedesmal nach gräßlichen Auftritten – von seiner Mutter erhält, reicht nicht hin und nicht her. So beginnt er, ein gefährliches Spiel zu treiben: Schwarzmarkt-Transaktionen und kleine Diebstähle. Mehrfach hat Simenon das Thema des jungen Mannes, der auf die schiefe Bahn gerät, literarisch verarbeitet, und er war sich durchaus im klaren darüber, daß er selbst bei dieser Flucht nach vorn um ein Haar verloren gewesen wäre. *Man mußte den Weg bis zum Ende gehen: Das war die einzige Möglichkeit, damit fertig zu werden. War man einmal am Ende, dann war's aus – so oder so. Er aber war noch nicht ganz am Ende, solange er noch ein bißchen Geld in der Tasche hatte und in einem Bett schlief.*[76]

Als junger Dandy, zerstreut, scheinbar blasiert, die Pfeife in der Tasche, sitzt er seine Schulzeit ab. Ja, *er haßt das Collège*[77], und sobald das Pausenzeichen ertönt, stürzt er hinaus und streift durch die Straßen, taucht gierig in diese zwielichtige Welt ein, wo er sich wie ein Mann gebär-

Der Reporter: Simenon mit russischen Studenten, 1918

den kann: Billard spielen in modischen Kneipen oder anbändeln mit Prostituierten und billigen Mädchen im schwülen Halbdunkel eines Kinos oder eines Theaters (während seine Mutter eine Novene nach der anderen betet, daß ihr Georges bis zur Heirat seine Unschuld bewahren möge ...). So lange es irgend geht, zögert er seine Rückkehr nach Hause hinaus, wo ihn eine so dumpfe Atmosphäre erwartet, daß es ihm die Kehle zuschnürt. 1918 sind die Simenons aufs neue umgezogen; das Haus in der Rue des Maraîchers ist zwar groß und schön, aber das Viertel ist ärmlich, und Georges schämt sich. Die Untermieter machen sich breit und stören, er verabscheut sie genauso, wie er dieses ganze Leben, seine Kindheit verabscheut.[78] Es muß etwas geschehen, *ich werde fortgehen*[79]. Eine Zeitlang hofft er, der Schule verwiesen zu werden; tatsächlich war er wegen einer Karikatur des Studienaufsehers auf der Titelseite einer Zeitschrift, die er allein verfaßt und eigenhändig vervielfältigt hatte, zum Direktor zitiert worden. Aber leider hatte man ihm «verziehen», nicht ohne ihn freilich wieder einmal sein «Anders-Sein» spüren zu lassen: Die Frechheit sei *um so schwerwiegender, um so unerklärlicher, da Sie, nicht wahr, unter besonderen Bedingungen hier sind*[80]. Er wird es ihnen heimzahlen, ihnen allen, er wird sich rächen! Sein Ehrgeiz ist erwacht. Die

Einsamkeit, die er verspürt, spiegelt sich in seinen ersten Gedichten wider: *Melancholie des hohen Kirchturms, so hoch, so allein...*[81]

Aber die Rettung naht – von einer Seite, von der er sie nicht erwartet hatte: Sein Vater erleidet einen schweren Herzanfall, und der Arzt legt Georges nahe, daß er bald wohl seinen Lebensunterhalt selbst werde verdienen müssen. Auf der Stelle steht sein Entschluß fest, das Collège aufzugeben und «seine Verantwortung zu übernehmen». *Es war wirklich eine Befreiung! Sein Vater hatte ihn gerettet.*[82] *Es schien ihm, als hätte sein Vater gemurmelt «Siehst du, mein Sohn! Ich habe dich befreit.»*[83] Georges verläßt also das Collège vor der Mittleren Reife des naturwissenschaftlichen Zweigs; immerhin gibt man ihm ein Abschlußzeugnis.

Bald hat er eine Anstellung als Gehilfe in einer Buchhandlung und Leihbücherei gefunden. Georges ist zwar vorsichtig geworden, hat aber seinen Stolz ganz und gar nicht aufgegeben. So wie er den Schüler, den Dandy, den Künstler «gespielt» hat, scheint es, daß er nun den Angestellten «spielt» und sich entsprechend kleidet. Jedenfalls hat er sich geschworen, *sich nicht mehr aufzulehnen*[84]. Aber die guten Vorsätze helfen nichts: Nach schon zwei Monaten wird ihm gekündigt, weil er in Anwesenheit einer Kundin seinen Chef eines Irrtums überführt hat. Um seiner Mutter einen Gefallen zu tun, stellt er sich bei einem Konditor vor; zwei Wochen später überrascht ihn hier das Ende des Ersten Weltkriegs. Wer weiß: Georges Simenon wäre womöglich ein braver, ordentlicher Bäcker geworden. So aber *ist der Krieg vorbei, und mit ihm ein ganzer Abschnitt seines Lebens, an den er nie mehr wieder denken möchte*[85].

Simenons Lehrjahre

Ein Zufall: im Januar 1919 kommt Georges Simenon am Büro der «Gazette de Liège» vorüber, einer konservativ-katholischen Tageszeitung. Warum eigentlich nicht? Dreist geht er hinein, stellt sich vor – und wird tatsächlich als ‹Redakteur› für den Lokalteil angestellt! Im Dienst der Rubrik «Verschiedenes», des Tagesjournalismus, entdeckt der Sechzehnjährige eine neue Welt – die Welt einer kleinen Provinzstadt mit ihren Vorträgen und Theateraufführungen, mit ihren Berühmtheiten und Polizeirevieren; in seinen Artikeln spielt er sogar den Amateurdetektiv: *Staatsanwalt und Polizei teilen unsere Ansicht, daß es sich hier schlicht und einfach um einen Diebstahl handelt.*[86] Er schreibt unter seinem ersten Pseudonym «Georges Sim», mit dem er bereits während der Schulzeit seine Hausarbeiten signiert hatte, und redigiert Tag für Tag als «Monsieur le Coq» («Herr Hahn») eine Kurzmeldung «Hors du poulailler» («Aus dem Hühnerstall»), in der er sarkastisch und mit einem Anflug von Sozialkritik die Tagesaktualität kommentiert. Sein zum Teil ziemlich emphatischer Stil läßt in nichts erkennen, daß es die Texte eines Siebzehnjährigen sind, der später einmal erklären wird: *Ich bin wegen Rouletabille Journalist geworden.*[87] Regenmantel, Filzhut und Pfeife: Er tut alles, um seine Rolle gut zu spielen und dem Romanhelden Gaston Lerouxs zu ähneln, dem Reporter und Detektiv Rouletabille.

Zu derselben Zeit macht er auch die Bekanntschaft seiner späteren ersten Frau, Régine Renchon, die er «Tigy» umtauft. Sie gehört zu einem Kreis von Künstlern, der sich allwöchentlich in einem Atelier trifft, «la Caque», wo man bis zum frühen Morgen trinkt, raucht und philosophiert. Die Atmosphäre der «Caque» spiegelt sich wunderbar in *Le Pendu de Saint-Pholien* (*Maigret und der Gehängte von Saint-Pholien*) wider: *Wir spielten mit schrecklichen Ideen, mit Mystizismus und Morbidität.*[88] Titel und Handlung des Romans gehen übrigens auf ein tatsächliches Ereignis zurück. Zu den Stammgästen des Ateliers gehörte also auch Régine, Bildhauerin und Malerin, die Simenon durch ihre Intelligenz und Bildung fasziniert, vielleicht auch durch das gehobene Milieu, aus dem sie stammt. Das junge Paar beschließt, so bald wie möglich nach Paris zu gehen und dort sein Glück zu versuchen. Während seines vorgezogenen Militärdienstes in Lüttich schreibt Georges weiter für verschiedene belgi-

Der Dandy, 1919

sche Zeitschriften wie «Cross'Peron» oder «La Revue sincère». Mit achtzehn veröffentlicht er seinen ersten Roman, *Au Pont-des-Arches*[89] – ein kleines, humoristisches Buch über die Lütticher Sitten, dessen Hauptfigur niemand anderes ist als der Direktor seiner Zeitung; daneben entstehen weiter kurze Artikel, die manchmal – wie *Le Compotier tiède* (*Die lauwarme Kompottschüssel*)[90] – an den Stil Colettes erinnern. «Zu literarisch, mein kleiner Sim! Einfacher, noch einfacher...»[91], rät ihm die berühmte Schriftstellerin, die er um ihre Meinung zu bitten wagt.

1921 erreicht ihn die Nachricht vom Tod seines Vaters, *als ich mich in Antwerpen, wohin die «Gazette» mich geschickt hatte, mit einer entfernten Cousine in einem Stundenhotel vergnügte*[92]. Seine Trauer ist tief, verstärkt noch durch Gewissensbisse – nicht gegenüber Tigy (mit der ihn eine vor allem geistige Beziehung verbindet und die er schon damals regelmäßig betrügt), sondern gegenüber seinem vergötterten Vater, der in seinem so kurzen Leben nur wenige Freuden kennengelernt hat. Simenon geht sogar so weit, in seinem Buch *L'Ane rouge* (*Der «Rote Esel»*)[93] den Tod des Vaters neu zu erfinden: Der Vater seines Double Jean Cholet stirbt in den Armen einer Mätresse, was seine Bürokollegen als banalen Herztod kaschieren. Es ist, als wollte er seinem Vater die Freuden zuteil werden lassen, die er selbst genossen hat – höchste Kompensation eines kleinen Lebens, zugleich Herabsetzung des «reinen Vaters» und Rache an einer als kastrativ empfundenen Mutter. Entsprechend macht Simenon in einem anderen Roman – *La Neige était sale* (*Der Schnee war schmutzig*)[94] – aus der Mutter seines Alter Ego Frank eine Bordellbesitzerin.

Dank der verständnisvollen Nachsicht meines Vaters und später des Direktors der «Gazette» bin ich nicht (wie dieser Frank) *auf die schiefe Bahn geraten, sondern habe mich angepaßt. Mit achtzehn war meine Lehrzeit zu Ende*[95], behauptet Simenon; aber *man nimmt seine Kindheit mit sich*[96]. In seinem ganzen Œuvre werden wir diese Kindheit wiederfinden, in der – merkwürdig genug – nur eine einzige Person ganz und gar verschwiegen wird: sein Bruder Christian.

Am 11. September 1922 verläßt Georges, nicht ohne schlechtes Gewissen, seine Mutter, um sich nach Paris zu begeben. Allein, denn er muß es erst «zu etwas bringen», bevor er Tigy heiraten darf. Er findet einen Posten als «Sekretär» des damals bekannten Romanschriftstellers Henri Binet-Valmer. Tatsächlich ist er der Laufbursche einer rechtsextremen politischen Organisation, der «Ligue des Chefs de sections et des Anciens Combattants», für die er Adressen schreiben und Briefe austragen muß: Eine gute Gelegenheit, Paris bis in die entferntesten Winkel kennenzulernen. In *Les Noces de Poitiers* (*Die Hochzeit von Poitiers*) hat er sich 24 Jahre später seiner mehr als bescheidenen Anfänge erinnert: *Sein Tisch hier war ein einfacher Küchentisch, bedeckt mit Packpapier, das mit Heftzwecken festgemacht war; er hatte das Papier schon über und über mit Arabesken und Initialen beschrieben... Auch der Bürochef schlug die*

Régine Renchon – von Simenon umgetauft in «Tigy» –, die erste Frau des Schriftstellers kurz nach der Heirat

Zeit tot... Es war ein altes Haus am Ende einer dunklen Sackgasse, das man kaum sah. Die Tapeten hatten keine Farbe und kein Muster mehr und lösten sich von den Wänden.[97] Eine dumpfe Atmosphäre, ein bedrückendes Hotel. Nicht viel, und Simenon würde Hunger leiden. Da er von den 600 Francs, die er pro Monat verdient, 250 seiner Mutter schickt (wie er es sich vorgenommen hat), muß er Schulden machen – so kann es nicht weitergehen!

Mit zwanzig heiratet er Régine Renchon: Eine einfache Hochzeit zwar, aber auf Befehl Henriettes in der Kirche. Régine, deren Familie zutiefst atheistisch gesonnen ist, muß sich taufen lassen. *Ich habe mich zur Heirat entschlossen, um mir gewissermaßen Handschellen anzulegen*[98], gesteht Simenon. Verfolgt ihn nicht die Angst vor sich selbst? Zugleich endet für ihn mit der Heirat ein Abschnitt seines Lebens: *In den dreieinhalb Jahren als Journalist habe ich wirklich alle sozialen Schichten kennengelernt – die beste Voraussetzung für einen Romancier.*[99] Noch aber ist er nicht soweit, einen wirklichen Roman zu schreiben.

Die «Bar américain» in Simenons Wohnung an der Place des Vosges

Seine Frau ist ihm nach Paris gefolgt, wo die beiden nun mit Künstlern aus aller Herren Ländern zusammentreffen. *Wir lernten sie im «Dôme» kennen, in der «Coupole», im «Jockey», und einige von ihnen, wie zum Beispiel Vlaminck, Derain, Kisling, Picasso, sollten unsere Freunde werden.*[100] Inzwischen hat er (1923) bei dem Marquis de Tracy, einem unermeßlich reichen Aristokraten, der seine Zeit bald auf dem einen, bald auf dem anderen seiner Schlösser verbringt, eine Stellung als Sekretär gefunden – eine richtige Stellung diesmal! Simenon begleitet ihn (wobei er stets dafür sorgt, Tigy heimlich in seiner Nähe unterzubringen) und lernt so nach Paris nun auch die französische Provinz kennen. Das unstete Leben hindert ihn freilich nicht daran, weiter Feuilletons und Kurzgeschichten zu schreiben, und zwar unter immer neuen Pseudonymen, da manchmal eine Zeitschrift in derselben Nummer fünf Texte aus seiner Feder veröffentlicht! Tatsächlich hat er die Zeitschriften wie «Le Rire», «La Vie parisienne», «Sourire», «Sans-Gêne», «Froufrou» oder «Le Matin» gründlich genug studiert, um ihren Stil und ihren Charakter zu kennen: Seine kurzen Erzählungen schreibt er schnell und gewissermaßen «nach Maß» des jeweiligen Blattes, wo sie dann auch sofort gedruckt werden. *Jede*

Serie hatte ihre Tabus. In einigen war das Wort «Mätresse» nicht gestattet, und in keiner einzigen wurde beigeschlafen, sondern «die Lippen fanden sich», oder das Gewagteste war, von «Umarmung» zu sprechen.[101] Worum es in diesen Erzählungen geht, verraten schon die Titel: *L'Amant ingénu* (*Der arglose Liebhaber*)[102], *La Dompteuse passionnée* (*Die leidenschaftliche Dompteuse*)[103], *Une Mission délicate* (*Ein delikater Auftrag*)[104], *Un Cochon de cocu* (*Ein Schwein von einem Gehörnten*)[105] und so fort. Es ist in jeder Hinsicht eine Lehrzeit – literarisch durch diese Kurzgeschichten, auf dem Parkett der Gesellschaft durch die Stellung bei de Tracy, die Simenon 1924 allerdings wieder aufgibt, da ihm fortan seine Veröffentlichungen genügen, um den Lebensunterhalt zu sichern. *Ich arbeitete sehr schnell. Es kam vor, daß ich acht Erzählungen an einem Tag schrieb, und so konnten wir ein großes Zimmer und ein kleineres mieten, im Erdgeschoß eines dieser wundervollen Häuser im Stile Louis XIII an der Place des Vosges.*[106]

Eines Tages schreibt er auf einer Café-Terrasse, um sich zu zerstreuen, seinen ersten Groschenroman: *Roman d'une dactylo* (*Roman eines Tippfräuleins*)[107]. *Ich habe zweierlei Sorten Groschenromane verfaßt: Zum einen Abenteuerromane für Buben*[108], für die Simenon mit einer Enzyklopädie arbeitet: Er greift sich den Namen eines Landes heraus, liest alles, was er darüber finden kann, und schreibt das Buch binnen zweier, dreier Tage nieder. So bereist er von seinem Appartement an der Place des Vosges aus die ganze Welt; nach zehn Jahren aber, als er tatsächlich beginnt, große Reisen zu unternehmen, stellt er fest, *daß ich ein für allemal den Traum für die Wirklichkeit hingab*[109]. Die zweite Kategorie waren Groschenromane, *die sich vor allem an die Concierges oder an die Midinetten, die Nähmädchen wandten. Es waren Romane, bei denen «Lieschen Müller» weinte.*[110] Hier sind es vor allem eigene Erlebnisse, die er verarbeitet (wenn er sich nicht von seinen zahlreichen Bekanntschaften inspirieren läßt). Zwischen 1924 und 1937 hat Simenon mehr als 180 solcher Romane geschrieben, unter denen manche hervorstechen: *Katia acrobate* (*Katja, die Akrobatin*) zum Beispiel, oder *L'Homme à la cigarette* (*Der Mann mit der Zigarette*).[112]

Viel ist über die Leichtigkeit geschrieben worden, mit der Simenon seine Stoffe ausdachte, und über seine erstaunliche Fruchtbarkeit. Zur Zeit der Kurzgeschichten und Groschenromane schrieb er 80 Schreibmaschinenseiten pro Tag, mit anderen Worten: Er tippte ebenso schnell wie eine gute Sekretärin, wobei der jeweilige Text nahezu in seiner Endfassung aus der Maschine kam. Bis 1936 sind so an die 1000 Kurzgeschichten entstanden. Und auch das ist charakteristisch für Simenon: Er stellt sein Budget auf. *Bei soundsovielen Zeilen pro Jahr, oder anders ausgedrückt: nach soundsovielen Arbeitsstunden hatte ich Anspruch auf ein Auto. Nach soundsoviel konnte ich mir einen Chauffeur leisten, der meine Artikel abliefert. Von soundsoviel an kam die Yacht dran, nach der ich verrückt war, die Kreuzfahrt, die Straßen der Welt, die mir offenstanden.*[113] Ein Pensum, das er strikt erfüllt. *In zwei Jahren hatte ich mein Auto und meinen Chauffeur. Im dritten bekam ich meine Yacht.*[114]

Eine Erklärung für dieses ungeheure Arbeitstempo hat Simenon selbst einmal gegeben, als er sich mit Vincent van Gogh verglich: *Ich sehe möglicherweise Parallelen zwischen ihm und mir, weil er vollkommen unbewußt seine Arbeit ausführte. Genauso geht es mir auch.*[115] Tatsächlich gab es ein bestimmtes, mit der Zeit immer genauer festgelegtes Ritual, nach dem (auch später) der Schaffensprozeß eines Romans ablief, und das das Hervorbrechen des Unbewußten begünstigte. Zunächst die Phase des «Ausbrütens» – mehrere Tage, während der Simenon viel spazierengeht; eine *schmerzhafte, hartnäckige* Zurückgezogenheit, *zwölf bis fünfzehn Tage eines Lebens in einer Traumwelt mit mir selbst, oder genauer gesagt: mit meinen Gestalten*[116]. Diese Gestalten nehmen allmählich Form an, ohne daß deshalb schon das eigentliche Handlungsgerüst festgelegt wäre. Manchmal werden Enzyklopädien und Fachbücher konsultiert; danach entsteht – eine Arbeitsphase, die ihn zwischen einer Stunde und zwei Tagen in Anspruch nimmt – der berühmte «gelbe Umschlag», auf dem er (ähnlich wie Émile Zola in seinen «Dossiers») die Namen der auftretenden Personen notiert, ihre Personalien, ihre Herkunft, bisweilen sogar die Namen ihrer Spielkameraden in der Kindheit. Um seinen Gestalten einen Namen zu geben, hat er die Telefonbücher der meisten Regionen und Länder gekauft, in denen er gewohnt hat. *Ich zeichnete einen Plan des Viertels, in dem sie wohnten.*[117] *Weniger bekannt ist, daß ich darüber hinaus den Plan der Wohnung oder des Hauses zeichnete, und ich mußte mich mit den Örtlichkeiten so eng vertraut machen, daß ich mit geschlossenen Augen eine Tür öffnen konnte, links oder rechts, je nachdem.*[118] Von dieser Unmenge von Details wird er zwar im Endeffekt nur einen verschwindend kleinen Teil verwenden, aber sie sind eine Conditio sine qua non für ihn: *Ausstattung und Umgebung scheinen mir einen großen Einfluß auf die Verhaltensweise eines Menschen zu haben.*[119] Überdies sind es Gegebenheiten, von denen er sich führen lassen kann.

Zunächst hat er also in sich selbst eine Leere geschaffen, die sich nach und nach mit flüchtigen Eindrücken füllt, einem Geruch oder einem Geräusch. Er ist dann, wie er es nennt, *im Zustand der Gnade*[120], auch wenn er noch immer nicht weiß, welchen Gang die Handlung nehmen wird. *Ich habe niemals den Grund für dieses oder jenes Thema meiner Romane gekannt.*[121] Auf einem langen Abendspaziergang – allein – haben dann seine Gestalten endgültig Besitz von ihm ergriffen. *Meinen Romanfiguren war ich während meiner Kindheit in Lüttich begegnet, danach in Paris und in der französischen Provinz.*[121] Nein, Simenon «erfindet» nichts!

Wenn er zurückkommt, geht er an seinen Schreibtisch, wo, ordentlich nebeneinandergelegt, eine Reihe von bis zu sechs Dutzend Bleistiften auf ihn wartet; meistens arbeitet er freilich mit der Schreibmaschine, denn wenn man mit der Hand schreibt, *neigt man dazu, schöne Phrasen fließen zu lassen*[122]. Bevor er anfängt, hat er die Maschine gereinigt und zurechtgerückt. Und dann, die ewige Pfeife im Mundwinkel, kommen vier oder fünf Sätze eines Kapitels für den folgenden Tag zu Papier, manchmal auch schon ein ganzes Kapitel. Gegen zehn Uhr geht er zu Bett; lediglich zu Beginn seiner Laufbahn lädt er regelmäßig Freunde und Bekannte zu orgiastischen Feiern ein, die ihm nur wenig Zeit zum Schlafen lassen, da er nach wie vor jeden Morgen um sechs Uhr aufsteht.

Am nächsten Tag schließt er sich ein und schreibt einen Teil des Vormittags: zwei Stunden in der Regel – die Zeit, die er für ein Kapitel benötigt. Danach ist er völlig durchgeschwitzt und muß sich von Kopf bis Fuß umziehen; ein Roman kostet ihn fünf Kilo Gewicht. Anfangs braucht er noch elf Tage, um (wie in einem Trance-Zustand) ein Buch zu schreiben, später sind es nur mehr sieben Tage. *Wenn ich meine Romane in sieben*

Auf der Suche nach dem Schauplatz eines Romans

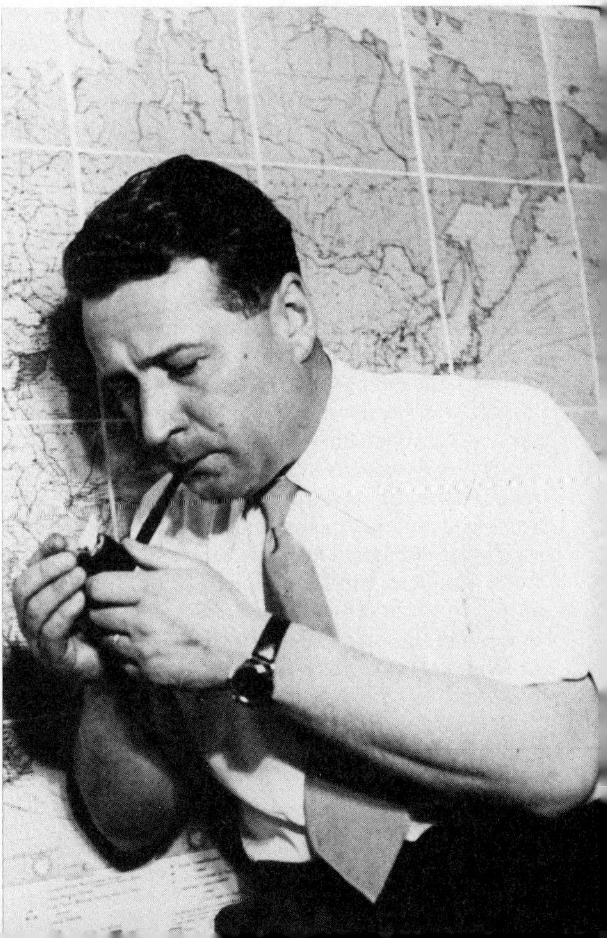

Tagen geschrieben habe, so deswegen, weil ich nicht länger durchhalten konnte.[123]

Wo immer sich Simenon gerade mit seiner Familie aufhält, er findet stets eine Möglichkeit, sich zurückzuziehen – sei es in eine Hütte am Wasser, auf seine Yacht oder in das Badezimmer eines Hotels. Die Tür wird abgeschlossen, mit einem Schild «Do not disturb» davor. Niemand hat ihn je einen Roman schreiben gesehen, außer vielleicht seinem ältesten Sohn Marc, als dieser noch klein war. Neben der Schreibmaschine steht ein Bild seines Vaters... und eine Flasche Whisky in Griffnähe: Das jedenfalls behauptet seine zweite Frau Denyse. *Ich habe manchmal mit Weißwein geschrieben*, sagt dagegen Simenon selbst, *übrigens nicht unmäßig, manchmal mit Bordeaux. Ich habe niemals mit Whisky geschrieben, meistens mit schwarzem Kaffee oder Tee.*[124] Wie Ian Fleming oder Frédéric Dard, der Autor der «San Antonio»-Reihe, ist Simenon jedesmal krank vor Angst, bevor er ein Buch beginnt, und empfindet eine grenzenlose Erleichterung, wenn es fertig ist. Oft kommt es danach vor, daß sich der Schriftsteller übergeben muß.[125] Dann folgt die «Selbstbelohnung»: Eine Flasche Champagner, ein Geschenk[126] oder ein Besuch im Bordell[127], um sich zu «entspannen».

1925 gönnen sich Georges und Tigy zum erstenmal Ferien, wenn auch nur sehr bescheidene; sie mieten ein Zimmer auf einem Bauernhof in der Normandie. *Die Tochter der Bauersleute und ihre Freundinnen (einschließlich die, die später als Boule zu einem Teil unserer Familie werden sollte, in der sie heute mehr als ich den Mittelpunkt bildet), kamen nach Einbruch der Nacht, um uns beim Liebesspiel zuzusehen.*[128] Henriette Liberge alias «Boule» wird fortan Georges Simenon überall hin begleiten in ihrer Rolle als Geliebte, Köchin, Kindermädchen, kurz: als Mädchen für wirklich alles. Das Scheitern zweier Ehen wird sie miterleben, und die Geburt jedes der Kinder von Georges wird sie ein wenig mehr fühlen lassen, was sie für ihren «joli petit monsieur» (den sie ihr Leben lang siezt) aufgegeben hat. Eine Hingabe mit Leib und Seele! *Ich empfand ihr gegenüber schnell Neugier, Zuneigung und Verlangen*[129], bekennt der junge Mann, der zwanzig Jahre lang eine «ménage à trois» führen wird, von der seine Frau nichts ahnen soll.

Wieder in Paris: Tigy malt, Boule putzt, Georges schreibt. Er hat eine kurze Romanze mit Joséphine Baker und zieht sich 1926 auf die Île d'Aix zurück, «um zu vergessen». Zeitlich verschoben finden sich alle Orte, die er besucht, in seinen Büchern wieder: Étretat zum Beispiel in *Le Semeur de larmes* (*Der Sämann der Tränen*)[130] und *L'Inconnue d'Étretat* (*Die Unbekannte von Étretat*)[131], oder eben die Île d'Aix in *La Femme en deuil* (*Die Frau in Trauer*).[132] Nach Paris zurückgekehrt, übernimmt er als Alleinherausgeber und Redakteur die Zeitschrift «Le Merle blanc», die Eugène Merle gehört, dem Gründer (unter anderem) des Journals «Paris-Soir» (heute «France-Soir»). Merle macht ihm den extravaganten

Henriette Liberge, von Simenon umgetauft in «Boule»

Vorschlag, in einem Glasgehäuse auf der Terrasse des «Moulin-Rouge» binnen dreier Tage einen Roman zu schreiben, für den die Zuschauer den Titel und die Namen der Personen festlegen sollten: Schriftstellerei als Zirkusnummer. Simenon nimmt an und unterzeichnet einen Vertrag über 50000 Francs, von denen er allerdings bedauert, nur die Hälfte erhalten zu haben.[133] Denn entgegen der Legende findet das ganze Spektakel nie statt, da Eugène Merle vorher Konkurs anmeldet – wen wundert's.

Nach einigen Wochen auf der Île de Porquerolles, auf die er noch mehrfach zurückkehren wird, spürt Simenon eine immer größere Leidenschaft für das Meer. Das Wasser fasziniert ihn so sehr, daß er im Sommer 1927 die kleine, fünf Meter lange Motoryacht «La Ginette» erwirbt und umrüsten läßt: *Es wurde auf Deck ein Zeltdach aufgezogen und gezurrt, das sich nachts zuziehen ließ und damit die Kabine bildete.*[134] Über die Flüsse und Kanäle macht er sich auf, um die geheime, älteste Seite Frankreichs zu erkunden. Die Ausrüstung ist auf das Notwendigste beschränkt, ein kleines Beiboot wird angebunden mit dem Campingmaterial und einem Zelt: nachts für Boule, tagsüber für Georges, der hier auf einem Klappstuhl hockt und seine Geschichten in die Maschine tippt, die die Reise finanzieren. Sie findet auch in zwei Reportagen ihren Widerhall – *Long*

Chair de beauté – der Umschlag eines Groschenromans, veröffentlicht 1928

Die «Ostrogoth» vor der Reise nach Norden, 1929

cours sur les canaux et rivières (*Große Fahrt über die Kanäle und Flüsse*)[135] und *L'Aventure entre deux berges* (*Das Abenteuer zwischen zwei Uferböschungen*).[136] Simenon hat nichts dem Zufall überlassen: Nicht nur, daß er die Finanzierung seiner Reise vorausgeplant hat – auch solide Navigationskenntnisse hat er sich angeeignet.[137] In vielen Romanen taucht die Welt der Binnenschiffer auf, die er von frühester Zeit her kennt – sei es aus Lüttich, sei es aus Frankreich. *Dieser besondere Geruch des Kanals genügte, um vor seinen Augen Bilder ruhig dahintreibender Lastkähne wachzurufen. Er war ganz nah an der «Toison d'Or» mit ihrem rot geharzten Rumpf. Planke für Planke trocknete die Brücke, die gewaschen worden war. Von einem nahen Lastkahn aus betrachtete ihn eine Frau, die gerade ihre Wäsche wusch, während er auf eine mit blauen und roten Fenstern geschmückte Doppeltür zuging.*[138]

Nach dieser fünf Monate langen Reise kehrt Simenon mit dem festen Entschluß nach Paris zurück, sich in Fécamp *ein robustes, schwerfällig aussehendes Schiff* bauen zu lassen, *wie die der Fischer im Norden, geräumig genug, daß wir zu viert darin leben konnten,* Tigy, Boule, *Olaf* (eine dänische Dogge) *und ich*[139]. Das zehn Meter lange Schiff wird «L'Ostrogoth» getauft; zwei Jahre lang will er herumreisen, ohne je an Land zu schlafen. Keine Frage, daß er wie jeden seiner Wünsche auch diesen in die Tat umsetzt. Es sind *jene zwei Jahre, die, was ich erst später erfahren sollte, mein Leben veränderten*[140], da sie zu der Erfindung des berühmten Kommissars Maigret führen werden.

Im Frühjahr 1929 schließlich läuft die «Ostrogoth» vom Stapel, nicht ohne zuvor nach allen Regeln der Seefahrt vom Pfarrer von Notre-Dame getauft worden zu sein. Simenon nimmt Kurs auf die Nordsee. *Über die Kanäle gelangten wir auf die Maas, nach Belgien, mit einer kurzen Unterbrechung in Liège. Holland, Maastricht... Immer breitere Kanäle, und schon Hochseeschiffe. Amsterdam ... Die Zuidersee, damals ein richtiges Meer... Auf der Mitte der Zuidersee sahen wir zum erstenmal kein Land mehr, und mit aufgeblähten Segeln nahmen wir Kurs auf Friesland, auf den kleinen Hafen Stavoren, wo wir den Winter verbringen wollten. Bald darauf mußte man jeden Morgen das Eis mit Hilfe eines Pickels zerschlagen, um zu verhindern, daß das Holz unter seinem Druck zerbarst.*[141] In Wilhelmshaven, wo sie anlegen, werden sie von der örtlichen Polizei der Spionage verdächtigt. Seit dem Ersten Weltkrieg ist die «Ostrogoth» das erste Schiff unter französischer Flagge, das hier einläuft. Was bedeuten diese «Detektiv» unterzeichneten Telegramme, die Simenon erhält? Das Verhör ist mühsam und unangenehm; man ordnet an, daß er am nächsten Tag den Hafen zu verlassen habe. *Ich hatte nicht mehr die Erlaubnis, in deutschen Hoheitsgewässern zu segeln*. Dabei ist die Erklärung simpel: Seiner Gewohnheit gemäß hatte Simenon die Kostendeckung seiner Reise im vorhinein abgeklärt und hat nun die Taschen voll mit Aufträgen, vor allem für die (von Joseph Kessel herausgegebene) Zeitschrift «Détective», für die er Kriminalgeschichten schreibt, bei denen die Leser versuchen mußten, die Lösung des Falles herauszufinden: *Les treize Mystères* (*Die dreizehn Geheimnisse*)[142], gefolgt von den *Treize Énigmes* (*Dreizehn Rätsel*)[143] und den *Treize Coupables* (*Dreizehn Schuldige*)[144]. Wenn er an Land geht, ruft er seine Verleger an, bespricht seine Verträge oder trifft sich sogar mit ihnen. Vorerst aber muß die «Ostrogoth» ihren Kurs ändern und kehrt nach Delfzijl zurück, wo Simenon schon gewesen war; die neue Kalfaterung des Bootes, die sich hier als notwendig erweist, nimmt einige Zeit in Anspruch. Nachts kann der Schriftsteller zwar in seiner Kajüte schlafen, am Tag aber flieht er vor den lauten Arbeiten und sucht sich einen stillen Winkel, um in Ruhe schreiben zu können. *Ich fand die Lösung: In einer halbverfaulten Schute, in der die Ratten herumschwammen, trug ich alte Kisten zusammen, stellte meine Schreibmaschine auf die größte, setzte mich auf eine etwas weniger hohe, und meine Füße stellte ich auf eine noch niedrigere, die kaum aus dem brackigen Wasser herausragte. Zwei Tage später begann ich einen Roman, der vielleicht wie die anderen ein Groschenroman, vielleicht auch etwas anderes werden würde, und das war mit «Pietr-le-Letton» die Geburt eines gewissen Maigret, von dem ich noch nicht wußte, daß er mir so viele Jahre hindurch keine Ruhe lassen und mein Leben von Grund auf ändern würde.*[145]

Maigret, der Menschenfreund

Die breite Öffentlichkeit verbindet sofort den Namen Georges Simenons mit dem Maigrets, als ob der berühmte Kommissar das einzige ‹Kind› des Schriftstellers wäre. Und wenn Simenon ihm auch dankbar dafür war, ihn in der ganzen Welt berühmt gemacht zu haben, so gab es doch Perioden in seinem Leben, wo er unter dieser allzu ausschließlichen ‹Vaterschaft› litt und sich von seiner Romangestalt distanzierte. Erste, vorläufig noch vage Spuren Maigrets finden sich zwar schon in *Le Train de nuit* (*Der Nachtzug*), *La Figurante* (*Die Statistin*), *La Maison de l'inquiétude* (*Das Haus der Unruhe*) und *La Femme rousse* (*Die rothaarige Frau*)[146], aber der erste wirkliche Maigret ist *Pietr-le-Letton*[147], geschrieben im September 1929. Dabei mag man mit Überraschung feststellen, daß schon in diesem ersten Maigret-Roman alles da ist: Abgesehen vielleicht von einer gewissen Verdichtung ändern sich die Persönlichkeit und die Biographie des Kommissars kaum im Verlauf der 76 Maigret-Romane, die (in drei Etappen: 1929 bis 1933, 1938 bis 1941 und 1945 bis 1973) in einem Zeitraum von 42 Jahren veröffentlicht werden. Dieser große, breite, schwere Mann, dessen Laune oft vom Wetter abhängt, und der mit seinem falschen Kragen und seiner Melone durch das Paris der dreißiger Jahre streift, ist zu einer legendären Gestalt geworden, dem Film und Fernsehen die verschiedensten Züge verliehen haben: Abel Tarride, Harry Baur, Albert Préjean, Charles Laughton, Rupert Davies (BBC), Michel Simon, Maurice Manson, Jean Gabin, Gino Cervi, Heinz Rühmann, Jean Richard (ORTF), Pierre Renoir und viele andere mehr. *Rupert Davies übertraf sie alle*, schreibt Simenon. Und was die Frau des Kommissars angeht, so war *die beste «Madame Maigret» von allen, einschließlich der französischen Schauspielerinnen, eine Japanerin, die diese Rolle in der japanischen Fernsehserie spielte*[148]. *Sie trottete selbstzufrieden durch die Wohnung, tat der Form halber so, als ob sie herummäkele, rührte in ihren Töpfen das schmorende Essen um, hantierte mit Wassereimern, öffnete und schloß die Fenster und fragte von Zeit zu Zeit: «Eine Pfeife?»*[149] Es entbehrt nicht einer gewissen Pikanterie, daß sich eine japanische Schauspielerin besser in eine Rolle hineinfand, die ihren europäischen Kolleginnen offensichtlich schwerfiel.

Der Kommissar rauchte eine Pfeife, die Hände in den Taschen, mit grol-

Simenon vor der «Direction de la Police Judiciaire» am Quai des Orfèvres in Paris: Der Schriftsteller macht sich mit dem Polizeiapparat vertraut

lendem Gesichtsausdruck.[150] *Er blieb da, eine mächtige Erscheinung mit seinen eindrucksvollen Schultern, die einen großen Schatten warfen. Man rempelte ihn an, aber er schwankte ebensowenig wie eine Mauer.*[151] Als wir ihm das erste Mal begegnen, ist dieser Mann mit seinem kastanienbraunen, an den Schläfen ergrauten Haar 45 Jahre alt. Jules Amédée François Maigret ist 1884 (manchmal auch 1886) in Saint-Fiacre im Département Allier geboren, auf einem Gut, wo sein Vater zunächst als Jagdaufseher und dann als Verwalter angestellt war. (Simenon kennt die Region gut, da er einige Zeit mit dem Marquis de Tracy auf einem von dessen Schlössern im Allier gelebt hat.) Als er acht Jahre alt ist, stirbt seine Mutter im Wochenbett. Vier Jahre später zieht er zu einem Onkel und einer Tante nach Nantes, wo er das Collège besucht und dann sein Medizinstudium aufnimmt, das er nach dem Tod seines Vaters abbricht. Mit 22 Jahren tritt er in den Polizeidienst und steigt langsam die hierarchische Leiter vom einfachen Streifenpolizisten zum Divisions-Kommissar empor. In *Les Mémoires de Maigret* (*Maigrets Memoiren*)[152] – einem der seltenen Beispiele für Simenons Humor und zugleich *eine Art Selbstkritik*[153], in der er den Schriftsteller Simenon mit dem Kommissar zusammentreffen läßt – findet sich, genüßlich ausgebreitet, der Bericht von Maigrets Begegnung mit der Frau, die er 1912 heiratet: Eine Szene, die der Begegnung Simenons mit der großbürgerlichen Familie seiner ersten Frau Régine nicht unähnlich ist. Nachdem Maigret zunächst am Boulevard Edgar-Quinet und – ein gelungener Einfall – an der Place des Vosges in der Wohnung Simenons gelebt hat, der sich damals in Afrika aufhielt[154], bezieht er mit seiner Frau nun eine bescheidene Wohnung am Boulevard Richard-Lenoir im XI. Arrondissement, die er erst nach seiner Pensionierung aufgeben wird; von hier aus geht er Tag für Tag zu seinem Büro am Quai des Orfèvres – ein Büro, das mit seinem alten Kohleofen nie einer Veränderung unterworfen ist. Für «seine alten Tage» hat er ein Haus auf dem Land gekauft, in Meung-sur-Loire. *Maigret hat keine Kinder, da ich selbst keine hatte, als ich die ersten dreißig Bände schrieb.*[155] Simenon wird seinen Kommissar – seiner überdrüssig geworden – vorzeitig in den Ruhestand schicken, um ihn danach jedoch in den aktiven Dienst zurückzurufen, aus dem er sich nicht mit 55, sondern erst als Fünfundsechzig-(oder sogar Achtundsechzig-)jähriger endgültig zurückzieht.[156]

Die Mitarbeiter Maigrets und seine nähere Umgebung spielen eine wichtige Rolle: Sie schaffen einen vertrauten Mikrokosmos, dem man in jedem Roman wiederbegegnet. Da gibt es den dicken, polternden Torrence, den Simenon aus Versehen sterben läßt, um ihn als Gründer einer Privatdetektei – der *Agence O* – wieder zum Leben zu erwecken.[157] Weiter der kleine Lapointe, hoch aufgeschossen und mager, der sich wie ein junger Student benimmt, und den man *le chouchou de Maigret* nennt, «Maigrets Liebling».[158] Dann Janvier, ein junger, blonder Mann – Maigrets Schatten –, und Lucas, der immer schlecht angezogene und oben-

Viermal Maigret: Charles Laughton Michel Simon

drein noch schlecht gebaute Nachfolger des Kommissars, der ihn in allem nachahmt. Es gibt den Doktor Paul, der mit einer Zigarette im Mundwinkel die Autopsien vornimmt und dabei Anekdoten erzählt; im Labor der Kriminalpolizei arbeitet Moers, Spezialist für Papier-, Tinten- und Schriftanalysen – *ein junger, langer und magerer Mann, der seine kurzsichtigen Augen hinter dicken Brillengläsern verbarg*[159]. Hinzu kommen noch der Inspektor Lognon, Neveu und all die anderen, deren Porträt Simenon in groben Zügen umreißt. Es sind «seine Kinder», die Maigret gelegentlich duzt, während sie ihn stets siezen. Eine andere Ebene stellt die Welt der Justiz dar: Die alte Garde mit dem Richter Coméliau, mit dem Maigret eine gewisse Komplicenschaft verbindet – ein pedantischer, stets auf die Form bedachter Beamter, der Angst vor der öffentlichen Meinung hat; er läßt den Kommissar zwar gewähren, verteidigt aber die Gesellschaft, während Maigret für den einzelnen kämpft. Und die neue Garde junger, technokratischer Richter, die Maigret nicht mehr versteht.

Im Grunde ist Maigret nicht nur jemand, der *verstehen und nicht richten*[160] will: Er sieht sich als *raccomodeur de destinées*[161], als «Schicksals-Flicker», der wie ein Arzt oder Priester Opfer erretten will; und für ihn *gibt es keine Schuldigen mehr, es gibt nur Opfer*[162]. *Maigret hatte andere –*

Jean Richard

. . . und Rupert Davies (mit Simenon): «Er übertraf sie alle»

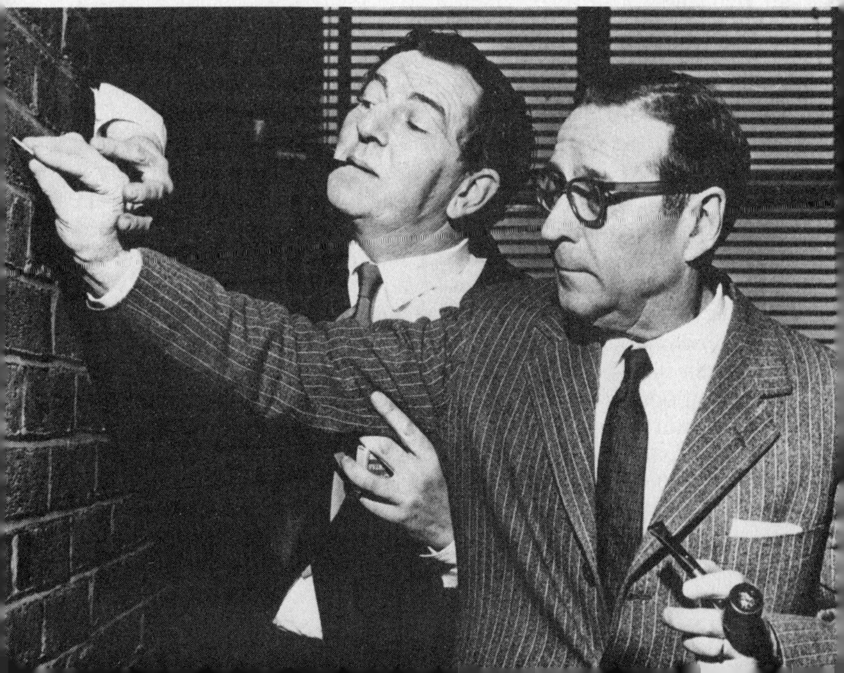

auch erfahrene Männer – schon davon zu überzeugen versucht, daß diejenigen, die auf die schiefe Bahn gerieten (und ganz besonders jene, die einen morbiden Eifer darauf verwandten, immer tiefer herabzusinken, und die ein Vergnügen daran fanden, sich selbst schlecht zu machen), fast immer Idealisten waren.[163] Außerdem *trägt jeder von uns alle Möglichkeiten in sich. Wir haben den Keim zu allem, den Keim zum Helden und den Keim zum Mörder, den Keim zum Dreckskerl und den zum Heiligen.*[164] Es ist dieses allgegenwärtige Bewußtsein, aus dem heraus sich Maigret manchmal dazu verpflichtet fühlt, zu intervenieren. *«Warum haben Sie das gesagt?» – «Was?» – «Daß Sie es waren, der die Flasche vergiftet hat?» – «Nur eine Idee!» brummte Maigret und biß auf das Mundstück seiner Pfeife. Allein im Wagen zuckte er wenigstens dreimal die Schultern wie ein Mann, der große Lust verspürt, sich über sich selbst lustig zu machen.*[165] Es kommt also vor, daß er sich über das Gesetz stellt: Nie würde Maigret jemanden aufs Schafott schicken. Im übrigen weiß er, was das heißt – er hat der Vollstreckung von Todesurteilen beigewohnt. Hinter seinem schwerfälligen, langsamen und brummigen Wesen, hinter seinem lakonischen und schweigsamen Temperament verbirgt sich ein weicher Kern, ein großherziger und schüchterner Mann, der (wie Simenon selbst) von sich sagen könnte: *Ich fühle mich als Mitglied jener Familie, die ihre Zeit dafür hingibt, das Leben des Menschen besser zu machen, gleich welches Menschen, welches menschlichen Embryos, welches Abschaums der Menschheit.*[166] Maigret ist ein Mythos – «der Protagonist dieses Heldenepos», «ein Zuschauer», der «auf seinen gebeugten Schultern den Fluch der Welt trägt».[167]

Die zutiefst menschliche Seite des Kommissars wird noch unterstrichen durch das Eingeständnis seiner kleinen Schwächen: seine Eßlust, sein ständiger Durst, seine Wetterfühligkeit, seine prosaische Art, seine Vorliebe für ein kleines, ruhiges Leben mit Madame Maigret zur Seite, die ihm seine Leibgerichte auftischt. *Ich glaube, ich hätte ohne weiteres ein Buch über Kochkunst und Gastronomie schreiben können.*[168] Eine Idee, die Robert Courtine in seinem Buch «La Cuisine de Madame Maigret» in die Tat umgesetzt hat.[169] Und wirklich: in den Maigret-Romanen versäumt es Simenon fast nie, eines der Rezepte von Louise Maigret anzuführen, das einem das Wasser im Munde zusammenlaufen läßt. Was ihr Mann liebt ist die gediegene Hausmannskost, wie er sie manchmal bei dem Feinschmecker Doktor Pardon und seiner Frau vorgesetzt bekommt (mit denen die Maigrets befreundet sind und die sie einmal im Monat besuchen), oder auch in einem kleinen Bistro; dazu ein Landwein aus der «Réserve» des Patrons: Es ist ein Metier, bei dem viel getrunken wird! *Sie schnitt große Scheiben direkt von der Keule herunter, die Maigrets Aufmerksamkeit auf sich zog, denn er hatte selten ein so saftiges Stück gesehen. Die dicke Frau machte einen Salat mit Knoblauch an, der ein wahres Meisterwerk zu sein schien. Sie kostete den Salat und goß einen*

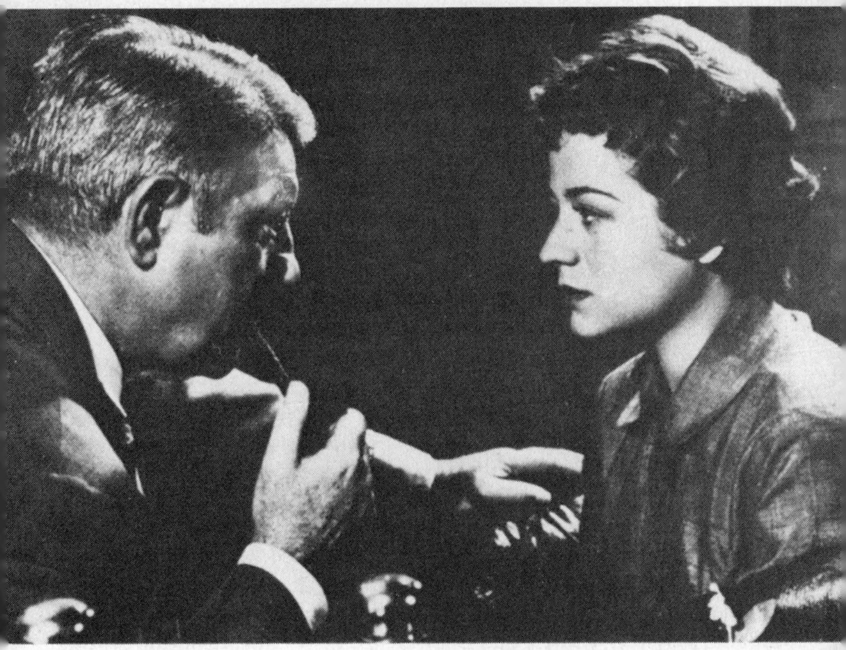

Maigret der Menschenfreund (Annie Girardot und Jean Gabin)

Schuß Olivenöl nach, das ein fruchtiges Aroma verströmte. Maigret hatte Hunger. Und da stand, nur einige Zentimeter vor seiner Nase, diese herrlich duftende Keule. Zwei Scheiben lagen noch auf dem Teller. Er nahm eine mit den Fingern und aß, ohne sich im Sprechen zu unterbrechen, als wenn auch er zum Haus gehören würde.[170]

Maigret läßt die Intimität der Menschen auf sich einwirken, mit denen er zu tun hat, und hängt verdauend seinen Eindrücken nach. Er geht eher intuitiv als deduktiv vor, *zieht seine Schlüsse aus einer gewissen Kraft der Vorstellung und der Sympathie*[171]. Indem er sich ein bestimmtes Bild von den Leuten macht, deren Gewohnheiten er kennt, gelangt er zur Lösung eines Falles. Immer wieder betont Maigret, daß er keine Methode habe. Er denkt nicht, glaubt nichts – niemals! «Nur in Romanen sieht man Polizei- oder Privatdetektive alle Fälle durch logisches Überlegen lösen.»[172] Im Gegensatz zu Sherlock Holmes ist Maigret ein Instinktmensch – ganz wie sein Erfinder: *Er ist kein Intellektueller, und ich bin es auch nicht.*[173] Eines freilich unterscheidet den Kommissar maßgeblich von seinem geistigen Vater: Maigrets Sexualität ist so gut wie inexistent: Er ist stark und braucht nichts unter Beweis zu stellen. In Simenons Werk (und Leben), wo die Sexualität allgegenwärtig ist, bildet Maigret die große Ausnahme. Nie erliegt er der fleischlichen Versuchung. Aber verspürt er sie überhaupt? «Er schläft nie mit einer Frau, nicht einmal mit Madame Maigret: Neben, aber nicht mit ihr.» [174] Und das, obwohl er in seinem Beruf Frauen aller Art begegnet, die grundsätzlich zwei verschiedene Kategorien angehören: ‹Müttern› an Heim und Herd und ‹Frauen› von Straße und Strich. Denkt man an die Romane von Raymond Chandler, «so zeigt sich der Unterschied zwischen den beiden Schriftstellern nirgends deutlicher als in ihrem Bild der Frauen. Simenon romantisiert sie nicht, erkennt aber (was Chandler so oft zu vergessen scheint), daß sie nicht nur Kurven, sondern auch ein Herz haben.» [175] Und einen Kopf: Wie schade, Monsieur Simenon, daß Sie das so oft vergessen haben! *«Und er war nicht verliebt?» Sie sagte weder ja noch nein, sondern gluckste. Das ist das Wort: Ein kleines Glucksen befriedigter Koketterie.* [176] Maigret ist «der pfeifenrauchende Anti-James-Bond» [177].

Dieser Einzelgänger mit seiner Vorliebe für Misanthropen kämpft für die Schwachen, die verkrachten Existenzen, die kleinen Leute. Entsprechend unwohl fühlt er sich im Milieu der Reichen, die er nicht mag. Er selbst gehört der sozialen Mittelschicht an, ist aber im Innersten erdverbunden und seinem Geburtsort verhaftet geblieben. Die Welt des Geldes und der Politik ist ihm verhaßt, ebenso wie die Rivalitäten zwischen Kriminalpolizei, Sicherheitspolizei und Gendarmerie. Seine Welt ist die, die Madame Maigret – Mutter und Ehefrau in einem – um ihn herum geschaffen hat: eine geordnete, friedliche, fröhliche Welt.

Eine Kompositions-‹Methode› im eigentlichen Sinne gibt es in den Maigret-Romanen wohl nicht; der Schaffensprozeß ist extrem schnell, das Buch entsteht in einer Art Trance, die das Unterbewußtsein des Autors bloßlegt. Dennoch gibt es bestimmte Konstanten in den Maigret-Romanen. Beginnen wir mit Maigret selbst: Sein Name sei der eines Nachbarns Simenons an der Place des Vosges, wurde behauptet, seine Physiognomie die des Urgroßvaters oder des Großvaters des Schriftstellers. *Ich wollte Maigret das Alter meines Vaters geben* [178], sagt dagegen Simenon – und dessen äußere Erscheinung, könnte man hinzufügen: kleiner Schnurrbart, Melone, über einen Meter achtzig groß, kastanienbraunes Haar und so fort. Nach vielen Mutmaßungen fragte sich Simenon schließlich selbst, ob nicht das allererste Vorbild Maigrets ein gewisser Monsieur de Saint-Hubert gewesen sei – Kommissar im Ruhestand und ein Freund seines Großvaters, mit dem er als Sechsjähriger allmorgendlich ins Schwimmbad gegangen ist. [179] Mit der Zeit habe er dann seine Figur zwei Starpolizisten des damaligen Frankreich angeglichen: Zum einen dem Kommissar Georges Massu, zum anderen Marcel Guillaume, dessen Devise «De la douceur avant toute chose» («Vor allem Sanftmut!») auch Maigret ausgegeben haben könnte. [180]

Der Autor läßt seinen Helden in Städten und an Orten auftreten, die er selbst sehr gut gekannt hat und die dem Leser mehr als naturgetreu zu sein scheinen. «Simenons Blick ist nicht nur der einer Kamera, sondern er erinnert uns manchmal an einen Fotografen, der seine Bilder kunstvoll komponiert.»[181] Was die Authentizität der Schauplätze betrifft, so gab es in Antibes zum Beispiel wirklich die «Liberty Bar»[182], so wie das «Picratt's»[183] in Paris, wenngleich zwischen der Realität und dem Roman eine Zeitverschiebung stattfindet; die meisten der Maigret-Romane spielen allerdings in Paris, wo Simenon gut zehn Jahre lang gelebt hat. Natürlich stattete der Autor seinen Helden mit persönlichen Kindheitserinnerungen aus: Waren sie nicht beide Meßdiener und haben sie sich nicht beide seinerzeit ein neues Gesangbuch gewünscht?[184] Beide rauchen sie Pfeife, beide lieben gutes Essen und Trinken, beide haben dasselbe Leibgericht: Fricandeau à l'oseille, Kalbsteak mit Sauerampfer. Aber entgegen der Behauptung so vieler Autoren: Maigret ist nicht Simenon. *Im Moment sind Sie nur ein Rücken, eine Pfeife, eine bestimmte Art zu kauen und zu brummen*, gibt der junge Sim zu; aber mit der Zeit wird es der Autor sein, der seinem Helden immer ähnlicher sieht. Gerade in den letzten Jahren, die Simenon mit seiner treuen Gefährtin Teresa in dem kleinen rosafarbenen Haus in Lausanne verlebte, gleicht seine Existenz auffällig dem friedlichen Ruhestand Maigrets, inmitten der Natur und gehätschelt von seiner Ehefrau-Mutter. Fast scheint es, als habe Simenon, dessen Leben so ruhelos und unstet verlief, so lange sein Bedürfnis nach Ordnung und Ruhe in seinen Maigret-Romanen kompensiert, bis er gegen Ende seines Lebens dieses Ideal verwirklichen konnte.

Nachdem er durch eine Reihe von Groschenromanen sein Handwerk gelernt hatte (zum Beispiel indem er versuchte, in nur 40 Zeilen eine bestimmte Persönlichkeit lebendig werden zu lassen), beschloß er 1929, sich an ein weniger festgelegtes Genre zu wagen – an den Kriminalroman, den er als *semi-literarische* Gattung bezeichnet: Romane, in denen man nicht völlig frei ist, da es einen vorgegebenen Rahmen und eine ‹Spielregel› (mit einem ‹Spielleiter›) gibt, aber gerade deshalb relativ einfach zu schreiben. Nicht nur «die Spannung und das Schreibtempo Simenons und Flemings werden von dem Genre bestimmt, in dem sie arbeiten: der kurze und spannende Thriller»[186], sondern diese Bücher wollen auch schnell gelesen werden, um «durch den Text hindurch die Seele gefangenzunehmen»[187] – was Simenon glänzend gelingt.

Fast alle Maigret-Romane laufen nach dem gleichen Schema ab: Die erste Phase zeigt die Hauptfigur, Maigret, und seinen Alltag – ein Leben der Routine, ohne besondere Ereignisse. Oft umreißen die ersten Seiten die Jahreszeit, das Wetter, das Befinden des Kommissars: Der Rahmen, in dem er sich bewegt, und seine Gewohnheiten – die berühmte «Atmosphäre», von der so oft gesprochen wird. Zum Beispiel in *Le Fou de Bergerac* (*Maigret und der Verrückte von Bergerac*)[188] – vielleicht einer der besten Romane der Serie. *Zufall auf ganzer Linie. Tags zuvor wußte*

Maigret noch nicht, daß er eine Reise unternehmen werde. Und dabei war es gerade die Jahreszeit, in der Paris ihm schwer zu werden begann: Ein Märzmonat mit einem würzigen Vorgeschmack des Frühlings, mit einem klaren, stechenden, schon mildwarmen Sonnenlicht. Madame Maigret war für zwei Wochen in das Elsaß zu ihrer Schwester gefahren, die ein Baby erwartete.[189] Es gibt eine ganze Reihe von Maigret-Romanen, die den Kommissar zunächst mit einem banalen, nebensächlichen Fall beschäftigt zeigen, mit einem ‹klassischen› Verbrechen oder dem eines Profi-Täters; bloße Routine, die nichts mit der eigentlichen Geschichte zu tun hat: *«Ich habe den Fall des Profi-Killers nicht untersucht, weil er mich nicht interessiert.»*[190] Als Mitglied der Internationalen Kriminologischen Gesellschaft weiß Simenon genau, wovon er spricht. *«A propos: Sie sind nie nach Bordeaux gefahren, um die Überprüfungen vorzunehmen, über die wir gesprochen hatten?» Eine unbedeutende Affäre. Es eilte nicht damit... Und genau in diesem Moment traf ein Sonnenstrahl die Kristallkugel, die der Chef als Briefbeschwerer benutzte. «Gute Idee! Ich habe gerade ohnehin nichts am laufen.»*[191]

Die eigentliche Geschichte beginnt erst in einer zweiten Phase: Das Verbrechen findet statt oder wird entdeckt, Maigret versucht, das Ereignis zu verstehen und zu erklären. *«He, da hinten!» schreit ihm Maigret zu, der in seiner Tasche nach dem Revolver sucht. Er hat keine Zeit, ihn zu ergreifen. Er sieht etwas Rotes. Und er spürt einen Schlag an der Schulter, bevor noch die Detonation zu hören ist.*[192] Es ist weniger die Frage, wer die Tat begangen hat, die sich stellt, als vielmehr die nach dem «Warum». Das geht so weit, daß Simenon dem Leser manchmal schon in der ersten Hälfte des Buchs den Täter preisgibt, etwa in *Maigret et le marchand de vin* (*Maigret und der Weinhändler*)[193]. In dieser zweiten Phase des Romans geschicht nur relativ wenig; der Kommissar überläßt die Routine seinen Mitarbeitern, während er selbst alle fünf Sinne wach hält: Die Fokussierung findet gewissermaßen in seinem Innern statt. Wir sehen mit Maigrets Augen, fühlen mit seinen Sinnen. «Chandler dagegen hat zwar einen wunderbaren Blick für Szenerien, aber nichts, was dem Geruchssinn Simenons gleichkäme.»[194] Die Romane sind sämtlich in der dritten Person geschrieben, wobei Maigret bald die Rolle des Handelnden, bald die des Erzählers übernimmt. *«Eine schlimme Sache?» – «Vor allem wird es lange dauern. Etwa zwei Wochen absolute Ruhe.» ... «Sagen Sie mal, unter uns: Was halten denn Sie von dem Verrückten von Bergerac? Glauben Sie auch wie die Leute, es sei eine Art gemeingefährlicher Irrer, der in den Wäldern lebt?» – «Nein!» Bei Gott! Maigret hatte Zeit gehabt, darüber nachzudenken... «Nur siehst du, mein alter Leduc, das hier ist keine kleine Stadt wie alle anderen! Es ist eine kleine Stadt, in der es einen Verrückten gibt!... Also gut, sei so lieb und beschaffe mir alle Bücher über Geisteskrankheiten, Perversionen, Manien... Und bring mir auch das Telefonbuch hoch!»*[195] *Maigret hatte sich für seine Lieblingszeit entschieden:*

Jean Gabin in «Maigret tend un piège» (1958)

neun Uhr morgens, wegen der seltenen Leuchtkraft der Sonne um diese Stunde, und auch wegen des Lebens, das jetzt auf dem großen Platz zu pulsieren begann – erst eine Hausfrau, die ihre Tür öffnete, dann das Holpern der Räder eines Karrens, das plötzliche Aufschlagen eines Fensterladens, und immer mehr und lauter bis zum Mittag. Von seinem Fenster aus konnte er auf einer Platane eines der Plakate sehen, die er überall in der Stadt hatte anschlagen lassen: Am Mittwoch um neun Uhr wird der Kommissar Maigret im Hôtel d'Angleterre einem jeden ein Hundert-Francs-Stück aushändigen, der ihm Auskunft über die Überfälle geben kann, die sich in Bergerac ereignet haben, und die das Werk eines Verrückten zu sein scheinen.[196]

Das Schlußverhör – die dritte Phase, in der sich oft das ganze Leben des Täters und der Aufklärungsprozeß des Falles kondensiert – erinnert stark an einen Monolog des Kommissars und ist manchmal eine bloße Formalie. *Es gab keine Antwort. Nur eine leichte Röte, die die Wangen des alten Mannes überflog. «Erlauben Sie mir, zunächst die juristische Seite des Falles abzuschließen … Übrigens glaube ich, daß zu dem jetzigen Zeitpunkt jedermann damit einverstanden sein dürfte … Samuel Meyer, den ich als bürgerlichen Abenteurer bezeichnen würde – das heißt, ein anerkannter Kaufmann, der auf verbotenen Gewässern segelt –, hat den Ehrgeiz, aus seinem Sohn eine bedeutende Persönlichkeit zu machen. Medizinstudium … Doktor Meyer wird Assistent des Professor Martel … Alle Zu-*

kunftsträume stehen ihm offen... Erster Akt: in Algier. Der alte Meyer empfängt Komplicen bei sich, die ihn bedrohen... Er befördert sie ins Jenseits... Zweiter Akt: noch immer in Algier. Er wird zum Tode verurteilt. Auf den Rat seines Sohnes simuliert er eine Hirnhautentzündung. Und der Sohn rettet ihn. Ist der Mann, der unter seinem Namen begraben wird, zu diesem Zeitpunkt schon tot? Das werden wir wohl nie erfahren! Der Sohn Meyer, der den Namen Rivaud annimmt... ist ehrgeizig! Ein Mensch von scharfer Intelligenz... Die einzige Schwäche: Er empfindet so etwas wie Liebe für ein krankes Mädchen und heiratet sie... Er läßt sich hier mit seiner Frau und seiner jungen Schwägerin nieder... Dieses junge Mädchen, das unter seinem Dach lebt, beschäftigt ihn, irritiert ihn, verführt ihn schließlich. Damit sind wir beim dritten Akt. Denn in diesem Moment ist der Staatsanwalt... auf dem besten Wege, die Wahrheit über den Chirurgen von Bergerac zu entdecken. Ist das richtig?» – «Das ist richtig», antwortete Monsieur Duhourceau ohne zu zögern mit klarer Stimme. «Man muß ihn also zum Schweigen bringen. Rivaud weiß, daß der Staatsanwalt eine ziemlich harmlose Leidenschaft hat: erotische Bücher... Rivaud wird sich ihrer bedienen... Seine Schwägerin wird Ihnen als vorbildliche Sekretärin vorgestellt... Nach und nach bringt sie Sie dahin, ihr den Hof zu machen... Françoise ist schwanger... Und um Sie in der Hand zu haben, muß man Ihnen einreden, das Kind sei von Ihnen... Françoise gelingt es... und Sie werden von jetzt an schweigen!... Und jetzt das Drama. Samuel... ist gänzlich verrückt geworden... Er hat zwei Frauen überfallen... und sie mit Nadelstichen ins Herz umgebracht... Er kommt nach Bergerac... und begeht ein weiteres Verbrechen... Dasselbe!... Erwürgen... Nadeln... Rivaud hat ihm Geld gegeben, damit er fortgeht... Der alte Samuel ruft ihn an. Sein Sohn rät ihm, kurz vor dem Bahnhof vom Zug abzuspringen... Das ist alles! Rivaud hat ihn umgebracht! Er duldete nichts zwischen sich und der Zukunft, für die er sich berufen fühlte.[197]

Maigret bringt Ordnung in seine Gedanken – ebenso wie Simenon, der von vielen Romanen sagt, er habe (auf die Gefahr hin, sich zu widersprechen) erst im letzten Kapitel entschieden, wer die Tat begangen hat. Sobald er auf die Frage nach dem «Warum» eine Antwort gefunden hat, ist für Maigret der Fall abgeschlossen. Oft überantwortet er den Täter der Justiz (manchmal aber auch seinem Schicksal) mit einer gewissen Nostalgie: *«Ich persönlich glaube nicht an die Schuld eines Kriminellen, wer er auch sein mag, denn der Mensch ist einem Schicksal unterworfen, für das er keine Verantwortung trägt.»*[198]

Bemerkenswert ist der übergroße Anteil an Dialogen in den Maigret-Romanen, obwohl der Kommissar in den letzten Bänden ziemlich «philosophisch» wird. *Im Gegensatz zu vielen meiner Kollegen gebe ich nur sehr sparsame Beschreibungen*[199], erklärt Simenon und läßt damit der Imagination des Lesers einen großen Spielraum. *Was die Gefühle der Figuren betrifft, so müssen sie allein durch ihre Gesten und Taten zum Ausdruck kommen.*[200] Man hat Simenons Stil als «internationale Erzähl-Ästhetik» oder «stilistische Neutralität»[201] bezeichnet, in Anspielung auf die Armut seiner Sprache. Der Schriftsteller ließ diesen Vorwurf freilich nicht gelten: *Wörter haben nicht immer den gleichen Wert – deswegen verwende ich so wenige in meinen Romanen.*[202] Das extrem eingeschränkte Vokabular von zwischen 895 und 2300 Wörtern[203] war es wohl auch, das die Übersetzung der Bücher Simenons in mehr als 50 Sprachen begünstigt hat. *Meine Sprache ist mehr oder weniger die des Alltags, auch wenn ich so selten wie möglich umgangssprachliche Worte oder Argot-Vokabeln verwende, da man mir sonst vorwerfen könnte, ich hätte es mir allzu leichtgemacht.*[204] Mit Vorliebe verwendet er «Substanz-Worte» (mots-matières): *Man braucht Wörter, die alle Welt kennt, Wörter des Alltags, die unmittelbar die Phantasie des Lesers ansprechen, um nicht zu sagen: seinen Bauch, Wörter, die bestimmte Assoziationen wachrufen, konkrete Wörter.*[205] Analysiert man Simenons Texte, so stellt man tatsächlich ein Überwiegen der Bezeichnungen des Raums und der sozialen Gegebenheiten fest[206], die wichtig sind, um die Handlung zu lokalisieren und ihre Authentizität zu suggerieren (Straßennamen usw.). In einigem Abstand folgt das «technische» Vokabular, das es dem Leser – etwa auf Grund sich weiterentwickelnder Techniken der Spurensuche oder neuer Verkehrsmittel – erlaubt, die Handlung einer bestimmten Zeit zuzuordnen und das ihn auch mit den Verfahrensweisen des Polizeiapparats vertraut macht. Dann das Vokabular der Sinneswelt: Maigret ist schließlich ein Instinkt-Mensch, um den herum eine bestimmte Atmosphäre wirksam werden muß. Bald sind es «überreiche Bilder des Lichts oder eines frischen, im Sonnenschein glänzenden Morgens»[207], bald trübe Nebelschwaden, die die Szenerie bestimmen. Sehr viel geringer ist der Wort-Anteil rationaler Lebensäußerungen, etwa der Denkprozesse Maigrets. Das geht so weit, daß man sich manchmal fragt, ob Simenons Gestalten überhaupt in der Lage sind zu denken. Auch die emotionalen Lebensäußerungen nehmen nur einen kleinen Raum ein; Simenon beschwört die seelische Verfassung seiner Figuren durch knappe Beschreibungen ihrer äußeren Erscheinung. «Eine Person in ihrer Individualität zu definieren bedeutet für Simenon in erster Linie, sie mit einem ganzen Stoß besonderer Gewohnheiten auszustatten: etwa ein übertrieben deutlicher verbaler Tick.»[208] So kommt es, daß der Leser manchmal den Eindruck einer gewissen seelischen Verkümmerung der handelnden Personen gewinnt (was notabene oft genug der Realität eines Verbrechens und seines Täters entspricht). Das Vokabular der Maigret-Romane ist durchweg simpel: 80 Prozent Grundwortschatz, weniger als 20 Prozent gängiger Wortschatz und weniger als 2 Prozent seltener Wörter. «Elegante Konstruktionen fehlen völlig. Metaphern und andere Stilfiguren sind nur selten vertreten. Die wenigen Symbole und Vergleiche wirken banal und verweisen auf eine Tendenz zur Simplifizierung, Stereotypisierung und klischeehaften Darstellung.»[209] Oft hat der Leser das Gefühl einer fortlaufenden Gegenwart, da Vergangenheit und Zukunft semantisch und grammatisch miteinander zu einer Art ‹Zeit-Symbiose› vermischt werden.

Das wäre freilich kaum genug, um den ungeheuren Erfolg der Maigret-Romane zu erklären; eine Vielzahl anderer, äußerer Faktoren kamen hinzu: Da war einmal der niedrige Verkaufspreis der Maigret-Romane. Weiter hatte Simenon als erster den genialen Einfall gehabt, für die Umschläge der Bücher aufwendige Fotos (zum Beispiel von Man Ray) zu verwenden, während die anderen Kriminalromane der Zeit eintönige Umschläge hatten. Und schließlich – nicht zu vergessen – Simenons unglaubliches Talent für Public-Relations.

Mehr aber als alldem verdankten die Maigret-Romane den spektakulären Erfolg ihrer Eigenständigkeit, der neuen Farbe, die sie in die Tradition des Kriminalromans brachten, so wie sie 1931 – im Erscheinungsjahr von *Pietr-le-Letton* – bestand. Es war die Tradition der «hard boiled school» in den USA, die von Edgar Allan Poe begründet, von Raymond Chandler und Dashiell Hammett fortgesetzt worden war. Schon 1841 ließ Poes berühmter Detektiv Auguste Dupin mit seiner phänomenalen Intelligenz die analytischen Fähigkeiten über die weitgehend eingeschränkte physische Aktion triumphieren, um seinen ersten Fall («Der Doppel-

Maigrets Adresse: eine kleinbürgerliche Wohnung am Boulevard Richard-Lenoir

mord in der Rue Morgue») zu lösen. Dupin stellt sich allerdings nicht (wie Maigret) die Frage nach dem «Warum» der Tat, sondern nur nach dem «Wer» und «Wie». In direkter Nachfolge Dupins steht Sir Arthur Conan Doyles Sherlock Holmes, erweitert um die Wesenszüge der Ironie, der Extravaganz und der distinguierten Beredsamkeit. Chandlers Philipp Marlowe dagegen ist ein «Superman», ein Mann der Tat; mit ihm kommen ein gewisser Realismus und ein typisch amerikanischer Manichäismus ins Spiel. «Chandler hält seine Kriminalromane für moderne Moralitäten.»[210] Dashiell Hammetts Privatdetektiv Sam Spade schließlich ist ebenfalls ein Tatmensch, einsam, ungebildet, unbestechlich, mißtrauisch und in jeder Situation ein zynischer Spötter. In Frankreich gilt Émile Gaboriau mit seiner 1866 erschienenen «Affaire Lerouge» als Begründer des Kriminalromans. Er gehört gleichfalls der Poe-Tradition an und versuchte, möglichst realistische Spannungsromane zu schreiben, die auf tatsächliche Ereignisse zurückgingen – ebenso wie Conan Doyle, der Gaboriau nach eigener Aussage viel verdankte.

Auch in Deutschland war die anglo-amerikanische Tradition maßgeblich, doch existierte daneben eine durchaus eigenständige deutschsprachige Kriminalliteratur, angefangen von E.T.A. Hoffmanns (bereits 1819 publizierter) Erzählung «Das Fräulein von Scuderi», die Schicksalhaftes mit den Elementen des Schauerromans verknüpft, über (zum Beispiel) Ricarda Huchs «Der Fall Deruga», Jakob Wassermanns «Der Fall Maurizius», Leo Perutz' «Der Meister des Jüngsten Tages» hin zu Werner Bergengruens «Der Großtyrann und das Gericht» und später Friedrich Dürrenmatt mit «Der Richter und sein Henker», «Der Verdacht» und «Das Versprechen». Von einer «Tradition» kann man freilich kaum sprechen, denn all diese Werke sind Einzelerscheinungen im Œuvre ihrer Autoren, die sich überdies als anerkannte Vertreter der ‹hohen› Literatur nicht an die breite Masse wenden. Bestimmte thematische Ähnlichkeiten zwischen diesen Romanen (vor allem den nach dem Ersten Weltkrieg geschriebenen) und denen Simenons – Gerechtigkeit, Schuld und Sühne unter dem Aspekt der Individualpsychologie und der Psychoanalyse – sind wohl eher zeit- und genrebedingt. Nach einzelnen Titeln, die schon in den dreißiger Jahren (bei der Schlesischen Verlagsanstalt) erschienen waren, kamen deutsche Übersetzungen der Maigret-Romane in Serie erst 1954 (beim Verlag Kiepenheuer & Witsch) auf den Markt, wurden dann jedoch auf Anhieb ein riesiger Erfolg.

Tatsächlich scheint Georges Simenon keinem Autor irgend etwas zu verdanken (nicht einmal dem so bewunderten Gaston Leroux und seinem Rouletabille), und ungeachtet ihrer prägnanten Realistik entsprechen seine Romane auch keinem der anglo-amerikanischen Modelle. Gegenüber dem Arsène Lupin Maurice Leblancs, dem Hercule Poirot Agatha Christies', Sherlock Holmes oder dem Lord Peter Wimsey von Dorothy Sayers, die neben vielen anderen in Frankreich äußerst populär waren (und sind), scheint Simenons Maigret zwei Dimensionen der Gattung zu erschließen, die es systematisch bis dahin nicht gab: Die der Atmosphäre und die der Psychologie. Parallel dazu entwickelte sich zwar das Genre des Spionage- oder Agentenromans – Ian Fleming (James Bond), Gérard de Villiers (SAS), Jean und Josette Bruce (OSS 117) und vor allem Frédéric Dard (San Antonio), mit dem Simenon anläßlich einer Bühnenfassung von *La Neige était sale*[211] zusammenarbeitete –, aber sie alle unterscheiden sich von Simenon durch ihren Jargon und das «Superman»-Auftreten ihrer Helden. Maigret dagegen ist ein Anti-Held, ein Kleinbürger, ein (Kriminal-)Beamter, ein «Mensch wie du und ich», der es dem Leser gestattet, sich voll und ganz mit ihm zu identifizieren. Die Alltäglichkeit Maigrets – seine Rituale, Marotten und Gewohnheiten – ist ein bißchen die unsere. Die Maigret-Romane wenden sich an die breiteste Schicht der Bevölkerung, an die kleinen Leute, für die Simenon öffentlich Partei ergreift. Daß der Kommissar die Clans und Kasten durchbricht, verschafft gerade diesem Leserkreis eine gewisse Befriedigung. (In dieser Hinsicht könnte man Inspektor Colombo einen direkten Nachfahren Maigrets nennen.)

Zum erstenmal in der Geschichte des Kriminalromans ist der Held von einem vertrauten Mikrokosmos umgeben. «Marlowe ist ein einsamer Wolf, während der Kommissar Maigret die Kriminalpolizei hinter und Madame Maigret neben sich hat.»[212] Neu ist auch, daß Maigret verheiratet ist und ein sogenanntes «bürgerliches» Leben führt, in dem nur seine Untersuchungen das «Abenteuer» darstellen. Auch die Täter sind denen der Romane eines Chandler oder Hammett entgegengesetzt: Normalbürger, für die eine einfache Unterscheidung nach Gut(en) oder Böse(n) nicht ohne weiteres möglich ist. «Das Verbrechen ist bei Simenon nicht mehr der Inbegriff des Unerhörten und des Sensationellen.»[213] Überwachung, Verfolgung, Kampf und Verhaftung – das «Handeln» – fehlen, ebenso wie die Brutalität; statt dessen Untersuchungen, Verhöre, Erinnerungen und Erkenntnisse – das «Verstehen». Überdies findet man in den Maigret-Romanen eine dezidierte Kritik an bestehenden Zuständen: am Fortschritt, an der Gesellschaft, an der Justiz, an der Technik... Der Mensch als Objekt in einer modernen kapitalistischen Gesellschaft, der seine Individualität verloren hat. Abgesehen von den jeweiligen psychologischen Vorgaben deckt Simenon die sozialen Zusammenhänge auf, die zu einem Verbrechen führen können – eine weitere, höchst moderne Neuerung, die die Maigret-Romane in die Gattung einbrachten. Da Simenon ein Adept der Theorien Alfred Adlers und sogar Mitglied der «Société des Amis d'Adler» war, wußte er auch um das Entstehen von Minderwertigkeits- oder Schuldkomplexen, die in einem Verbrechen kulminieren können.

Der Erfolg der Maigret-Romane im Buchhandel ist von den Verfilmungen fürs Fernsehen aufgegriffen und verstärkt worden: Allein in Frankreich hat der Kanal «Antenne 2» 92 Maigret-Filme produziert! Aber auch in Deutschland, Holland, England und Italien, in Japan und der UdSSR – überall ist Maigret «in Serie» gegangen. Es gab Momente, wo «Simenon Lust verspürte, sich von seinem Helden zu distanzieren. Mit dem rothaarigen Émile suchte er Zuflucht bei Rouletabille.»[214] Mit Joseph Leborgne[215], G 7[216] und dem Richter Froget[217] hatte er seinerzeit seine ersten Versuche auf dem Gebiet des Kriminalromans unternommen, mit *Le Petit Docteur*[218] und Émile und Torrence als Inhaber der *Agence O*[219] versucht er nun, sich von Maigret zu entspannen. Bald aber wird es Maigret sein, bei dem sich Simenon entspannt: Mit dem Entschluß, seinen ersten *roman dur* zu schreiben – seinen ersten richtigen, «harten» Roman –, will er endlich den entscheidenden Schritt tun, um ein echter Romancier zu werden. So verabschiedet er sich nach achtzehn Maigret-Romanen von seinem Kommissar, wenn auch nicht endgültig: Im Laufe der Jahre wird Simenon immer wieder zu Maigret zurückkehren, dessen Erfolg erst 1972 mit *Maigret et Monsieur Charles*[220] endet.

Glanz und Elend eines Romanciers

Als der Verleger Arthème Fayard das Manuskript von *Pietr-le-Letton* gelesen hatte, bestellte er bei Simenon auf einen Schlag genug Maigret-Romane, um ab 1931 jeweils einen pro Monat erscheinen zu lassen und den Markt zu überfluten. Die Ferien sind zu Ende: Georges kehrt nach Frankreich zurück und verbringt den ganzen Sommer des Jahres 1930 an der Schreibmaschine; die vier Maigret-Romane, die während dieser Zeit entstehen, sind die ersten Bücher, in denen der Autor sich keines Pseudonyms mehr bedient. Im Februar 1931 hatte Simenon den grandiosen Einfall, als Werbegag in dem Pariser Nachtclub «Boule Blanche» einen «Bal anthropométrique» zu veranstalten, bei dem die Gäste unter anderem – als würde man sie dem polizeidienstlichen Erkennungsdienst vorführen – ihre Fingerabdrücke am Eingang abgeben mußten. Er lud vierhundert Persönlichkeiten aus der Welt der Literatur, Kunst und Polizei ein – es kamen siebenhundert! Das Ereignis fand ein unglaubliches Echo: Nicht nur «le tout Paris» sprach von dem Ball, sondern er war in ganz Frankreich mehrere Tage lang das Gesprächsthema Nummer Eins und machte den Kommissar (der seinem achtundzwanzigjährigen Erfinder Erfolg und Reichtum bescheren sollte) berühmt, bevor noch der erste Maigret-Roman erschienen war.

Simenon gab die Wohnung an der Place des Vosges auf und zog sich auf die «Ostrogoth» zurück, um seinen Vertrag mit Fayard zu erfüllen. An Land erwartete ihn eine Chrysler-Imperial-Limousine mit Chauffeur: Ein Traum, den er sich erfüllt hatte. In demselben Jahr 1931 erwarb der Regisseur Jean Renoir (der Sohn des Malers) die Filmrechte an einem der Maigret-Romane, *La Nuit du carrefour* (*Maigrets Nacht an der Kreuzung*)[221]: Es war die erste von zahllosen Verfilmungen eines Buchs von Simenon. Inzwischen war das Boot verkauft worden und der Schriftsteller mietete mit Tigy eine Villa in Antibes – man begegnet der Stadt in *Liberty Bar*[222] wieder –, um dort den Winter 1931/32 zu verbringen. Danach finden wir die Simenons in der Vendée: *Ein flaches Land wie Limburg, und folglich ein weiterer Himmel als irgendwo anders.*[223] Viele der Romane Simenons spielen hier und in La Rochelle – einer Stadt, die ihn ganz besonders anzog und die ihrerseits im März 1989 den Autor mit einem eigenen Straßenzug ehrte, dem Quai Georges-Simenon. *In der Rue*

«La Richardière», wo sich der Schriftsteller als Gutsherr betätigte

du Minage gingen Türen auf und wieder zu. Familien begaben sich zur Saint-Sauveur-Kirche zwischen dem Kanal und dem Hafen. Man hörte die Sirenen der Schiffe. Ohne sich um den Sonntag zu kümmern, profitierten die Fischer davon, daß sich der Nebel aufgelöst hatte, und fuhren aufs Meer hinaus. Sie mußten die Durchfahrt im Gänsemarsch passieren. Die Stadt strahlte goldgelb in der Sonne; der Hafen war uniblau.[224] 1932 mieteten die Simenons bei La Rochelle ein Herrenhaus, «La Richardière», von dem sie hofften, es eines Tages kaufen zu können. Der Schriftsteller betätigte sich als Gutsherr: Das Haus wurde renoviert, Pferde angeschafft, Kaninchen, Truthähne und sogar Fasane gezüchtet. Georges pflanzte Bäume, als ob er sich für immer hier niedergelassen hätte. Nichtsdestoweniger unternahm Simenon in jenen Jahren viele Reisen, die er durch Artikel für verschiedene französische Zeitschriften finanzierte. So etwa 1932, als ihn eine strapaziöse, zweimonatige Reise nach Afrika führte; in den sechs Reportagen[225], die er darüber verfaßte, sprach sich der Schriftsteller entschieden gegen den Kolonialismus aus – einer der Artikel, der einen regelrechten Skandal entfesselte, war provokant *L'Afrique vous parle et elle vous dit merde!* überschrieben, *Afrika spricht zu euch und sagt euch*

Scheiße![226] Auch spätere Äußerungen zu diesem Thema zeugen von großer Weitsicht: *Ich stehe dem Kolonialismus um so kritischer gegenüber, als er heute unter einem anderen Namen fortdauert: als Hilfe für die Dritte Welt.*[227] Während die Simenons auf Reisen waren und den Kolonialismus studierten, hütete die treue Boule das Haus, den «Hafen» des Schriftstellers, in dem er seiner Produktivität freien Lauf ließ. 1933 jedoch – nach dem achtzehnten Maigret-Roman, der einfach *Maigret*[228] hieß, und in dem er seinen Kommissar in den Ruhestand versetzte – tat Simenon seinem völlig perplexen Verleger kund, er fühle sich nun reif, um seinen ersten «richtigen» Roman zu schreiben. (Tatsächlich hatte er seine ersten Versuche dieser Art schon früher unternommen: *La Folle d'Itteville – Die Verrückte von Itteville*[229] – im Juli 1931, und im Jahr darauf *Le Passager du «Polarlys» – Der Passagier der «Polarlys»*[230].)

Ein «richtiger» Roman durfte für ihn keiner Regel mehr unterworfen sein und mußte *den Menschen schlechthin* studieren, *den Menschen im Angesicht seines Schicksals*[231]. Dennoch fiel es Simenon schwer, sich vom Schema des Kriminalromans zu befreien, und wirklich findet man oft genug auch in seinen «echten Romanen», den «romans-romans», ein Verbrechen. Seine Arbeitsmethode ist nicht anders als sonst: dasselbe Ritual, das «Ausbrüten», der *Zustand der Gnade*, der «gelbe Umschlag» und so fort, bis seine Gestalten allmählich Besitz von ihm ergreifen, und er sein Unterbewußtes hervorsprudeln lassen kann. Jeden Morgen schreibt er binnen zweier, dreier Stunden ein Kapitel (bis zu 30 Seiten) in die Maschine; ebenso wie die Maigrets haben auch Simenons «richtige» Romane einen durchschnittlichen Umfang von 200 Seiten. Dabei wolle er (so erklärte der Schriftsteller in einem Brief an André Gide) nicht mehr eine Hauptfigur exponieren, sondern zwei oder drei, die miteinander verstrickt sind, oder vielleicht auch gar keine.[232] Analysiert man allerdings Simenons «harte» Romane, so läßt sich meist auch hier eine zentrale Figur feststellen, sowie ein bestimmtes Kompositionsschema, «ausgehend von einer Situation, die sich als Mangel charakterisieren läßt, den die Hauptfigur inmitten ihres Umfeldes verspürt»[233]: Mangel an Geld, Kontakt, Freiheit, Phantasie, körperlicher Kraft, sogar Mangel an Bildung, oder – wie 1939 in *Le Bourgmestre de Furnes* (*Der Bürgermeister von Furnes*)[234], einem der großen Romane Simenons – Mangel an Liebe und Wärme.

Durch harte Arbeit und durch sein Verhältnis mit einer reichen Witwe hat es Joris Terlinck zum Besitzer einer Zigarrenfabrik und zum Bürgermeister der kleinen flandrischen Stadt Furnes gebracht. *Man nannte ihn Baas, das heißt Chef; nicht nur zu Hause, nicht nur in seiner Zigarren-Manufaktur, sondern auch im Rathaus, im Café und sogar auf der Straße.*[235] Seine Mutter *haßte die Reichen. Womöglich haßte sie ihren Sohn, seit er zu Geld gekommen war. Sie standen einander gegenüber wie zwei Fremde.*[236] Seine Frau *sagte nichts, denn im Hause wünschte man sich*

Simenon in Afrika, 1932: «Afrika sagt euch Scheiße!»

weder einen guten Tag noch einen guten Abend[237]. Sie hat sich längst in ihr Los ergeben und sich auch damit abgefunden, daß ihr Mann mit dem Dienstmädchen Maria schläft, mit dem er sogar einen Sohn hat, einen rechten Nichtsnutz. So hart Terlinck seiner Umgebung gegenüber ist, so demütig ist sein Verhalten seinem einzigen legitimen Kind gegenüber – einem geistesgestörten Mädchen. Es lebt von Kindheit an eingesperrt in einem Zimmer, das nur er betreten darf. Eines Tages verweigert Terlinck (um seinen Prinzipien nicht untreu zu werden) einem jungen Mann ein Darlehen. *Er mochte weder Jef Claes noch sonst jemanden. Er verdankte ihm nichts. Er verdankte niemandem etwas außer sich selbst, denn niemand hatte ihm je geholfen, hatte ihm je das geringste Geschenk gemacht oder auch nur eine kleine Freude bereitet.*[238] In seiner Verzweiflung begeht der junge Mann Selbstmord und löst damit den «gesellschaftlichen Untergang» Terlincks aus, der sich um die Braut des Toten kümmert, seine beruflichen Pflichten vernachlässigt und schließlich sein Amt als Bürgermeister verliert. Seine Frau stirbt, man nimmt ihm seine Tochter fort und liefert sie in eine Anstalt ein. Aber das Leben geht weiter: Marthe, Madame Terlincks Schwester, nimmt schließlich ihre Stelle ein.

Anders als in den Maigrets sind in den «harten» Romanen Vorgeschichte und eigentliche Handlung nicht voneinander getrennt, sondern durchdringen einander. Der Mangel, den die Hauptfigur verspürt, hat in einem kompensierenden Verhalten seinen Ausdruck gefunden, in einer Art Flucht in geistige Überaktivität: Mystizismus, Rituale, fixe Ideen von Ordnung und Gesetz – oder die Arbeitsbesessenheit, wie sie Joris Terlinck an den Tag legt. *Es stimmt, daß er morgens fortging und erst abends wiederkam. Und wenn er zurückkam, brachte er sich noch Arbeit für einen Teil der Nacht mit... Wie alt war er eigentlich? Fünfundzwanzig Jahre? Sechsundzwanzig? Er war schon ruhig und dachte ebenso geradeaus wie er sprach, hart und pragmatisch... Er war einer der reichsten Männer von Furnes geworden. Er war der Bürgermeister.*[239] In anderen Fällen ist es eine körperliche Überaktivität (sexuelle Ausschweifungen, extreme physische Leistungen...), die einen wohltuenden Zustand der Betäubung zur Folge hat. Dann aber findet ein Ereignis oder ein Unglück statt, das den Mangel unerträglich werden läßt und die Hauptfigur dazu anregt, ihre ganze Existenz zu überdenken, bis sie von ihrem klar vorgezeichneten Verhaltensmuster abweicht. «Nehmen wir anstatt des Verbrechens den Unglücksfall, und wir können die Struktur der (Non-Maigret-)Romane Simenons sogar mit der des Kriminalromans in Einklang bringen.»[240] Für den Bürgermeister von Furnes ist dieser Unglücksfall der Selbstmord des jungen Mannes. *«Es gibt einen Toten...» Eine dicke Rauchwolke stieg von der Zigarre auf, und die Beine bewegten sich ein wenig. «Es ist Jef Claes... Er hat zuerst durchs Fenster auf Mademoiselle Van Hamme geschossen...» Man war erstaunt, weil Joris Terlinck sich nicht rührte, und vor allem, weil er eine ganze Zeitlang die Augen geschlossen hielt.*[241] *Hätte irgend jemand, der Terlinck in seinem Pelzmantel, mit seiner Ottermütze und seiner Zigarre vorübergehen sah, sagen können, daß er nicht genau derselbe Mann war wie gestern?*[242] Manchmal ist es ein Ereignis, das die Umgebung der Hauptfigur nicht einmal bemerkt, wie in *La Veuve Couderc* (*Die Witwe Couderc*)[243].

Jean, der Protagonist des Buchs, hat einen Mord begangen, ist aber aus Mangel an Beweisen nur zu einer Gefängnisstrafe verurteilt worden. Wieder auf freiem Fuß, zieht er zu der Witwe Couderc, wo er härteste Hofarbeiten leistet und mit einer fast kindlichen Unschuld wieder Freude am Leben findet. Eines Tages aber begegnet er einem jungen Mädchen... *Sie hatte vor ihm ausgespuckt und «Dreckskerl!» fallenlassen. Sein Tag war verpfuscht, und vielleicht sehr viel mehr als nur sein Tag; man*

«La Veuve Couderc» (1971) oder das tragische Schicksal einer Witwe und eines Sträflings, mit Simone Signoret und Alain Delon

hatte ihm seinen Himmel beschmutzt.[244] Von diesem Moment an gerät alles aus der Bahn, ist die Zeit der Unschuld vorüber. Ja, er ist wirklich ein Dreckskerl – nichts kann mehr den Gang der Dinge aufhalten. Die Erinnerungen steigen wieder an die Oberfläche, Jean ist besessen von seiner Schuld, die er nicht ertragen kann. Er hätte für sein Verbrechen die Todesstrafe verdient gehabt, aber man hatte ihn nur ins Gefängnis gesteckt: Weil er nicht «bezahlt» hat, fühlt er sich nicht «erlöst». So nimmt ein neues Drama seinen Lauf. Jean befreit sich von der Witwe Couderc, befreit sie von sich selbst – diesem armseligen Haufen menschlichen Fleisches, der zu allem Überfluß krankhaft eifersüchtig ist; vor allem aber befreit Jean sein eigenes Gewissen, denn diesmal – das weiß er – wird er für den Mord an der Witwe Couderc zum Tode verurteilt werden: Schuld und Sühne.

In der Regel bedeutet für Simenons «Helden» – zugleich Täter und Opfer – das Abweichen von ihrem Verhaltensmuster ein Überschreiten der Gesetze, denen ihr Leben unterworfen war; etwa, wenn der Bürgermeister von Furnes mit einem *«Bonsoir, Messieurs!»* den «Grand Cercle» der katholischen Stadt-Honoratioren betritt. *Es war eine unerhörte Kühnheit. Seit Menschengedenken war es wohl noch nie vorgekommen, daß jemand so diese Tür mit ihrer schmutzigen Holzvertäfelung aufstieß und der Runde kaltblütig einen guten Tag wünschte. Vor Überraschung blieben alle ganz starr. Terlinck aber zeigte ein noch ruhigeres Gesicht als sonst.*[245] *Es kam selten vor, daß Terlinck derart irgendeine Gefühlsregung zeigte, und es war entsprechend schwierig, zu bestimmen, was für ein Gefühl es war.*[246] Gelegentlich bringt dieser Bruch mit dem alten Leben ein Gefühl der Unbesiegbarkeit und Fatalität mit sich, als sei es eine höhere Gewalt, die die Hauptfigur antreibt oder sogar schützt. *Er fühlte sich so viel größer als sie alle, und als er selbst es bisher gewesen war!*[247] Zugleich aber stellen sich die Personen seiner Umgebung (gleich ob es nur eine Person ist, die Ehefrau etwa oder die Concierge, oder mehrere Personen als Repräsentanten einer bestimmten Autorität – Eltern, Ärzte, Polizisten) gegen die «Befreiung» des Helden, gegen dieses freiwillige Entblößen seines Ichs. *«Seit einiger Zeit sind Sie nicht mehr der alte, Joris... Und das gerade zu dem Zeitpunkt, wo ich glaubte, wir hätten nun ein wenig Ruhe... Sie haben alles, was Sie wollen... Sie sind Bürgermeister... Niemand wagt etwas gegen Sie zu unternehmen... Gott weiß, was Sie für ein Ende nehmen werden... Mit Ihnen geht es immer wieder von vorne los... Man glaubt, daß es mit dem Unglück ein Ende hat, und dann kommen Sie und setzen ein neues Unglück in Gang... Was werden Sie mit dieser Kleinen in Ostende machen?... Sind Sie mutig genug, es zu sagen?*[248] In Simenons Romanen «begegnet man dem sozialen Instinkt kaum je anders als in der Form einer Verstörung»[249].

Wenn es der Hauptfigur gelingt, sich von dem Unvermeidlichen zu befreien – von einer Illusion, der sie ihr Leben lang nachgelaufen ist, von einer zu strengen Mäßigung, von der Einsamkeit, die ihr Reichtum bedingt hat, oder ihre überhebliche Mediokrität, von einer Obsession –, dann zwingt dieses Ereignis auch die Personen in ihrem Umfeld dazu, sich selbst in Frage zu stellen; vieles, was sie bisher verdrängt hatten, steigt ins Bewußtsein empor. Der Konflikt, der daraus entsteht, ist bisweilen von tragischer Banalität, wie die «Szene», die Madame Terlinck ihrem Mann macht. *«Warum schauen Sie mich so an? Was denken Sie? Sie hassen mich, nicht wahr?» Er dachte nach, bevor er antwortete, öffnete den Mund. Schließlich sagte er gar nichts. «Sie sehen doch, daß Sie mich hassen! Sie geben es zu! Sie haben mich immer verabscheut! Und das, weil ich Sie ohne es zu wollen daran gehindert habe, das Leben zu führen, das Sie erhofft haben! Antworten Sie mir, Joris...» – «Was?» – «Eines Tages werden wir...» Die Bewegung schnürte ihr die Kehle zu. Gott weiß, welche Visionen vor ihren tränennassen Augen auftauchten. «Wir sind nicht mehr jung... Eines Tages, früher oder später... Einer von uns beiden...» Und dann, in einem regelrechten Tränenausbruch: «Was werden Sie tun, wenn ich tot sein werde?» – «Ich weiß nicht.» Er zündete sich eine Zigarre an, die er gerade auf dem Kamin gefunden hatte.*[250] Die «Krise» löst sich von selbst, der Erkenntnisprozeß ist nicht mehr rückgängig zu machen. *Ganz plötzlich verspürte er einen Kloß im Hals. Er schwieg, verwirrt von der*

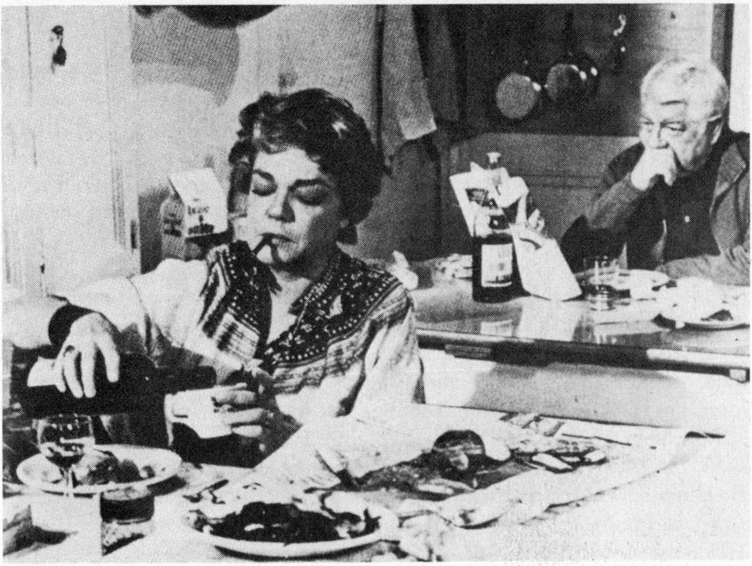

«Le Chat» (1971): die Hölle einer Ehe, inspiriert von der zweiten Ehe der Mutter Simenons, verfilmt mit Simone Signoret und Jean Gabin

Gewißheit, daß er noch weinen konnte.[251] Ob diese Erkenntnis nun zu einer Verleugnung oder zu einer resignierten Annahme des Ich führt: Was kann man anderes tun, als seine Instinkte, seine Leidenschaften, seine Herkunft hinzunehmen? Kämpfen? Nicht bei Simenon.

Die Hauptfigur hat also eine oder mehrere entscheidende Erkenntnisse (ihrer selbst, ihrer eigentlichen Wünsche oder auch anderer Personen, etwa des Vaters) gewonnen, die sie in ihr eigenes Leben integriert, ohne daß ihre Umgebung etwas davon ahnt. *Also los! Man mußte weitermachen! «Maria! … Haben Sie die Gänseleber und die Ananas? …» Erst mal da oben im zweiten Stock der Brei für Emilia. Sie war unbändig und bäumte sich auf wie ein Tier, das den Sturm wittert. Dann in der Etage darunter Theresa! Was soll's! Er mußte den Mut aufbringen, die Tür aufzustoßen, ihrem Blick zu begegnen, der ihn erwartet, der sich an allem festklammerte, was es Fremdes oder Beunruhigendes an ihm geben könnte, der fragte, der suchte, der sich beunruhigte.*[252] «Was in den Maigret-Romanen die Schlußverhöre sind, das sind in den Non-Maigrets die Geständnisse.»[253] *Mit wunderbarer Klarsicht hätte er sein Leben so zeichnen können, wie es wirklich gewesen war, wie er es endlich verstand, von dem kleinen Haus in Coxyde – strohgedeckt und mit grünem Zaun, wie er es gerade beschrieben hatte – über die kleine Zwei-Zimmer-Wohnung in der ersten Zeit seiner Ehe und über den Tabak- und Zigarrenladen Berthe de Grootes bis zu genau dieser Minute.*[254]

Am Ende eines Romans ist der Leser Simenons fast immer Zeuge eines Bruchs im Herzen des Helden oder gar seines Untergangs. Aber das Leben geht weiter – für Joris Terlinck ebenso wie für den alten Émile Bouin in *Le Chat* (*Die Katze*): *«Sie müssen vernünftig sein.» – «Ja.» Er versprach es. Er war immer vernünftig gewesen, und er würde es so lange sein, wie sie wollten, so lange es ihm erlaubt war. Er war... Der Gedanke war schwer zu formulieren. Das Lächeln des Arztes... Er war... Er suchte das richtige Wort und fand es nicht. Er war nichts mehr.*[255]

Wer aber sind Simenons Hauptfiguren? Manchmal Psychopathen, deren Krankheitsbild sich leicht diagnostizieren ließe; meistens aber sind es Neurotiker, das heißt Leute, «die für das Handwerk des Menschseins schlecht geeignet sind»[256] – anders gesagt: wir alle. Was den Schriftsteller interessiert ist der Mensch mit seinen Instinkten und Antrieben, derer er sich zwar nicht bewußt ist, die aber seine Existenz ganz und gar bestimmen. Das allein macht Simenons Figuren aus, und das ist es auch, was uns an seinen Büchern so sehr fasziniert. Seine Sicht des Menschen, an der er den Leser teilhaben läßt, ist deterministisch und pessimistisch.

Auch wenn seine Bücher an den verschiedensten Orten der Welt spielen, ist der Mensch doch immer und überall derselbe, mag er auch den Einflüssen der Atmosphäre, des Milieus oder des Klimas unterworfen sein, die ihn umgeben. Die Jahreszeit, in der Simenon die Handlung eines Romans situiert, ist oft identisch mit der, in der er geschrieben wurde; nicht so der Schauplatz: *Über den Ort, wo ich gerade lebe, kann ich nicht schreiben.*[257] Aber dem Schauplatz kommt ohnehin oft nur dekorative Funktion zu, mit Ausnahme der sogenannten «exotischen» Werke, wo er einen zwingenden Charakter hat und die Thematik bestimmt: Die Desillusionierung des Weißen, der als Kolonist inmitten einer Natur lebt, die ihn zugleich verzaubert und zugrunde richtet. Die Alltags-Sprache der «harten» Romane Simenons ist dieselbe wie in den Maigrets, wobei der nackte Stil wohl durch die unglaublich schnelle Niederschrift der Bücher bedingt wurde. Es gibt bestimmte Schlüsselwörter: *sale* («schmutzig») zum Beispiel, das der Autor häufig gebraucht, läßt an das Wort «visqueux» bei Jean-Paul Sartre denken, das etwa die gleiche sexuelle Konnotation hat. Und wie die Romane Sartres sind auch die Simenons – so Jacques Dubois – «Romane der Gleichgültigkeit»[258]. Die Erzählform ist fast immer die der dritten Person, und «jede Erzählung Simenons hat den Tonfall eines Verhörprotokolls, eines Verhörs über den Menschen»[259]. Erst 1946 schreibt Simenon mit *Lettre à mon juge* (*Brief an meinen Richter*)[260] einen Roman in der Ich-Form.

Interessant ist, daß sich oft Querverbindungen zwischen Romanen verschiedener Gattungen – Maigret-Romane, «harte» oder autobiographische Romane – erkennen lassen. Ist nicht zum Beispiel Frank (*La Neige*

«Les Fantômes du Chapelier» (1982): die bizarre Komplizität eines Mörders und seines Entdeckers, mit Charles Aznavour und Michel Serrault

était sale)[261] der «Bruder» Jean Chabots (*La Danseuse du Gai-Moulin – Maigret und die Tänzerin des «Gai-Moulin»*)[262], Jean Cholets (*L'Ane rouge*)[263] und sogar Roger Mamelins (*Pedigree*)[264]? Anders gesagt: Das Alter Ego des kleinen Georges Simenon, das auf die schiefe Bahn geraten ist? Und so, wie einzelne Personen, finden sich in Simenons ganzem Werk auch Themen, die immer wiederkehren und eng miteinander verflochten sind: die Einsamkeit (wie in *La Fenêtre des Rouet – Das Fenster der Rouets*)[265], der Haß als Lebensgrundlage (*Les Sœurs Lacroix – Die Schwestern Lacroix*)[266], die Doppelmoral (*Les Demoiselles de Concarneau – Die Fräulein von Concarneau*)[267] und die Nostalgie eines kleinbürgerlichen Lebens (*Le Relais d'Alsace – Das Postgasthaus im Elsaß*)[268], die Feigheit (*Feux rouges – Schlußlichter*)[269], die Bilanz eines Lebens (*La Prison – Das Gefängnis*)[270], das unausweichliche Schicksal (*La Chambre bleue – Das blaue Zimmer*)[271] und die Meisterung des Schicksals (*La Marie du port – Die Marie vom Hafen*)[272], die Starken und die Schwachen (*Le Fond de la bouteille – Der Grund der Flasche*)[273], Alter und Tod (*Il y a encore des noisetiers – Es gibt noch Haselnußsträucher*)[274], der Mutwille

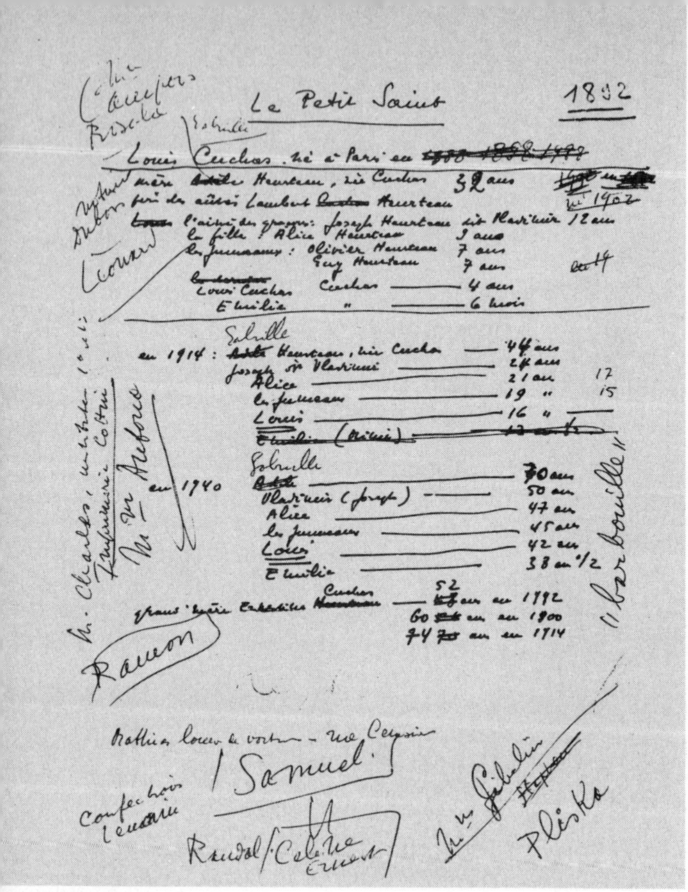

«Le Petit Saint»: die Vorderseite des «Enveloppe jaune» mit ersten Gedanken

(*Les Trois Crimes de mes amis – Die drei Verbrechen meiner Freunde*)[275], die Sinnlosigkeit eines Lebens (*Le Cercle des Mahé – Der Kreis der Mahés*)[276], die Eifersucht (*Le Rapport du gendarme – Der Rapport des Gendarms*) [277], die eiserne Willensstärke (*Le Haut-Mal – Der «Haut-Mal»*, das heißt die Epilepsie)[278], die Flucht (*Les Volets verts – Die grünen Fensterläden*)[279] und das Davonlaufen (*La Disparition d'Odile – Odiles Verschwinden*)[280], das erdrückende Familienleben und seine Mechanismen (*La Maison du canal – Das Haus am Kanal*)[281], Vater-Sohn-Beziehungen (*Malempin*)[282] oder einfach die Leidenschaft (*Trois Chambres à Manhattan – Drei Zimmer in Manhattan*)[283].

Schon zu Simenons Lebzeiten haben Literaturkritiker Werke wie *Long Cours* (*Große Fahrt*)[284], *L'Aîné des Ferchaux* (*Der Älteste der Fer-*

chaux)[285], *La Neige était sale, Une Vie comme neuve* (*Ein Leben wie neu*)[286], *Les Frères Rico* (*Die Brüder Rico*)[287] oder *Antoine et Julie*[288] als große Romane gerühmt; jetzt aber, nach seinem Tod, wird man wohl erst recht eine Entdeckung des Romanciers Simenon erleben. Besonders erwähnt werden müßten noch *Le Chat*[289] (das an Colettes Roman «La Chatte» denken läßt, in dem die Geschichte eines Mannes erzählt wird, der seine junge Frau verläßt, weil er ihr seine Katze vorzieht), *Lettre à mon juge*[290], *Le Président* (*Der Präsident*, vielleicht ein Clemenceau-Schlüsselroman)[291], *Le Petit Saint* (*Der kleine Heilige*, für den Renoir oder Picasso Modell gestanden haben sollen)[292], *Les Fantômes du chapelier* (*Die Fantome des Hutmachers*, für den Simenons Großvater Modell gestanden haben soll, der ja selbst Hutmacher war)[293], *Coup de lune* (*Tropenkoller*)[294] oder *Les Anneaux de Bicêtre* (*Die Glocken von Bicêtre*)[295]. So lang diese Liste scheinen mag, sie ist doch weit davon entfernt, vollständig zu sein: Zwischen 1931 und 1972 hat Simenon 130 «harte» Romane geschrieben! Und auf die Frage, welchen davon er als

«Le Petit Saint»: die letzte Seite des Typoskripts

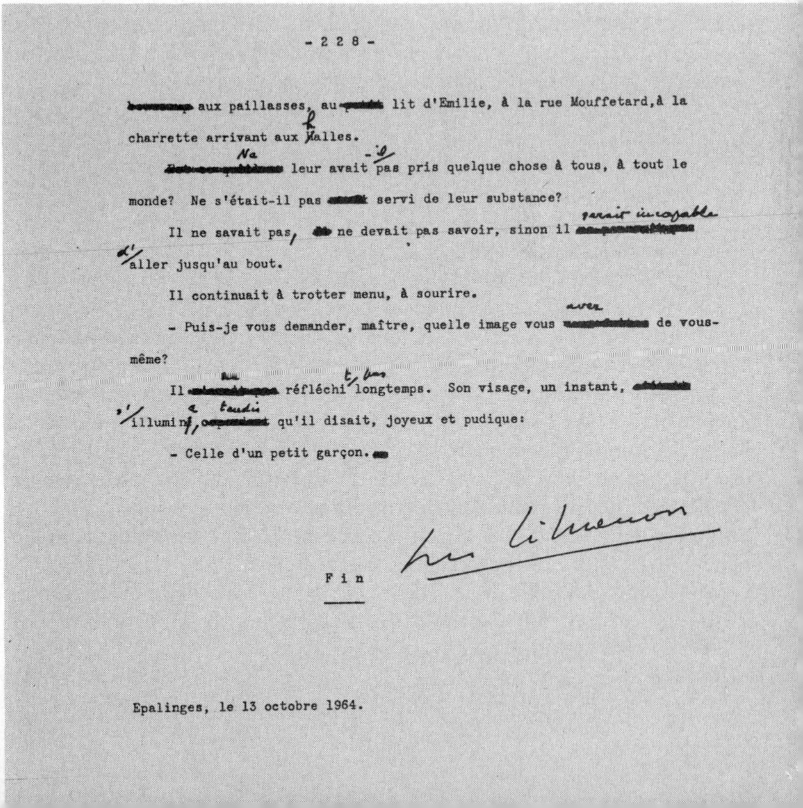

\- 228 -

aux paillasses, au lit d'Emilie, à la rue Mouffetard, à la charrette arrivant aux Halles.

Ne leur avait-il pas pris quelque chose à tous, à tout le monde? Ne s'était-il pas servi de leur substance?

Il ne savait pas, ne devait pas savoir, sinon il serait incapable d'aller jusqu'au bout.

Il continuait à trotter menu, à sourire.

\- Puis-je vous demander, maître, quelle image vous avez de vous-même?

Il réfléchit longtemps. Son visage, un instant, s'illumina, tandis qu'il disait, joyeux et pudique:

\- Celle d'un petit garçon.

Fin

Epalinges, le 13 octobre 1964.

seinen «großen» Roman bezeichnen würde, gab er zur Antwort: *Mein großer Roman ist das Mosaik all meiner kleinen.*[296] Man (Simenon) sagt zwar, er sei Dauerkandidat auf der Liste der Nobelpreise gewesen, doch die einzige internationale Auszeichnung, die er je erhielt, war (für die Erzählung *Sept Petites Croix dans un carnet – Sieben Kreuzchen in einem Heft*)[297] der amerikanische Edgar-Allan-Poe-Preis.

Die Arbeit als Romancier hinderte ihn freilich nicht daran, mit Tigy das Leben auf der «Richardière» zu genießen und Sport zu treiben: 1933 finden wir ihn als Golfspieler und Kanuten, Boxer, Angler, Reiter und sogar Sportflieger. Das Schreiben beschäftigte ihn nur einen Teil des Vormittags, und auch das bloß während einiger Wochen im Jahr. Zeit genug also für eine Reise mit seiner Frau kreuz und quer durch Europa. Natürlich hatte er wieder vor, in Reportagen seine Eindrücke zu schildern. Für die Revue «Voilà» zum Beispiel schrieb er eine Artikelserie *Europe 33*[298]: Der Bericht über seinen Aufenthalt unter anderem in Berlin, und zwar in demselben Hotel, in dem auch Hitler logierte. Hier wurde er von einer Gruppe deutscher Kommunisten angesprochen, die ihn baten, in Frankreich einen Artikel zu veröffentlichen und vor einem unmittelbar bevorstehenden Gewaltakt der Nationalsozialisten zu warnen. Simenon setzte sich mit «Paris-Soir» in Verbindung, doch die Redaktion winkte ab. Zwei Tage später ereignete sich der Reichstagsbrand, den das Hitler-Regime den Kommunisten in die Schuhe schob! Von Berlin ging es weiter nach Polen, in die Tschechoslowakei, nach Ungarn, Rumänien, Rußland und in die Türkei, wo Simenon im Juni 1933 ein Interview mit Leo Trotzki führen konnte; der Weitblick des Revolutionärs (vor allem hinsichtlich des Nationalsozialismus) verleiht diesem Text auch heute noch große Brisanz. Aus der Türkei brachte Simenon drei junge Wölfe mit, aus Malta einen ganzen Käfig voll exotischer Vögel: «La Richardière» füllte sich.

Mit dem vorläufigen Ende der Maigret-Serie (die er erst während des Zweiten Weltkriegs fortsetzen sollte) endete auch Simenons Verbindung zu den Éditions Fayard. Seinem neuen Verleger, dem großen Gallimard, stellte er seine Bedingungen (so wie er immer bestens seine Interessen zu verteidigen verstand): Er verpflichtete sich zwar, sechs Bücher pro Jahr zu liefern, Gallimard aber mußte sich höchstpersönlich zu seinem Autor begeben, um den jeweils nur ein Jahr gültigen Vertrag zu erneuern. Zu etwa derselben Zeit lief auch der Mietvertrag für «La Richardière» aus; der Besitzer lehnte es ab, den Herrensitz zu verkaufen, und die Simenons mußten wieder einmal umziehen. Es war das Ende einer ruhigen, glücklichen Zeit: Aufs neue begann eine Wanderschaft.

1934 verbrachten Georges, Tigy und Boule zunächst einige Zeit auf Porquerolles, dann folgte an Bord eines Schoners eine Kreuzfahrt im Mit-

Simenon und Tigy in New York, 1935

telmeer, die sich wieder in einer Reihe von Reportagen niederschlug. Schließlich ließen sie sich in einer alten Abtei nordöstlich von Orléans nieder, von wo der Schriftsteller und seine Frau bald jedoch zu einer neuen Weltreise aufbrachen, die sie diesmal nach Nord- und Südamerika, in den Pazifik, nach Australien und Indien führte. Seit seiner Hochzeit hatte Simenon, in seinem unersättlichen Hunger nach Sex, die «Jagd nach der Frau» keineswegs aufgegeben; auf dieser Reise nun scheint es, als wollte er auf jeder Station ein regelrechtes ethnologisches (oder sogar ethologisches) Studium der Spezies Frau betreiben. Für Simenon ist die Sexualität in erster Linie eine Kommunikationsform und dann erst ein hedonistischer Akt.[299] Tigy ahnte nichts von diesen Eskapaden, und doch endete diese Zeit der Unrast mit einer schweren Krise: Georges verliebte sich in ein sechzehnjähriges Mädchen, und zwar so heftig, daß er es zum erstenmal bei einer platonischen Beziehung beließ. Einige Monate später gab er das Mädchen zwar auf, aber das Gefühl des Unbefriedigtseins hatte aufs neue Besitz von Simenon ergriffen und er stürzte sich kopfüber in den Wirbel eines mondänen Lebens. 1936 bezog er ein Luxus-Appartement am Boulevard Richard-Wallace – nichts war ihm teuer genug, um zu glänzen: weder die Möbel noch seine Autos, seine Kleidung oder seine Empfänge. Später wird er sich für diese Periode des Snobismus schämen, auch wenn er sich hinter der Ausrede versteckt, er hätte eben alle sozialen Schichten studieren müssen, um sie besser beschreiben zu können. Er verkehrte im «Fouquet's», dem berühmten Restaurant an den Champs-Élysées, wo er Freundschaften mit dem Schauspieler Raimu, Marcel Pagnol, Arletty, Jean Cocteau, den Rothschilds und vielen anderen knüpfte. In diesem goldenen Käfig von Paris schrieb Simenon lediglich zwei Romane; die anderen – sehr viel umfangreicher als sonst, da sie als Fortsetzungs-Feuilleton veröffentlicht wurden (wie *Long Cours* und *Le Testament Donadieu*[300]) – entstanden fast alle auf Porquerolles, wohin sich Simenon zurückzog, wenn er der orgiastischen Feste überdrüssig war, die er am Boulevard Richard-Wallace veranstaltete.

1937 schließlich hatte er so sehr von allem genug, daß er ein kleines und einfaches Haus suchte, in dem er in aller Ruhe arbeiten konnte. Der Bruch mit dem alten Leben geschah von einem Tag auf den andern. *Ich habe mich ins Auto gesetzt, und wir sind nach Holland gefahren. Ich suchte ein kleines Haus am Meer, weitab vom Strand und von den Casinos. Je weiter ich von Holland aus die Küste der Normandie und der Bretagne entlangfuhr, desto deutlicher stellte ich fest, daß alle Ecken, wo man ans Meer gelangen konnte, übervölkert waren.*[301] Endlich kam er wieder nach La Rochelle, in die Nähe der «Richardière», wo er so lange gelebt hatte. *Es war nicht mehr ein Schloß, nach dem ich suchte, sondern im Gegenteil ein einfaches Landhaus, ein Haus (wie ich damals sagte), wo man gerne bei seiner Großmutter die Ferien verbracht hätte.*[302] Immer wird er seine vielen Wohnsitze nach einem Gefühl der Liebe auf den ersten Blick aussuchen.

Das «Großmutter-Haus» in Nieul, wo sich Tigy endlich bereit erklärt, ein Kind zu bekommen

Diesmal war es ein altes Priorat in Nieul, das er von Grund auf renovieren ließ. In der wenigen freien Zeit, die ihm die Umbauarbeiten ließen, schrieb Simenon lediglich Kurzgeschichten und Kriminalerzählungen – *Le Petit Docteur* (*Der kleine Doktor*)[303], *Maigret revient* (*Maigret kehrt zurück*)[304], *Les Dossiers de l'Agence 0* (*Die Dossiers der Agentur 0*)[305] –, die allerdings erst Anfang der vierziger Jahre veröffentlicht wurden.

Wieder einmal schien sich Simenon für immer einzurichten. Er stellte erstmals eine Sekretärin ein, Annette de Bretagne, die auch bei den Restaurierungsarbeiten mit anpackte, und eine Bretonin als Haushilfe: Er fühlte sich wieder wohl. Nach vierzehn Jahren Ehe war Tigy endlich damit einverstanden, ein Kind zu bekommen; stets hatte sie sich dagegen gewehrt, jetzt aber schien sie zu glauben, daß es dieses Kind war, was Georges fehlte. Irgend etwas fehlte Simenon immer: Seine innere Unruhe, diese ständige Suche nach dem «nackten Menschen», nach der Frau, nach sich selbst ließ sich immer nur vorübergehend stillen. Nach der Zeit als «typischer Pariser Millionär» übte er sich nun in der Rolle als glücklicher und besorgter «werdender Vater». Am 19. April 1939 kam sein Sohn Marc zur Welt – nach einer ganzen Reihe von Aufregungen. Simenon fürchtete den Ausbruch des Krieges mit Deutschland (der für

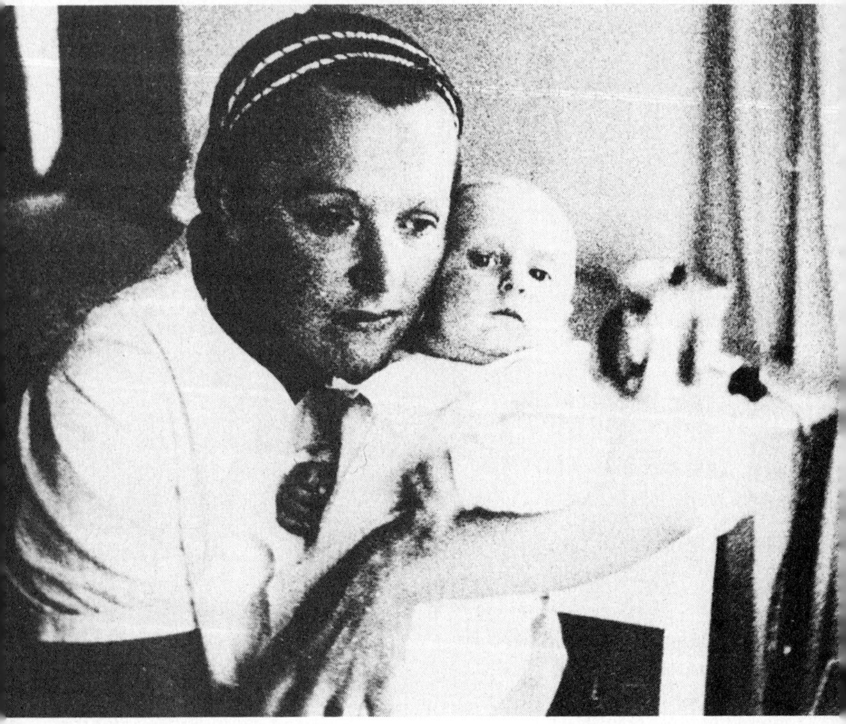

Tigy mit ihrem Sohn Marc – dem einzigen Kind aus Simenons erster Ehe

ihn unweigerlich die Einberufung zur belgischen Armee bedeutet hätte) und hatte sich auf den Weg gemacht, um Tigy der Obhut ihrer Familie anzuvertrauen. An der Grenze teilte man ihm mit, dank der Münchner Verträge sei der Frieden gesichert, und die Simenons kehrten nach Nieul zurück. Aber wenn es um die Gesundheit geht, will Simenon nur das Beste: Im Hinblick auf die bevorstehende Geburt hatten ihm befreundete Ärzte einen Professor in Straßburg empfohlen, eine international anerkannte Kapazität. Georges und Tigy fuhren also nach Straßburg, blieben dort aber nur kurze Zeit; die Generalmobilmachung trieb sie weiter nach Brüssel, wo sich eine der besten Kliniken Europas befand, die «Edith-Cavell-Klinik»; hier wurde Marc dann auch endlich geboren.

Georges Simenon nahm als stolzer, überglücklicher Vater in Nieul seinen gewohnten Lebensrhythmus wieder auf. Am 3. September 1939 jedoch wurde über den Rundfunk die Kriegserklärung Englands und Frankreichs gegen Deutschland bekanntgegeben. Der Schriftsteller ahnte, was das bedeutete: Er riß in seinem Garten die Blumen aus und pflanzte statt dessen Gemüse an, legte sich einen Vorrat an Kaffee zu und bereitete sich auch sonst auf die kommenden harten Zeiten vor, ohne deswegen seine Arbeit als Romancier zu vernachlässigen. Anfang Mai 1940 aber, als in Belgien die Generalmobilmachung aufgerufen wurde, verließ Simenon Nieul. In der belgischen Botschaft in Paris jedoch schickte man ihn nicht an die Front, sondern ernannte ihn zum Oberkommissar der belgischen Flüchtlinge, für die man die beiden Charente-Départements als Auffangregion bestimmt hatte. Nach Nieul zurückgekehrt, arbeitete er Tag und Nacht, um die Unterbringung von rund 55000 Flüchtlingen zu organisieren – nicht lange jedoch: Nach der Kapitulation der Armee, am 27. Mai 1940, war es die Rückkehr der Belgier in ihre Heimat, um die sich Simenon kümmern mußte. Damit war nach wenigen Wochen schon seine Tätigkeit als Flüchtlingskommissar beendet; das Schicksal der Flüchtlinge hat auch in zwei Romanen seinen Niederschlag gefunden: *Le Clan des Ostendais* (*Der Clan der Ostender*)[306] und *Le Train* (*Der Zug*)[307]; das Thema «Krieg» ist damit für Simenon literarisch erledigt. Er entschloß sich, mit seiner Familie Nieul – allzu exponiert und bald darauf requiriert – zu verlassen und mietete einen bescheidenen Bauernhof im Wald von Vouvant in der Vendée, wo er «in Sicherheit» arbeiten konnte. Ein Buch folgte dem andern, darunter *La Vérité sur Bébé Donge* (*Die Wahrheit über Bébé Donge*)[308].

Im September 1940 bezogen die Simenons die Hälfte eines alten, herrlichen Schlosses in Fontenay-le-Comte, wo sie die nächsten zwei Jahre verbringen sollten, bevor sie eine große Villa in St. Mesmin-le-Vieux mieteten. Eines Tages ereignete sich etwas, das für das Leben und die Karriere des Autors von entscheidender Bedeutung sein wird: Simenon war gerade dabei, für Marc ein Stück Holz zu schnitzen, als das Messer abglitt und sein Knauf ihn an der Brust verletzte. Der Arzt in Fontenay-le-Comte, wo er sich röntgen ließ, erklärte ihm, er habe die Krankheit seines Vaters (Angina pectoris) geerbt und noch zwei Jahre zu leben, aber auch das nur, wenn er sich schone: kein Alkohol, kein Tabak, kein Geschlechtsverkehr. Tigy suchte selbst den Arzt auf, um ihn über Georges' Gesundheitszustand zu befragen, und wurde beruhigt: «So schlimm ist es gar nicht mit ihm.»[309] Simenon war 37 Jahre alt und seine Geschichte nahm eine merkwürdige Wendung: Tatsächlich sollte er in aller Ruhe (und ohne sich der Résistance anzuschließen) das Ende des Krieges erleben; er suchte auch keinen anderen Arzt auf, um sich eine Gegendiagnose stellen zu lassen. Für ihn – war er nicht schon immer ein Hypochonder? – stand fest, daß seine Ängste bestätigt worden waren.

So widersprüchlich wie dieses Ereignis ist auch ein anderes, das sich gegen Ende des Krieges in St. Mesmin-le-Vieux abspielte, wo Simenon von der Bevölkerung als regelrechter Wohltäter betrachtet wurde. Tigy, Boule und Simenon selbst geben verschiedene Berichte ab: Soldaten kamen, um den Schriftsteller festzunehmen. Simenon führt detailliert aus,

Das Schloß in Fontenay-le-Comte, in dem die Simenons einen Flügel bewohnen

daß es sich um deutsche Soldaten handelte, weil er einer Gruppierung der Résistance sein Auto zur Verfügung gestellt und auch sonst geholfen habe. «Es waren Leute von der FFI, der ‹Force Française de l'Intérieur›»[310], behaupten dagegen Boule und Tigy. Hatte man Simenon – vielleicht wegen seiner häufigen Kontakte (als Flüchtlingskommissar) zu den deutschen Besatzungsbehörden – im Verdacht der Kollaboration? Jedenfalls scheint er zwei Monate lang in Les Sables d'Olonne als mutmaßlicher Kollaborateur unter Hausarrest gestanden zu haben.[311] Nach dem Krieg emigrierten die Simenons in die USA; war es Angst (und wenn ja, wovor?), die den Schriftsteller aus Frankreich forttrieb? Nicht einmal Nieul vermochte ihn zurückzuhalten.

Während der zwei Jahre in Fontenay-le-Comte schrieb Simenon sein erstes autobiographisches Werk, *Pedigree*[312]. *Ich hatte damals einen erst zweijährigen Sohn, und ich überlegte, daß er als Erwachsener fast nichts über seinen Vater oder dessen Familie wissen würde.*[313] So begann er, unter dem Titel *Je me souviens* (*Ich erinnere mich*)[314] einen langen Brief an seinen «lieben Jungen» zu schreiben, der zunächst nicht zur Veröffentlichung bestimmt war. André Gide, der an Simenon großen Anteil nahm und seit 1938 mit ihm im Briefwechsel stand, bat ihren gemeinsamen Verleger Gallimard, ihm das Werk zuzusenden, an dem Simenon gerade arbeite. Nachdem er *Je me souviens* gründlich gelesen hat, verpaßte Gide seinem Freund freilich eine *«kalte Dusche»*[315] und veranlaßte ihn, das Manuskript von Grund auf umzuschreiben: *Nicht mehr in der ersten Person, sondern, um mehr Leben hineinzubringen, in der dritten.*[316] So entstand schließlich *Stammbaum*, der *ein Roman, also ein Werk ist, in dem die Phantasie und die Wieder-Erschaffung den größten Teil einnehmen, was mich nicht daran hindert, zuzugeben, daß Roger Mamelin viel Ähnlichkeit mit dem Kind aufweist, das ich war*[317]. Das Buch, das in der Originalausgabe 506 Seiten umfaßt, beginnt 1903 und schließt mit dem Ende des Ersten Weltkriegs. Das Milieu, die Familien, die Kindheit und die Stadt, die Simenon hier mit seinem «pointillistischen» Stil, seinem sinnlichen Realismus und seiner nackten Sprache beschreibt, stellt einen regelrechten Mikrokosmos des Schriftstellers dar. Nach eigener Aussage hatte er zwar mit *Pedigree* (für den er zunächst einen «Dichtung und Wahrheit» entsprechenden Titel gesucht hatte) ein für allemal mit seiner Familie

Simenon glaubt, er habe nur noch zwei Jahre zu leben: «Pedigree» soll Marc Aufschluß über seine Familie geben

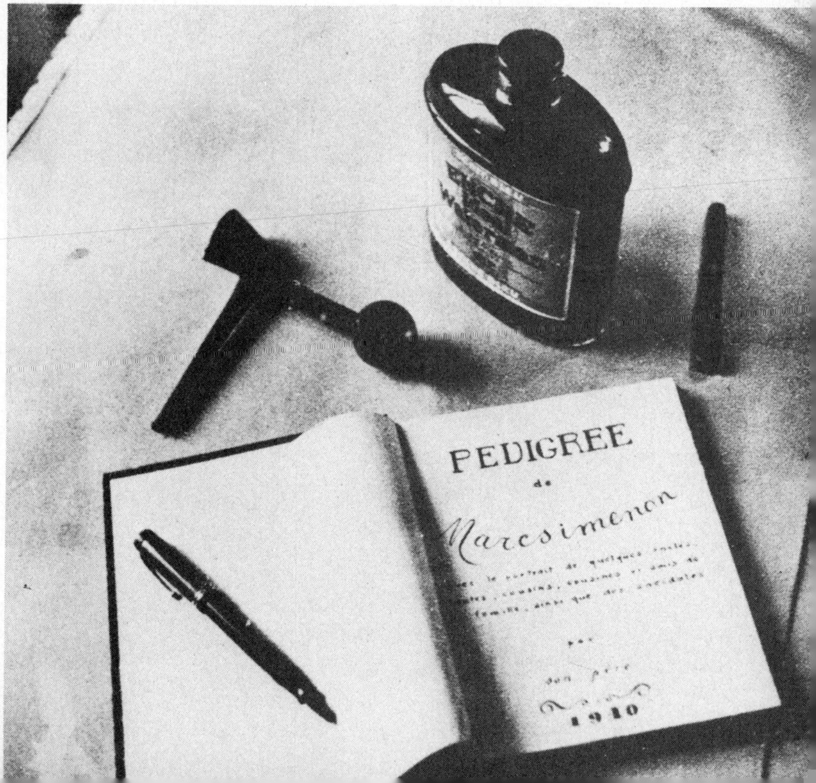

abgeschlossen und konnte sich nun anderen Personen zuwenden.[318] Doch 40 Jahre später wird er zu *Pedigree* (das bei den Lesern einen gewaltigen Erfolg erzielt) eine Art Fortsetzung schreiben, diesmal in der ersten Person: *Les Mémoires intimes* (*Intime Memoiren*)[319], die er nach ihrem Selbstmord dem Andenken seiner Tochter Marie-Jo widmet, und denen er ihre Gedichte, Briefe und Aufzeichnungen hinzufügt.

Während der Kriegsjahre hatte – auch unter der Okkupation – die Reihe der Maigret-Verfilmungen nicht abgerissen, und Simenon entschloß sich, *zur Zerstreuung* (und um sich *das nötige Kleingeld* zu verschaffen) einige neue Maigret-Romane zu schreiben, darunter 1941 *Signé Picpus* (*Maigret contra Picpus*)[320]. In seinem Privatleben dagegen sind zwei entscheidende Ereignisse anzumerken: Das erste (im Februar 1944) war sein Besuch bei zwei großen Pariser Kardiologen, die ihm versicherten, daß er sich bester Gesundheit erfreue. Das hatte gewissermaßen das zweite Ereignis zur Folge: Nach Hause zurückgekehrt, ‹feierte› Georges gerade mit Boule seine «Auferstehung», als Tigy sie im Bett überraschte: *«Du wirst mir den Gefallen tun, dieses Mädchen sofort vor die Tür zu setzen!» – «Nein!»*[321] Er sprach sich mit Tigy aus und gestand ihr, daß er sie (die ohnehin nie sinnlich war) seit zwanzig Jahren mit Hunderten anderen Frauen betrogen hatte. Das Paar traf ein «Gentleman-Agreement»: *Offiziell werden wir Mann und Frau bleiben, in Wirklichkeit aber Freunde sein*, und was die Hauptsache ist: *Weder der eine noch der andere wird Marc verlieren.*[322]

Die denkwürdigen Erlebnisse des Georges Simenon

Nach Ende des Krieges waren Simenon und seine Familie vorerst aus der Isolation zurückgekehrt und hatten sich wieder in Paris niedergelassen, solange sie auf das Visum für die USA warten mußten – Zeit genug, um zwei neue Maigret-Romane zu schreiben, die im Paris der dreißiger Jahre spielen. Simenon gab vor, er wolle die Länder besuchen, in denen seine Bücher übersetzt worden sind, und seinem Sohn eine *amerikanische Erziehung* zukommen lassen; Régine dagegen spricht von einer Flucht vor dem Kommunismus, der Frankreich bedrohte. Kurz, jeder Grund war recht, um abzureisen. Boule sollte später nachkommen, da Tigy nicht wollte, daß sie mit ihnen fuhr. Nach zwölftägiger Überfahrt auf einem schwedischen Frachter trafen die Simenons schließlich im Oktober 1945 in New York ein, wo die Journalisten zum Empfang bereit standen: Auch hier war der Schriftsteller schon eine Berühmtheit. Die nächste Station war die zweisprachige Provinz Québec in Kanada, um erst einmal Englisch zu lernen. Simenon mietete einen großen Bungalow in Ste. Marguerite-du-lac-Masson und direkt gegenüber ein einfaches Haus aus grauem Stein: für sich selbst zum Arbeiten und für die zweisprachige Sekretärin, die er dringend brauchte. So begegnete er Denyse Ouimet, die seine zweite Frau werden sollte.

Sie war damals 25 Jahre alt, angestellt beim britischen Informationsdienst in Philadelphia, war *sehr stark geschminkt* und *trug sehr hohe Absätze*[323]; die zierliche junge Frau trank unmäßig und hatte schon mit vielen Männern geschlafen. *Ich lernte zum erstenmal das kennen, was man Leidenschaft nennt*[324], gesteht Simenon in seinen *Mémoires intimes* und beschreibt mit der ihm eigenen, schamlosen Offenheit die Schnelligkeit und Heftigkeit, mit der es gleich bei seiner ersten Begegnung mit der frigiden Denyse zum Geschlechtsakt kam.[325] Es war die komplizierteste, snobistischste und fragilste Frau, mit der er je zu tun gehabt hatte. Sie ‹willigte ein›, die Sekretärin des Schriftstellers zu werden, der sich ihr gegenüber als wahnsinnig eifersüchtig entpuppte. Die äußerste Brutalität, zu der ihn diese Leidenschaft manchmal reizte, inspirierte Simenon 1946 zu seinem ersten in der Ich-Form geschriebenen Roman *Lettre à mon juge*[326], der die zerstörerische Beziehung zwischen einem Landarzt und der körperlich und seelisch verstörten Martine beschreibt.

Denyse Simenon – eines der seltenen Fotos von Simenons zweiter Ehefrau

Über die subtile psychologische Analyse des Phänomens der Leidenschaft hinaus läßt das Buch vor allem auf das Verhältnis Simenons zu Denyse höchst interessante Rückschlüsse zu, beweist es doch, daß er sich schon zu Beginn dieser Beziehung unweigerlich über deren Charakter und ihr zwingend unglückliches Ende im klaren war. Was ihn an Denyse faszinierte, war gleichermaßen die Frau und die Aufgabe, die sie darstellte: *Ich spürte, daß sie von sich selbst, von ihrer Vergangenheit, von den wenigen Jahren, den so wenigen Jahren, in denen sie alles verloren hatte, erlöst werden mußte.*[327] Wie die Hauptfigur der *Lettre à mon juge* will auch er «Schicksals-Flicker» spielen, aber zum erstenmal geht es nicht um die Literatur, sondern um die Realität. Im Januar 1946 richtete sich Denyse in dem kleinen grauen Haus ein, offiziell als Simenons Sekretärin. Der kleine Marc ließ sich nicht täuschen, und Régine merkte bald darauf, daß sich Denyse veränderte: kein Make-up und kein Nagellack mehr, die Haare lang getragen – Georges war am Werk. Er hatte entschieden, daß die junge Frau ihr Gesicht als kleines Mädchen wiederfinden, natürlich und rein aussehen müsse. Tigy akzeptierte die Situation – ein neues Abenteuer, nichts weiter –, zumal Georges glücklich, die Natur herrlich war.

Zu dieser Zeit wechselte Simenon aufs neue den Verlag, von Gallimard zu den Presses de la Cité. In den zehn Jahren, die er in Nordamerika verbrachte, entstanden 26 Maigret- und 27 Non-Maigret-Romane, deren Anfang (im Januar 1946) *Trois Chambres à Manhattan*[328] bildete; schon hier finden sich übrigens brutale Szenen, wie sie zwischen Georges und Denyse stattfanden. Es war indessen stets Simenon, der sie auslöste; Denyse dagegen war so wenig eifersüchtig, daß sie ihm sogar vorschlug, mit Prostituierten zu schlafen: *Warum nicht noch eine, Jo?*[329] Die Frau auf den Genußwert eines Bonbons reduziert. Aber betrachtete sich nicht Denyse selbst als eine «Nutte», was Georges ihr in seinen Eifersuchtsszenen auch wiederholt vorwarf? Gelegentlich nahm sie selbst an den sexuellen Eskapaden Simenons teil – mit Vergnügen, behauptet der Schriftsteller, während sie selbst sagt, es sei widerwillig geschehen. Jedenfalls versuchte sie eines Tages (im Rausch), sich zu ertränken.

In einem anderen, in Hollywood verfilmten Roman, *Le Fond de la bouteille*[330], taucht lange vor «Dallas» und «J. R.» ein gewisser *P. M.* als Held auf. Schauplatz dieses Buchs ist die mexikanische Grenze, doch Romane, die in den USA spielen, bilden während Simenons amerikanischer Jahre die Ausnahme; die meisten sind nach wie vor in Frankreich situiert. Wie sehr er sich nach seiner Heimat und seiner eigenen Vergangenheit zurücksehnte, sollten 1950 die *Mémoires de Maigret*[331] zeigen, in denen sich der Kommissar gegen seinen Erfinder auflehnt, um sich schließlich doch geschlagen zu geben.

Doch vorerst, 1946, stand einer neuer Umzug bevor. Georges und Denyse, begleitet von Tigy, Marc und einer Erzieherin, ließen sich in St. Andrews an der Atlantikküste der USA nieder. Die drei Romane, die Simenon hier schrieb, entstanden zwischen Angelpartien und Sonnenbädern, aber auch diese Idylle dauerte nur wenige Wochen, bis er sich – spontan und autokratisch wie immer – entschloß, in einem alten Straßenkreuzer die ganze Ostküste der USA bis nach Florida hinunterzufahren: Das Nomadenleben begann aufs neue. Es inspirierte Simenon zu seinen letzten Reportagen (*Le Canada* und *L'Amérique en auto*[332]), mit denen er ein für allemal seine Arbeit als Journalist beendete; außerdem wartete eine neue Tätigkeit auf ihn: Mit *Le Romancier*[333] traten Vorträge an die Stelle der Reisefeuilletons.

In Sarasota (Florida) fand die Reise vorläufig ihr Ende. Tigy mietete eine kleine Villa für sich und ihren Sohn und stellte eine neue Erzieherin ein, Georges und Denyse bezogen wenige Kilometer weiter einen großen Bungalow auf der Insel Santa Maria. Einige Monate (und vier Romane) später ein neuer Aufbruch, mit unbekanntem Ziel gen Westen, diesmal in einer nagelneuen Luxuslimousine: Seit langem schon spielte Geld für Simenon keine Rolle mehr. Nach der Reise quer durch Alabama, Mississippi, Louisiana, Texas und New Mexico kamen sie schließlich in Arizona an. Simenon verliebte sich in die Stadt Tucson und entschied – natürlich

Der Cowboy: Tucson, 1948

allein –, sich hier für unbestimmte Zeit niederzulassen. *Wir sind endlich angekommen*[334], sagte ihm sein Gefühl. Für einige Monate mieteten sie von einer skurrilen alten Dame eine Hazienda; Tigy (die sich daran gewöhnt hat, ihre alte Wohnung erst dann aufzugeben, wenn Georges und Denyse sich für eine neue entschieden haben) und Marc, der seine erste Schule besuchen wird, sind ihnen gefolgt. Simenon spielte den Cowboy – Hut, Stiefel, Pferd – und hielt sich wie immer für völlig integriert. Ein Roman folgte dem andern, darunter *La Neige était sale*[335], dessen Handlung in einem kleinen Dorf in Österreich spielt. Auch Boule war endlich wieder zu ihrem «joli petit Monsieur» gestoßen. Denyse, die Boule noch nicht kannte, war von deren Kommen alles andere als begeistert, während Marc sie mit wildem Jubel begrüßte. Boule nahm ihren gewohnten Platz ein – am Herd und (dann und wann für ein «Schäferstündchen») im Bett Simenons. Das ganze Haus einschließlich Marc wußte darüber Bescheid. *Hier stand ich nun mit drei Frauen, die ich dazu bringen mußte, in Harmonie zusammenzuleben*[336]: «Die Hölle, das sind die anderen.»

Bei einem kurzen Abstecher nach Hollywood schloß der Schriftsteller Freundschaft mit Charlie Chaplin und Charles Boyer und fand auch Jean Renoir wieder. Nach einem Jahr in Tucson zogen Simenon und sein «Gefolge» nach Tumacacori unweit von Nogales, mitten in der Wüste: eine alte Schule in der Nähe einer Ranch für Tigy, Marc und Boule, ein ehemaliger Pferdestall (mit einem Baum mitten im Raum, der durch das Dach wuchs) für Georges und Denyse. Pferde und Pistolen wurden angeschafft: Die Gegend war unsicher, auf Schritt und Tritt traf man auf Spinnen, Schlangen, Diebsgesindel und illegal über die Grenze gekommene Mexikaner.

Ende 1948 wurde Denyse schwanger. Damit stellte sich ein neues Problem: Marc war zwar begeistert, aber Boule fragte unter Tränen: «Und ich?» Tigy erblaßte – die Scheidung war nicht mehr fern. Sie und Georges nahmen jeder einen Rechtsanwalt, die den komplizierten Fall studieren sollten. In Tucson (wohin Simenon und Denyse vorübergehend zurückgekehrt waren) kam zwar schon am 29. September 1949 Johnny zur Welt, aber die Scheidung wurde erst am 21. Juni 1950 in Reno in der Wüste von Nevada ausgesprochen; am selben Tag heirateten Georges und Denyse unter der gesetzlichen Regelung der Gütertrennung. Die Bedingungen der Scheidung waren für beide Parteien hart: Tigy hatte das Pflegerecht für Marc und erhielt das Haus in Nieul, die Aktien, die Gemälde (von Utrillo, Vlaminck und anderen), die Möbel Simenons; dazu eine überaus hohe monatliche Zuwendung und eine Lebensversicherung zu ihren Gunsten. Dafür verpflichtete sie sich, bis zum 19. Geburtstag von Marc – noch acht Jahre also – nie weiter als 6 Meilen von Simenon entfernt zu wohnen, damit der Sohn nicht von seinem Vater getrennt würde.

Wieder einmal waren Georges und Denyse umgezogen und hatten bei Carmel by the Sea in Kalifornien eine ultramoderne Villa gemietet. Auf die Produktivität des Schriftstellers hatten diese äußeren Ereignisse offenbar keinen Einfluß: 1949 erschienen drei Maigret- und vier Non-Maigret-, 1950 wieder drei Maigret- und sogar sechs Non-Maigret-Romane. Im Juli 1950 schließlich übersiedelte der ganze Simenon-Clan nach Lakeville, wo sie (bis März 1955) die längste Zeit ihres Nordamerika-Aufenthalts bleiben sollten. Tigy wäre gerne nach Europa zurückgekehrt, und auch Georges hatte mit dem Gedanken gespielt; beim belgischen Konsulat in New York aber erfuhr er, daß Europa vor den Folgen des Indochina-

Die «Shadow Rock Farm» in Lakeville (Connecticut), wo Simenon von 1950 bis 1955 lebte

Kriegs zitterte. Man hatte ihm geraten, in den USA zu bleiben, und ihm Lakeville empfohlen, ein hübsch gelegenes Dorf im Bundesstaat Connecticut, das für seine «Hotchkiss School» berühmt war. Während Tigy im nahe gelegenen Salmon Creek ein kleines, möbliertes Haus mietete, kauften die Simenons eine traumhafte alte Villa mit Schwimmbad, an einem Felshang erbaut, zu der ein Sumpf, Forellenbäche und ein Waldstück gehörten. Trotz seiner Scheidung war der Schriftsteller – nicht zuletzt dank der weltweiten Übersetzungen seiner Bücher und der zahlreichen Film- und Fernsehrechte an seinen Romanen – unglaublich reich. In Lakeville nahm das friedliche Leben wieder seinen Gang: Angelpartien, Schwimmen, Ausflüge mit der Jagdflinte. Denyse erledigte die Korrespondenz ihres Mannes; sie arbeitete hart und suchte sich Geltung zu verschaffen; bald mußte sie ihrerseits eine Sekretärin einstellen. Boule hatte Tigy und Marc verlassen und kümmerte sich nun um den kleinen Johnny.

Simenon schrieb und unternahm kurze Vortragsreisen, zum Beispiel an die Yale University. Eine Woche pro Monat verbrachte er mit der depressiven Denyse in New York, um seine Frau zu zerstreuen. Beide tranken unmäßig. Jedes Hotelzimmer, wo sie übernachteten, mußte sie zuvor gründlich desinfizieren – schlechte Vorzeichen, wie Simenon erkannte.

Doch es gab noch andere Ereignisse, die ihn in dieser Zeit beunruhigten; in den USA erreichte McCarthys antikommunistische «Hexenjagd» ihren Höhepunkt. Er war zwar nicht persönlich betroffen, doch Amerika, das «gelobte Land», hatte ihn tief enttäuscht; daran konnte auch das hohe Ansehen nichts ändern, das er hier genoß und das sich in den Interviews widerspiegelte, um die ihn Journalisten des «New Yorker», von «Life» und anderer großer Zeitungen und Zeitschriften immer wieder baten. Zurück nach Europa? 1952 wurde Simenon zum Mitglied der belgischen Akademie ernannt und kehrte aus diesem Anlaß nach langen Jahren erstmals wieder in die «Alte Welt» zurück. Für Denyse, die überhaupt zum erstenmal Europa besuchte, war die unglaubliche Berühmtheit ihres Mannes ein regelrechter Schock. Eine Ehrung folgte der andern, die französischen Journalisten belagerten ihn. Freilich hatten ihn weder der Amerika-Aufenthalt noch seine zweite Ehe geändert: *Ich wurde von einer sexuellen Raserei gepackt, die Denyse sehr amüsierte.*[337] «Amüsiert» ist wohl der richtige Ausdruck! Ihr Weg führte sie nach Paris, Mailand, Rom, Brüssel und Lüttich – eine Art Pilgerfahrt: Georges besuchte seine Mutter, die – auch sie – sich nicht verändert hatte.

Zunächst ging er allein zu ihr, weil sie Denyse noch nicht kannte. Henriette hatte sich mit einem Witwer wiederverheiratet, dem «Père André», einem Angestellten der Eisenbahn, der nun auch schon gestorben war: Endlich bekam sie von ihm die Rente, der sie ihr Leben lang nachgelaufen war. Die Beziehung zwischen seiner Mutter und ihrem zweiten Mann war nach und nach zerrüttet, da jeder den anderen verdächtigte, ihn vergiften zu wollen. In seinem letzten großen Roman *Le Chat*[338] hat Simenon dieses Thema verarbeitet: Die Rentnerehe von Marguerite und Émile, die aufgehört haben, miteinander zu sprechen und nur mehr lakonische Zettel austauschen, wie *«Von mir aus kannst Du krepieren»*[339] oder *«Es wäre gut, wenn Du Dich waschen würdest. Du stinkst»*[340]. Die Verkörperung dieser beiden Rollen durch Simone Signoret und Jean Gabin in dem 1971 gedrehten Film von Pierre Granier-Deferre ist unvergeßlich. Das Gespräch zwischen Mutter und Sohn war schwierig, sie hatten sich nichts zu sagen. *Wir haben uns nie geliebt, solange du lebtest, wir haben nur so getan.*[341] Unvermittelt teilte Henriette ihm den Tod seines Bruders mit: *Wie schade, Georges, daß gerade Christian sterben mußte.*[342] Es sind Worte, die er auf sich bezieht und nie vergessen wird: Wäre ihr sein Tod wohl lieber gewesen? Allerdings fühlte er sich ein wenig verantwortlich für Christian. Wenn er – ein wirklich merkwürdiges Phänomen – die Existenz seines Bruders in seinen Werken hartnäckig verschweigt, so kennt man wenigstens einen guten Grund dafür: Christian, das «schwarze Schaf» der Familie, war nach einigen Dummheiten in den Kongo ausgewandert, hatte die belgische Kolonie (als Alkoholiker) «mit einer großen Menge Goldbarren, die Eigentum seiner belgischen Firma waren, die er anschließend aufsuchen wollte»[343], verlassen, hatte sich einer rechtsradikalen belgischen Bewegung («Le Mouvement Rex») angeschlossen, die gegen die Résistance kämpfte, war – von der Polizei gesucht – dem Rat und der Vermittlung seines Bruders Georges gefolgt und in die berühmt-berüchtigte französische Fremdenlegion eingetreten und in deren Dienst 1947 im Indochina-Krieg gefallen. War also aus Christian nicht das geworden, was Georges für sich selbst immer gefürchtet hatte? *Ich fühlte mich bereit zu jedem Exzeß, angezogen von jeder zwielichtigen Angelegenheit.*[344]

Schließlich begaben sich die Simenons wieder auf die Rückreise, und wenig später besuchte Georges' Mutter sie auf der «Shadow Rock Farm», ihrem Holzhaus in Lakeville. Sie war keineswegs beeindruckt, schätzte weder den allzu aufwendigen Lebensstil ihres Sohnes noch sonderlich dessen Frau und schien auch ihren Enkelkindern gegenüber gleichgültig zu sein. Bald bekamen Marc und Johnny eine kleine Schwester, Marie-Jo, die am 22. Februar 1953 geboren wurde. Simenon war 50 Jahre alt und konnte sich gar nicht genug freuen: Immer schon hatte er sich eine Tochter gewünscht! Die Geburt war äußerst schnell vonstatten gegangen, und schon eine halbe Stunde später telefonierte Denyse geschäftlich mit New York, stürzte sich wieder in die Arbeit. Welche Rolle spielte sie eigentlich noch im Leben ihres Mannes? Wenn Simenon nicht schrieb (1953 entstanden sechs Romane), trieb es ihn von einem sexuellen Abenteuer zum nächsten; das war auch der Hauptgrund, warum er regelmäßig nach New York reiste. Eines Tages entschloß er sich, seinen Sohn dorthin mitzunehmen, in das berühmteste Bordell der Stadt, *um den Eintritt Marcs ins Mannesalter würdig zu feiern*[345]. Zu spät: Marc hatte seine «Feier» schon hinter sich, mit einer Freundin und ohne den Vater – armer Papa!

1954 besuchten Georges und Denyse – nach außen immer noch ein glückliches Paar – ein zweites Mal Europa, die großen Städte Englands und Schottlands: London, Edinburgh, Glasgow, Liverpool, Manchester, Oxford, Cambridge – Journalisten, Empfänge, Reden. Die Rückreise nach New York unternahmen sie an Bord der «Queen Elizabeth». All das hinderte Simenon nicht im geringsten daran, fünf neue Romane zu schreiben. Im Jahr darauf besuchte sein englischer Verleger Hamish Hamilton den Schriftsteller in Lakeville und gab mit einer bloßen Frage indirekt den Anstoß zu Simenons definitiver Rückkehr nach Europa: *«Welchen Grund haben Sie, Georges, in Amerika zu bleiben?»*[346] Schon am nächsten Tag stand seine Entscheidung fest, und am 19. März 1955 verließen die Simenons Lakeville *für immer*. Tigy war froh, desgleichen Denyse und Boule. Für die Kinder war es wieder ein Abenteuer.

In Frankreich angekommen, begann aufs neue das Nomadenleben: Vorläufig mieteten sie eine möblierte Villa in Cannes, während Tigy und Marc sich in der Nähe in einem Hotel einrichteten. Wenig später fand Simenon ein prachtvolles Anwesen mit einem Schwimmbad und einer riesigen Privatbucht. Zum Haushalt gehören inzwischen ein Chauffeur,

Lakeville, 1953: Simenon und einige seiner Romane

eine Sekretärin und zwei Kindermädchen. Marc und Johnny gingen in Cannes zu Schule, Marie-Jo in den Kindergarten. Ein Empfang jagte den andern, was den Arbeitsrhythmus des Schriftstellers nicht bremste. Dem letzten in Amerika entstandenen Roman *Maigret et le corps sans tête* (*Maigret und die kopflose Leiche*)[347] folgte bereits im April 1955 in Cannes der nächste, *La Boule noire* (*Die schwarze Kugel*)[348]. Nach einer Fehlgeburt Denyses unternahm Georges mit ihr eine Reise durch Frank-

Échandens im Schweizer Kanton Vaud – Wohnsitz der Simenons von 1957 bis Anfang 1963

reich, um sie auf andere Gedanken zu bringen: unter anderem die Mittelmeer- und die Atlantikküste entlang, von Biarritz bis nach Nieul.

Anfang Juni 1956 schließlich trafen sie in Lausanne ein, um sich dort niederzulassen. Warum in der Schweiz? Höchstwahrscheinlich aus steuerlichen Gründen: Wenn es um Geld geht, schenkt Simenon niemandem etwas. Hier fanden sie auch in Joyce Aitken eine exzellente Sekretärin, die sich bis heute um Simenons Büro kümmert. Im Juli 1957 mietete Georges in Échandens, 17 Kilometer von Lausanne, ein Schloß aus dem 16. Jahrhundert, das er und Denyse mit kostbaren Antiquitäten ausstatteten. Ein Gärtner wurde eingestellt, ein Zimmermädchen, sogar eine Weißnäherin. Sechs Jahre werden sie hierbleiben. Kaum eingerichtet, entstanden zwei Maigret- und ein Non-Maigret-Roman: *Le Président*[349] – ein Buch über die Einsamkeit und die Macht (wobei das öffentliche Leben des Präsidenten der Republik dem des Schriftstellers nicht unähnlich ist). Auch Simenon fühlte sich einsam; wenn er seine Frau sehen wollte, war sie immer beschäftigt. *«Was willst du?» – «Dich!» An jenem Nachmittag begnügte sie sich damit, sich auf den Teppich zu legen. «Mach schnell... Bleiben Sie, Aitken...»*[350]

Nach wie vor war die Produktivität des Schriftstellers ungebrochen, jährlich entstanden fünf bis sechs Romane. Er las auch viel, aber – Gott

Georges Simenon: Federzeichnung von Jean Cocteau, 1957

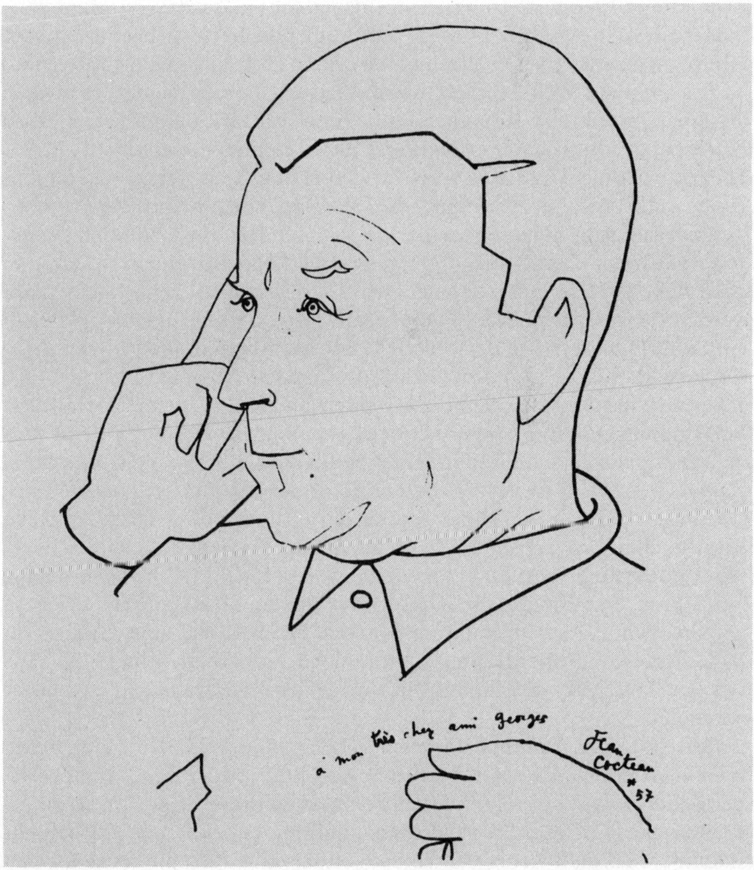

bewahre – nicht seine Kollegen; mit Gide zum Beispiel kam er überhaupt nicht zurecht: *Er ist der Antipode meiner Spontaneität.*[351] Joyce, Steinbeck, Faulkner? *«Ja, aber ich habe lange schon aufgehört, die Romanciers zu lesen. Alles in allem seit Maigret.» – «Ach! Und warum?» – «Wenn ich das sehr gut fände, würde ich selbst nie wieder einen Roman zu schreiben wagen.»*[352] Nein, was ihn vor allem interessierte waren medizinische Fachzeitschriften – seine zweite Berufung – und dann amerikanische und englische Journale. Er begann Golf zu spielen, um sich irgendwie zu beschäftigen; er trank viel, hatte Wutanfälle und war sich selbst zuwider. Auch Denyse trank und wurde dann hysterisch. Im Januar 1958 unternahmen sie eine Reise nach Brüssel, wo Simenon anläßlich der Weltausstellung einen Vortrag hielt, *Le Roman de l'homme* (*Der Roman des Menschen*)[353]. Zurück in Échandens setzte er sich wieder an die Maschine: Zwei Maigret-Romane (um sich zu entspannen) und vier Non-Maigrets.

Marc war inzwischen zwanzig Jahre alt und hatte sich entschieden, Filmregie zu studieren, während Denyse am 26. Mai 1959 ihr drittes und letztes Kind zur Welt gebracht hatte, Pierre; Georges dagegen wurde in diesem Jahr von vier Romanen entbunden. Im Jahr darauf setzte er als Präsident der Jury beim Festival von Cannes gemeinsam mit Henry Miller Federico Fellinis «La dolce vita» für den ersten Preis durch, einen Film, den er sehr bewunderte. «Nur» drei Romane entstanden 1960; zum erstenmal schien es Simenon schwerzufallen, ein Buch zu schreiben. Dagegen notierte er Tag für Tag die Ereignisse, seine Gedanken, Ideen und Eindrücke in Heften, die er auch Denyse zu lesen gab; zehn Jahre später werden sie unter dem Titel *Quand j'étais vieux* (*Als ich alt war*)[354] veröffentlicht. Denyse hörte derweil nicht auf, zu arbeiten und sich bei ihren Kindern über ihren Mann zu beklagen. Nachdem Marc am 19. April 1960 geheiratet hatte, dachte Simenon wieder einmal an Umzug: Der größte Verschiebebahnhof der West-Schweiz, der in nächster Nähe gebaut werden sollte, würde den Frieden seines Refugiums in Échandens zerstören. *Zum ersten Mal in meinem Leben kam mir der Gedanke, zu bauen.*[355] In Épalinges, ganz in der Nähe, wurde ein Grundstück gekauft, und der Schriftsteller entwarf selbst die Pläne seines Hauses: Es sollte schlicht sein, mit Schieferdach und einheitlich weiß getüncht. 26 Zimmer, davon fünf Büros, eine Bibliothek, ein Archivraum, ein Massageraum, ein riesiges Spielzimmer, acht Badezimmer, ein Musiksalon, eine Garage für sechs Autos, ein überdachtes Schwimmbad, ein Gewächshaus, 21 Telefone... Die Verwirklichung wird mehr als drei Jahre in Anspruch nehmen.

1961 trat eine Frau in Simenons Leben, die ihn 28 Jahre lang bis zu seinem Tod am 4. September 1989 begleiten wird: Eine Italienerin, Teresa, die Denyse als Kammerzofe eingestellt hatte – eine von elf Angestellten, die der Haushalt inzwischen umfaßte. Außer daß sie aus Venedig stammt, weiß man wenig von Teresa, und es gibt auch nur wenige Fotos

Teresa Sburelin, Georges Simenons Geheimnis

von ihr. Kurz, sie war und blieb Simenons ‹Geheimnis›. *Die junge Frau stand da, weder befangen noch arrogant, und mir fiel eine Art natürlicher Heiterkeit auf. Sie hatte ein offenes Gesicht, helle Augen, kastanienbraunes Haar.*[356] Simenon hat die «Natur-Frau» gefunden – er weiß es nur noch nicht! *Eines Morgens, als ich Teresa allein über den Frisiertisch des Boudoirs gebeugt vorfand, ergriff mich ein heftiges Verlangen nach ihr, und ich hob ihr den Rock hoch, ohne daß sie sich rührte oder protestierte.*[357] Und wieder einmal eine schnelle, heftige Vereinigung, die Simenon mit derber Offenheit beschreibt: Sie haben kein Wort miteinander gewechselt. *Unsere Lust war harmonisch und vollkommen.*[358] *Ich fragte mich nicht nach meinen Gefühlen.*[359]

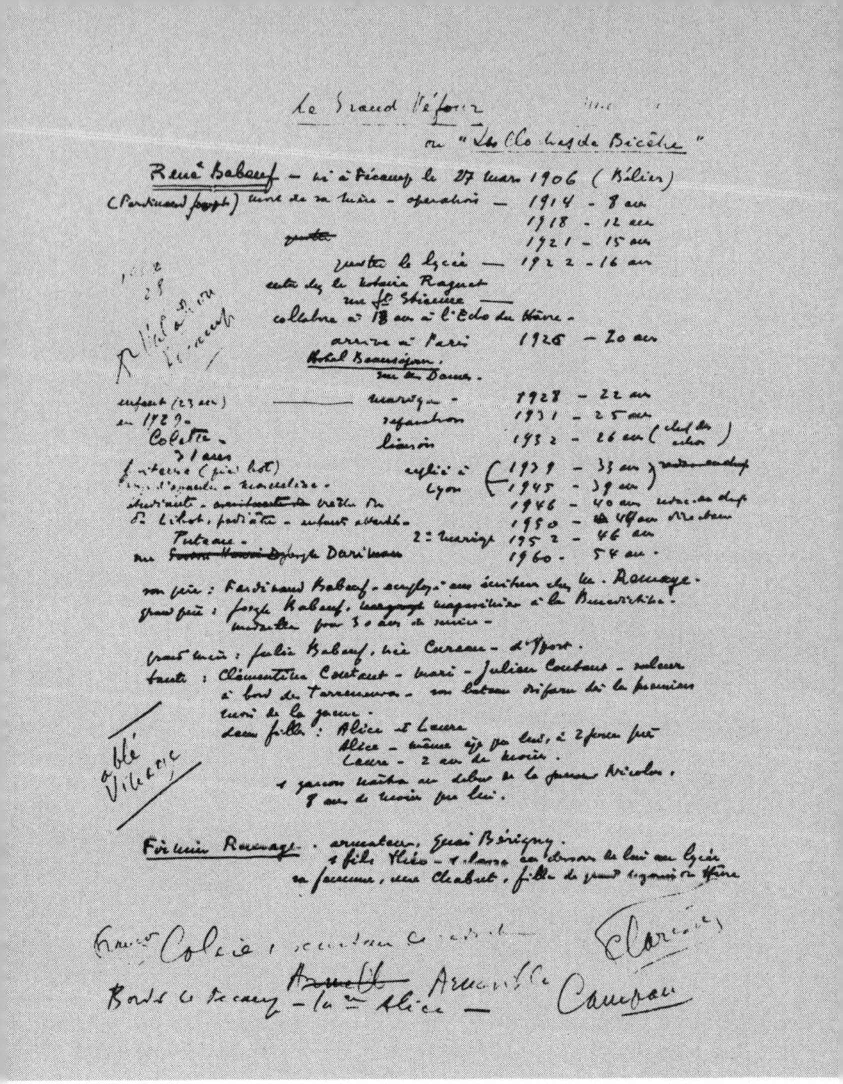

«Les Anneaux de Bicêtre»: «Envelope jaune» mit biographischen Angaben zu den Personen

Zu dieser Zeit arbeitete er sorgfältiger, als er es je getan hatte, an seinem nächsten Buch, das den Titel *Les Anneaux de Bicêtre*[360] tragen wird und sicher zu seinen besten Romanen gehört. Im «Fonds Simenon» der Universität Lüttich, der der Schriftsteller am 6. Juni 1976 seine Manuskripte, Bücher und Dokumente gestiftet hat, findet sich eine umfassende, detaillierte Dokumentation dieses Entstehungsprozesses: Wie für andere Romane gibt es auch zu *Les Anneaux de Bicêtre* der unverzichtbare «gelbe Umschlag» mit Namen, Adressen, Biographien der Personen und so weiter, doch die Recherchen sind sehr viel umfangreicher als sonst. Simenon begab sich nach Paris zum Hospice de Bicêtre und dem benachbarten Hôpital de Bicêtre; er wollte ursprünglich seine Hauptfigur, den reichen Zeitungsverleger Maugras, als Patienten des Hospitals in Berührung mit den Insassen des Hospizes bringen, wo arme und meist alte Leute kostenlos behandelt werden. Er studierte das Leben des Krankenhauses, seine Geräusche und Gerüche, informierte sich bei den Professoren über bestimmte Krankheiten, ihre Symptome, ihre physischen und psychischen Folgen; auch nach seiner Rückkehr in die Schweiz korrespondierte er weiter mit den Ärzten – ebenso wie mit dem berühmten Koch Raymond Oliver, um die Menüs kennenzulernen, die im «Club des Douze» serviert wurden – dem Treffen von zwölf Persönlichkeiten und Feinschmekkern im Restaurant «Le Grand Véfour», wo seine Hauptfigur einen Schlaganfall erleiden soll. *Wenn man mich nur auf Grund eines einzigen Romans beurteilen sollte, so würde ich mir wünschen, daß es dieser wäre*[361], erklärte der Schriftsteller später: Ein beredter Beweis dafür,

«Les Anneaux de Bicêtre»: Das Menu Royal im Restaurant «Le Grand Véfour», zusammengestellt von dem berühmten Koch Raymond Oliver

MENU

CONSOMMÉ AU XÉRÈS GARNI DE QUENELLES
BISQUE D'ECREVISSES A LA NANTUA

PÂTÉ D'ANGUILLES EN BRIOCHE
PAUPIETTES DE SAUMON AUX HUÎTRES

TOURTE DE RIS DE VEAU MONTGLAS
BEIGNETS DE BEATILLES DU COUVENT

SORBET A L'ANANAS ET AU RHUM
GRANITÉ DE RATAFIA

ESCALOPES DE DINDE A LA RAMEAU
FOIE D'OIE FRAIS AUX RAISINS DES SERRES DE VERSAILLES

SALADE DE LAITUES AUX TRUFFES

SOUFFLÉ AU FROMAGE DES MARCHES DE SAVOIE
GOUGÈRES AU SAINT-GERMAIN

BOMBE GLACÉE ROYALE
CROQUEMBOUCHE AUX FRUITS CONFITS
FRUITS AU SUCRE CUIT
VIOLETTES DE TOULOUSE
CAFÉ

wie hoch er dieses Buch einschätzte, an dem er nicht weniger als 24 Tage gearbeitet hatte und das er sogar an 200 Ärzte verschickte.

Wie immer bei Simenon ist die Geschichte schnell erzählt: René Maugras, Direktor einer Pariser Zeitung (für den, wie Simenon zugab, möglicherweise der Zeitungsverleger Pierre Lazareff Modell gestanden hat), gehört zu einer Gruppe von dreizehn Freunden, die sich einmal pro Monat im «Grand Véfour» treffen, dem berühmten Pariser Restaurant. Während eines dieser Essen trifft ihn ein Schlaganfall und Maugras wacht halbseitig gelähmt im Hospital von Bicêtre wieder auf. Er gibt sich seinen Erinnerungen hin und zieht die Bilanz seines Lebens. *Da war ein schwarzes Loch, dann, lange danach, ein seltsamer Geschmack im Mund, Mattigkeit im ganzen Körper, und schließlich, als alles zu verschwimmen begann, kamen die klingenden Ringe der vertrauten Glocken.*[362] *Er hat keinen Laut hervorgebracht. Er hat keine Stimme mehr. Nichts! Nicht einmal ein Röcheln, kaum so etwas wie eine Art Pfeifen oder vielmehr Glucksen, denn seine Wange fährt fort, sich auf eine groteske Weise aufzublähen und wieder zusammenzuziehen.*[363] *Er wird ungeduldig, und manchmal ist ihm angst und bange. Wird er es noch können? Das heißt: Leben wie die anderen? Er wird es machen wie früher. Er wird sich mit tausend Dingen beschäftigen und nicht weiter daran denken.*[364] Das Buch wird auf Anhieb ein großer Erfolg, sein Autor sogar als «Anti-Balzac» apostrophiert: «Balzac ist der Romancier des werdenden Menschen, Simenon der des Menschen, der sich auflöst.»[365] Die Einsamkeit – für François Mauriac das Thema der *Anneaux de Bicêtre*[366] – ist ein Gefühl, das Simenon aus nächster Nähe kennt.

Ebenfalls 1963 wurde Denyse als schwer depressiv und alkoholabhängig zum erstenmal in eine luxuriöse psychiatrische Klinik eingeliefert. Zwar entließ man sie nach anderthalb Monaten wieder, aber sie sollte fortan nur mehr für kurze Perioden nach Hause zurückkehren, bis sie 1964 von dort endgültig fortging. Simenon schrieb derweil weiter, unter anderem *L'Homme au petit chien*[367], dessen Titel an die «Dame mit dem Hündchen» von Tschechow denken läßt, einem seiner Lieblingsschriftsteller. Ende 1963 war das Haus in Épalinges endlich einzugsbereit, als sich ein folgenschwerer Zwischenfall ereignete: Denyse, die Marie-Jo mit ihren (immer nur um Georges kreisenden) Geständnissen und Phantasmen verfolgte, befriedigte sich selbst vor den Augen ihrer Tochter. Marie-Jo wurde zutiefst traumatisiert und mußte ihrerseits – erst elf Jahre alt – erstmals von einem Psychiater behandelt werden; wie Denyse litt auch sie nun unter Waschzwang: nach Sigmund Freud das Symptom einer Zwangsneurose in direktem Zusammenhang mit Masturbation. Die unmäßige Liebe zu ihrem Vater wurde nur noch stärker – eine Liebe, die eindeutig inzestuöse Züge trug und Marie-Jo 1978, 25 Jahre alt, in den Selbstmord treiben wird. Georges war sehr besorgt um seine Tochter, die er ebenso zärtlich wie seine anderen Kinder liebte.

Marie-Jo mit ihrem geliebten Vater

Delfzijl, 1966: Die Enthüllung des Maigret-Denkmals von Pieter d'Hondt. Rupert Davies, Simenon, Heinz Rühmann, Gino Cervi und Jan Teuling (v. l. n. r.)

Simenons Schaffensrhythmus verlangsamte sich indessen weiter; 1964 waren es nur mehr zwei Bücher, die er schrieb: *Maigret se défend* (*Maigret verteidigt sich*)[368] – das erste Buch, das in Épalinges entstand – und *Le Petit Saint*[369]. Die treue Boule verließ das Haus (vielleicht, weil sie sich hier nun überflüssig fühlte) und kümmerte sich um die beiden kleinen Kinder von Marc, während Teresa einen immer wichtigeren Platz im Leben des Schriftstellers einnahm, der eine Phase tiefer Depression durchmachte. Als Simenon 1965 einen leichten Unfall erlitt – er war im Badezimmer ausgerutscht und hatte sich mehrere Rippen gebrochen –, war Teresa die einzige, die ihn hörte, ihm zu Hilfe kam und mit einer fast mütterlichen Zuwendung an seinem Bett Wache hielt, ihn pflegte und wusch. Bis zu seiner Genesung verbrachten sie Tag und Nacht zusammen; Simenon genoß ihre Nähe, sie lachten viel. Bald darauf besuchte Henriette ihren Sohn, fühlte sich jedoch denkbar deplaciert inmitten dieses Luxus. Eines Tages verteilte sie stolz an ihre Enkelkinder kleine Säckchen – das ganze Geld, das Georges ihr seit seinem Weggang aus Lüttich geschickt hatte: Sie will nichts und niemandem etwas schuldig sein. Wenig später war sie wieder fort.

Simenon verbrachte seine Zeit mit Schreiben (in deutlich verlangsamtem Tempo), Lesen, Spazierengehen, zahlreichen Interviews und mit seinen Kindern. Marie-Jo ging es schlecht, und mit nur dreizehn Jahren wurde sie erstmals in eine psychiatrische Kinderklinik eingeliefert. Schweren Herzens entschloß sich Simenon dennoch, am 8. August 1966 *nach Delfzijl zu reisen, um dabei zu sein, wenn in Gegenwart von wenigstens vierzig meiner Verleger ein Maigret-Denkmal an der Stelle enthüllt würde, wo ich seinerzeit den ersten Roman der Maigret-Serie, «Pietr-le-Letton», geschrieben hatte*[370]. Fünf Schauspieler, die im Film die Rolle des Kommissars gespielt hatten, waren ebenfalls anwesend: Rupert Davies, Heinz Rühmann, Jean Richard, Gino Cervi und Jan Teuling. 1966 ist das erste Jahr seit dem Krieg, in dem kein einziger Maigret-Roman erscheint!

Im Jahr darauf – Marc wohnt unter einem Dach mit seiner Frau, seinen beiden Kindern und der Schauspielerin Mylène Demongeot, die demnächst seine zweite Frau werden wird – verläßt auch Johnny das Haus; nach einem Jahr in Paris wird er an der Harvard Business School in den USA studieren. Denyse wechselt zwischen Krankenhäusern, Hotelzimmern und Mietvillen: Der Kampf um die Unterhaltskosten beginnt. Es ist wahrlich zuviel des Guten: Simenon wird zwar die nächsten fünf Jahre ruhig mit seinen Kindern und der diskreten Teresa verbringen, aber er fühlt sich leer und verbraucht. Auch die Liste seiner Veröffentlichungen wird immer kürzer: fünf Romane 1968, nur noch je drei 1969 und 1970, vier 1971 und zwei 1972. *Ich habe meinen letzten Roman verfaßt*[371], erklärt er nach *Maigret et Monsieur Charles*.[372] Seine Karriere als Romancier ist beendet, die Quelle der Erfindung ist versiegt.

Bildnis eines alten Mannes, oder: Der selbstsüchtige Riese

Der letzte Roman war geschrieben, das Blatt war umgeschlagen. Es war an der Zeit, dieses viel zu groß gewordene Haus zu verlassen. Marie-Jo, der die Schule keinen Spaß mehr machte, hatte sich auf verschiedene künstlerische Tätigkeiten verlegt: Tanz, Musik, Theater, Malerei und Schriftstellerei; dazwischen lief sie immer wieder von zu Hause fort, schrieb von unterwegs an ihren Vater – *«meinen konkreten Gott»*[373] – herzzerreißende Briefe und wurde verschiedentlich klinisch behandelt; obwohl die Ärzte Simenon versicherten, *daß dein Fall kein Fall für die Psychiatrie war*[374], scheint der Wechsel von Phasen der Aktivität und der Niedergeschlagenheit bei Marie-Jo das Symptom einer manisch-depressiven Psychose gewesen zu sein. In Paris versuchte sie, ohne den Vater zu leben – teils mit einem Freund zusammen, teils bei Marc und seiner Familie. So blieben in Épalinges nur Georges, Pierre und Teresa zurück und natürlich das zahlreiche Personal. Die Entscheidung war schnell getroffen: An einem einzigen Tag verkaufte Simenon seine fünf Autos; seine kostbaren Möbel, Gemälde und Bücher deponierte er in einem Möbellager, das ganze Personal – außer Teresa, Yole (Pierres Kindermädchen) und natürlich Joyce Aitken – wurde gekündigt, das Haus stand zum Verkauf. Vorübergehend bezog er eine Wohnung in Lausanne.

Am 5. Februar 1973 gab Simenon der Presse offiziell seinen Rückzug als Schriftsteller bekannt. Doch er war einer der ersten Autoren, der die Schreibmaschine durch ein Tonbandgerät ersetzt hat, und wenn er auch – im Moment jedenfalls – nicht mehr schrieb, begann er doch eine neue, letzte literarische Phase: die der autobiographischen Texte, an deren Anfang handschriftliche Notate gestanden hatten und die er jetzt mit Tonband-Diktaten – den *Dictées* – fortsetzte, in denen er *persönliche Bemerkungen* festhielt, *die kleinen und großen Freuden, die uns vergönnt waren*[375]. Simenon hat darüber berichtet, wie er mit den *Dictées* begann; als ihr erster, bereits Anfang der sechziger Jahre skizzierter Band 1970 unter dem Titel *Quand j'étais vieux*[376] erschien, fühlte er sich jünger als damals, wo er sich damit gewissermaßen von Ideen freimachen wollte, von denen er besessen war, die ihn am Schreiben hinderten. Für den Anfang der *Dictées* mag diese Absicht wohl zutreffen, während man nur mit einem

Marie-Jo singt selbstgedichtete Texte, aber auch Jacques Brel oder Bob Dylan

müden Lächeln die Erklärung quittieren kann, die er einem Journalisten abgegeben hat: Er müsse seine Tonband-Diktate aufnehmen, um Geld zu verdienen und die Zukunft seiner Kinder zu sichern![377] Die Kritiken der 21 als Buch veröffentlichten *Dictées* sind durchweg vernichtend: «Sie bilden ebenso viele Abwärtsstufen, wie wir hinuntersteigen, um den Nullpunkt des Denkens zu finden.»[378]

Aber wie dem auch sei: Simenon fühlte sich erleichtert und genoß die friedliche Zurückgezogenheit; auch die Frauenjagd war zu Ende: Er hatte die Frau gefunden, die ihm Zärtlichkeit spendete. Von ihrem Fenster aus blickten er und Teresa *auf ein kleines, im Stil des 18. Jahrhunderts gebautes, rosafarbenes Haus hinunter, zu dem ein ebenfalls in Privatbesitz befindlicher Hof gehörte, der noch nach ländlicher Idylle aussah*[379]. Die ‹letzte Begierde› des Schriftstellers: Er kaufte das Haus und zog am 8. Februar 1974 um – zum dreiunddreißigsten und letzten Mal –, um hier ganz bescheiden seinen Lebensabend zu verbringen; für ihn und Teresa wurde

«La Maison rose», die letzte Zuflucht des Autors

das große Zimmer im Erdgeschoß als Wohnraum, Büro und Schlafzimmer eingerichtet, während im ersten Stock zwei Schlafzimmer (für Yole und Pierre, der auch ein Arbeitszimmer bekommt) bereitstanden.

Simenon ist in dieser Phase seines Lebens Multimillionär, und wenn er auch seiner Frau Denyse eine sehr hohe Monatsrente auszahlt, ist davon doch auf seinem Bankkonto so gut wie gar nichts zu spüren. Das, und warum er in eine Scheidung von Denyse nie eingewilligt hat, ist typisch für ihn: Es wäre zu teuer geworden. Er hat gut reden in seiner «maisonnette rose»: daß er zu den kleinen Leuten gehöre, daß er überhaupt immer schon eine Neigung zu den Clochards gehabt habe, daß er eigentlich ein gewaltloser Anarchist sei, links von den Kommunisten, völlig antikapitalistisch, zugleich Menschen-Sammler und Schicksals-Flicker, daß er die Armee verabscheue, niemals das Pittoreske auf seinen Reisen gesucht habe, sondern den nackten Menschen, daß er nur das «Natürliche» liebe, nur die Wahrheit, und daß er nun, da er keinen Beruf mehr habe (!) und seine Zeit zu Hause verbringe, endlich sich selbst kennenlernen müsse. All das ist Wunschdenken – das Bild, das er von sich geben will. Die Wahrheit sieht ganz anders aus: er hat im Luxus gelebt, war in geschäftlichen Angelegenheiten von extremer Härte, stand in Verbindung zu den großen Persönlichkeiten der Literatur, Kunst und Medizin, hat – wie er in seinen *Mémoires intimes* zugibt – immer Respekt vor der Obrigkeit gehabt, an deren Autorität er ebenso glaubt wie an die der Ärzte. Außer in seinen Romanen ist es ihm nie gelungen, irgendein Schicksal zu flicken, im tatsächlichen Leben empfand seine Umgebung Simenons Persönlichkeit als erdrückend oder sogar zerstörerisch: ein Autokrat, der seine Frau dazu bringt, sich nicht mehr zu schminken, selbst aber bis ins hohe Alter seine Haare färbt, und dem nur zwei Frauen je Achtung eingeflößt haben – seine Mutter durch ihren Willen und seine Tochter durch ihren Freitod. Teresa – so Denyse – «ist keine Frau, sie ist ein Spiegel»[380].

In einem Augenblick der Selbsterkenntnis hat Simenon einmal von sich behauptet, er sei *ein Psychopath*[381]. 1968 hat er vier Ärzte sieben Stunden lang *das aufregendste Interview*[382] seines Lebens gegeben und dabei genüßlich sein Innerstes vor ihnen ausgebreitet; ihr Urteil spricht Bände: «Wir hielten ihn ausnahmslos für schizoid... Im psychiatrischen Sinne leidet Simenon an einer Zwangsvorstellung.» Und was seine methodische Vorbereitung eines Buchs betrifft – der «gelbe Umschlag», die ordentlich aufgereihten Bleistifte, das Zurechtrücken der Schreibmaschine und so fort –, sahen die Ärzte auch dies für typisch an: «Er hält sich an eine starre Ordnung, dann wird die seelische Überforderung zu groß und es kommt zu einer sexuellen Explosion, wie sie Simenon immer hatte, wenn ein Roman beendet war.»[383] Das Schreiben ist für Simenon zugleich Symptom und Selbsttherapie – «wo die Kunst beginnt, endet die Analyse», wie Freud sagt. «Simenon ist ein Phantast und vermag nicht immer zwischen Wahrem und Falschem zu unterscheiden.»[384] Was er für sich selbst freilich nicht wahrhaben wollte, projizierte der Schriftsteller auf andere – etwa auf seine Frau, wie wir aus dem Urteil eines anderen Arztes erfahren: «Simenon befürchtete – und die Vorstellung hatte sich ihm in den Kopf gesetzt –, daß Denyse schizophren war, was sie übrigens nicht ist.»[385] Denyse hat sich inzwischen von Simenon ‹erholt› und sogar einen (zweifellos befreienden) Roman veröffentlicht, «Der goldene Phallus», dessen Titel an Alphonse Daudets «Der Mann mit dem goldenen Hirn» denken läßt; und fest steht, daß die Ähnlichkeit des Helden mit einer sehr lebendigen Person keineswegs zufällig ist! Denyse ließ sich in Südfrankreich als Psychotherapeutin nieder – ein Metier, in dem sie leider einschlägige Erfahrungen hatte sammeln können.

Nach Simenons spektakulärem, 1972 gefaßtem Entschluß, mit dem Schreiben aufzuhören, entstand 1974 (nach dem Tod seiner Mutter im Dezember 1970) ein Tonband-Diktat von besonderer Art: *Lettre à ma mère* (*Brief an meine Mutter*)[386] war der Versuch des ungeliebten Sohnes, diese Frau, die er so sehr bewunderte, zu verstehen, und vor allem zu ergründen, *was uns seit meinen ersten Schritten ins Leben getrennt hatte*[387].

Die Zeder im Garten der «Maison rose»

Zugleich war es ein Protokoll ihrer Unfähigkeit, miteinander zu kommunizieren. Doch beim Lesen des Textes wird deutlich, daß Simenon zwar das Bild der Mutter analysiert, sein eigenes Bild aber nirgends in Frage stellt. Immerhin erbrachte dieses Diktat wenigstens den Teilerfolg, daß er ihr nichts mehr nachtrug.

Alles, was nach *Lettre à ma mère* und bis 1981 erscheinen wird, sind *Dictées* mit den unterschiedlichsten Titeln: von *Un homme comme un autre* (*Ein Mensch wie jeder andere*)[388] zu *Destinées* (*Schicksale*)[389] über *À l'abri de notre arbre* (*Im Schutz unseres Baumes*)[390] und *Quand vient le froid* (*Wenn die Kälte kommt*)[391]. Ihr (höchst relatives) Interesse beruht darauf, daß sie «eng mit der literarischen Erfindung Simenons verbunden» sind. «Beide Ströme haben den gleichen Ursprung und spiegeln ein und dasselbe Leben wider.» Wirklich scheint es «keinen Gegensatz zwischen Erfindung und Tatsache zu geben, sondern sogar eine eigenartige Harmonie»[392], und man findet in den *Dictées* dieselben Ereignisse, Orte und Personen wieder, die uns der Schriftsteller in seinen Romanen vorgestellt hat: Der Kreis schließt sich. Doch es sind nicht die Tonband-Diktate, mit den Simenons Œuvre ausklingt.

Eines Tages besuchte die damals einundzwanzigjährige Marie-Jo ihren Vater und brachte die Sprache auf ihn und Teresa. *«Warum sie und nicht ich?» Ich deutete auf das Bett: «Teresa teilt mein ganzes Leben mit mir!»... «Na und?»* Der Schock ist groß für Simenon: *Ich hatte immer Angst vor dem gehabt, was ich plötzlich feststellte.*[393] Marie-Jo hatte die Diktate ihres Vaters, die seit 1970 veröffentlicht werden, gelesen und auch das Buch ihrer Mutter – «Un Oiseau pour le chat» («Ein Vogel für die Katze»)[394] –, das 1978 (noch vor dem «Goldenen Phallus») erschienen war und in dem Georges in den Schmutz gezogen wurde. Sie ruft ihren Vater an: *«Sag mir: ‹Ich liebe dich!› Und ich sprach es zärtlich aus: ‹Ich liebe dich.›»*[395] Unmittelbar nach diesem Telefonat (und nach mehreren vorausgegangenen Selbstmordversuchen) erschießt sich Marie-Jo am 19. Mai 1978 mit einer Jagdflinte; ihrem Vater hinterläßt sie all ihre Gedichte, Briefe, Aufzeichnungen und Kassetten.

Simenon braucht fast zwei Jahre, um seinen Schmerz zu überwinden und sich in der Lage zu fühlen, *mit der Hand* die *Mémoires intimes*[396] zu schreiben; er betrachtet sie als *notwendige Einleitung* zu den 177 Seiten umfassenden *Livre de Marie-Jo* (*Das Buch von Marie-Jo*) – eine Einleitung, für die er allerdings mehr als das Fünffache an Seiten benötigt! So wie er nach dem Tod der Mutter in *Lettre à ma mère* thematisch von den *Dictées* abgerückt war, so bedeuten nun nach dem Tod der Tochter die *Mémoires intimes* (auch formal) eine zweite, letzte Ausnahme. Die Rezensenten gingen mit dem Buch freilich schlimmer noch ins Gericht als mit den Tonband-Diktaten – etwa «Der Spiegel»: «Simenons Memoiren erzählen die gigantische Anstrengung eines Ungeheuers an Selbstbesessenheit, die Rolle eines selbstlosen Familienvaters zu seinem Leben zu

Simenon mit Teresa, 1979

machen.»[397] Mit den *Mémoires intimes* endet jedenfalls die Liste der zu seinen Lebzeiten veröffentlichten Bücher Georges Simenons.

Während all der Jahre mit Teresa willigte Simenon nur noch selten ein, ein Interview zu geben. 1977 aber gab er (während einer Podiumsdiskussion mit Federico Fellini) eine reichlich pubertäre Erklärung ab: *Wissen Sie, Fellini, ich glaube, daß ich in meinem Leben ein größerer Casanova gewesen bin als Sie: Ich habe ausgerechnet, daß ich zehntausend Frauen gehabt habe*[398], davon achttausend Prostituierte. Die Sensationspresse verbreitet diese hochinteressante Zahl rund um die Welt, und Simenon ist es ernst damit, wie er bei anderen Gelegenheiten versichert; vermutlich ist es nicht einmal eine Übertreibung. Das letzte Interview überhaupt, von Pascal Rossi Anfang 1989 geführt, zeigt uns den Schriftsteller im Rollstuhl, die Pfeife im Mund, wie er (trotz großer Schwierigkeiten mit dem Sprechen) begeistert vom Leben und von der Natur schwärmt und erklärt: *Mein Œuvre wird immer unvollendet bleiben.*[399] Auf seiner Suche nach dem nackten Menschen, nach sich selbst hat er die Leere gefunden – eine manchmal schwindelerregende Leere –, und es ist dieser selbe kafkaeske Eindruck, der auch den Leser seiner Bücher am ehesten befällt.

Die robuste Konstitution Simenons hat ihn 86 Jahre alt werden lassen, trotz einer ganzen Reihe von Krankheiten. Als etwa Fünfzigjähriger wurde er von der Coxsackie-Krankheit befallen, in deren Folge er auf einem Ohr ertaubte und bis zu seinem Tod an Schwindelanfällen litt. Eine Arthrose zwang ihn eine Zeitlang, an Krücken zu gehen, dann wieder war es eine Hiatus-Hernie (ohne schwerere Folgen), an der er litt, einige gebrochene Rippen durch seinen Unfall in Épalinges, eine Prostata-Operation und die Sklerose mehrerer Arterien, die die Ärzte beim Dreiundsiebzigjährigen auf Grund eines EEGs feststellten. Mit 81 Jahren mußte sich Simenon einer siebeneinhalbstündigen Operation unterziehen, um einen Gehirntumor entfernen zu lassen; es dauerte lange, bis er sich von ihren Strapazen erholt hatte, aber schließlich konnte er bei klarem Verstand sein friedliches Leben wieder aufnehmen. 1988 allerdings erlitt er einen Rückfall, eine Gehirnblutung lähmte seine Beine und einen Arm. Zuletzt brach er sich noch bei einem Sturz aus dem Bett den Oberschenkelhals, der auf Grund seines Allgemeinzustands nicht mehr operiert werden konnte. Am Montag, dem 4. September 1989 ist Georges Simenon ruhig entschlafen. Sein Körper wurde, wie er es bestimmt hatte, verbrannt, seine Asche im Garten des Hauses in Lausanne ausgestreut, um sich endlich mit der seiner Tochter zu vereinen. Noch mit 86 Jahren hatte der Agnostiker Simenon erklärt: *Ich respektiere die Religionen, sie sind notwendig.*[400]

Nach Simenons Tod stellt sich die Frage nach seinem literarischen Rang. Was wird von ihm bleiben, den einige seiner Zeitgenossen mit den größten Schriftstellern der Weltliteratur verglichen haben?

Über seinen literarischen Geschmack und die Tradition, in der er steht, weiß man, daß er sehr früh schon (wie alle Kinder) mit Abenteuerromanen begonnen hat: Alexandre Dumas père, Robert Louis Stevenson, Jules Verne, James Fenimore Cooper und Joseph Conrad, den er ein wenig als sein Vorbild ansah. Er mochte die Werke der Comtesse de Ségur, die sentimentalen Romane Paul de Kocks, die historischen Romane Walter Scotts und die Prosa Mark Twains, für den er die größte Sympathie empfand. Von Charles Dickens war er begeistert und bewegt, mit Gustave Flaubert verband ihn die realistisch ausgerichtete Suche nach der Wahrheit. Auch die Größe Honoré de Balzacs erkannte er, wenn er sich auch nur in seiner Produktivität mit ihm vergleichen lassen wollte: *Mein Œuvre*

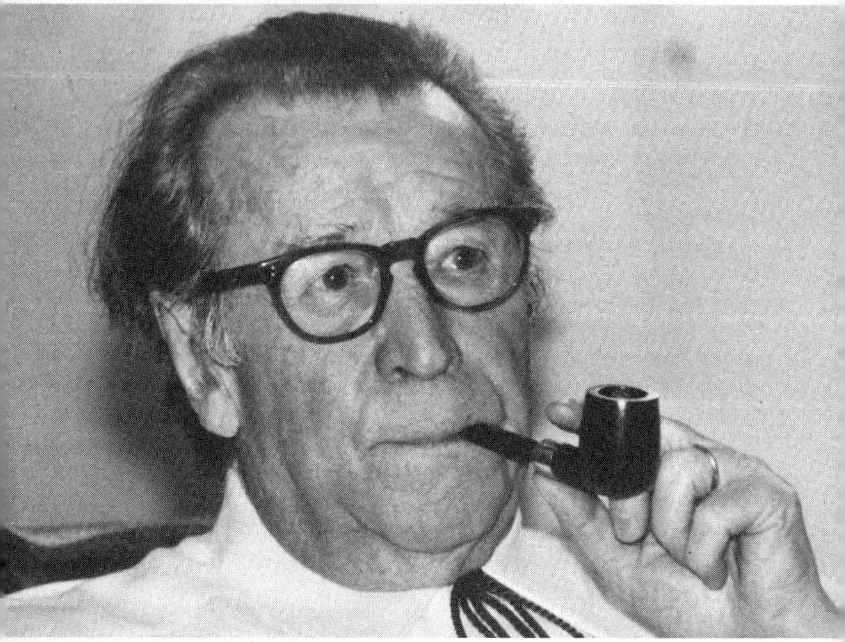

Simenon im Alter von 79 Jahren

ist dem Balzacs genau entgegengesetzt[401], und wirklich «ist das, was Simenon interessiert, nicht die Inbesitznahme der Welt, sondern die Enteignung des Individuums»[402]. Bereits in jungen Jahren hat er Victor Hugo gegenüber Alphonse de Lamartine den Vorzug gegeben[403], und außerdem: Hugo war ein Schnellschreiber wie Stendhal und wie er selbst (warum nur hat man sie trotzdem ernst genommen!?). Man weiß, was er von Anatole France hielt: *Ich persönlich konnte ihn nicht ausstehen und sah in seinen Werken eine Art Spitzenklöppelei, die Phrase um der Phrase, das Wort um des Wortes willen, mit gesuchten Adjektiven, kurz, was man «Stil» nennt*[404]. Grundsätzlich *verstand ich mich als Gegner alles «Literarischen», das zumeist in die Form verliebt ist und das Leben verachtet, solange es nicht durch die Mühle der Philosophen und Denker gedreht worden ist*[405]. Eine Ausnahme darin stellt immerhin die russische Literatur dar: *Nicht Alexander Puschkin freilich – dieser russische Lamartine*[406] –, und auch Ivan Turgenjev nicht, den er nie mochte; aber die sogenannten «Realisten»: Anton Tschechow, dem er seine Neigung verdankt, die Schicksale der Menschen «flicken» zu wollen; von ihm lernte Simenon auch die Abhängigkeit des Menschen von der Natur und von den Jahreszeiten, so wie man bei beiden die Funktionen von Überschreitung, Konflikt, Krise und Entdeckung findet.[407] *Im Gegensatz zu den Personen bei den meisten Romanciers kennt sich die Person bei Tschechow selbst nicht ganz, sie ist auf der Suche nach sich selbst.*[408] Man kann Simenons Vorliebe gerade für diesen Schriftsteller durchaus verstehen, haben doch beide dasselbe Anliegen. Weiter Nikolaj Gogol – *der größte Schriftsteller des letzten Jahrhunderts*[409]: *Ich nahm mir die kleinen Leute vor, gab ihnen eine heldenhafte Dimension, ohne ihnen ihre unbedeutende Identität und ihr kleines Leben zu nehmen. Ich glaube, dabei habe ich Gogol viel zu verdanken.*[410] Fjodor Dostojevskj beeinflußte ihn dagegen in allem, was Moral, Schuld und Sühne betrifft. (Man mag hier freilich auch an Lev Tolstoj denken, etwa an den «Tod des Iwan Iljitsch».) Dostojevskj war für Simenon viel mehr als Freud, den er sehr kritisch sah, der Begründer der Psychoanalyse; *er hat (wie Shakespeare auch) alle Situationen, in die ein*

Anton Tschechow – einer der «Seelenverwandten» Simenons

William Faulkner, für Simenon der größte Autor des Jahrhunderts

Mensch geraten kann, behandelt. Meiner Meinung nach hat er vor allem zu einer neuen Interpretation des Schuldgedankens beigetragen. Schuld ist nicht mehr ein einfacher, klarer Tatbestand, wie er in den Strafgesetzbüchern steht, sondern wird zum persönlichen Konflikt eines jeden einzelnen.[411] John Steinbeck, Franz Kafka und William Faulkner nennt er in einem Atemzug und fühlt sich ihnen wesensverwandt: *Was ich entstehen zu spüren glaube ist eine neue Konzeption des Menschen, eine neue Art, in Romanen ohne Handlung (im alten Sinne des Wortes) den Menschen zu betrachten.*[412] Faulkner ist für ihn *der größte Autor unseres Jahrhunderts*[413]. Die alten griechischen und lateinischen Schriftsteller hat er (auf französisch) gelesen, von den Philosophen – schon als junger Mann – Auguste Comte, René Descartes, Blaise Pascal und vor allem Michel de Montaigne. Wie bei vielen Autodidakten ist sein Lesen wahllos und folgt lediglich der Neugier: den Marquis de Sade, Shakespeare, Maurice Maeterlinck – *nach ihm war ich zwei Jahre lang verrückt*[414] –, Thomas Mann, Marcel Proust, Goethe, die Briefe Napoleons, den ganzen Eugène

Labiche, Raymond Queneau (den er sehr schätzt), die Bibel, immer wieder das Bürgerliche Gesetzbuch und das Strafgesetzbuch, natürlich die Psychoanalytiker Sigmund Freud, C. G. Jung (dessen Traumdeutung er der Freuds vorzieht) und Alfred Adler, den er von den dreien am meisten schätzt, und die großen Autoren der Medizin und der Psychiatrie – Iwan Pawlow, Claude Bernard und so fort. Simenon als Leser: ein Eklektiker durch und durch, der natürlich nicht die Wahrheit sagt, wenn er behauptet, er habe mit der Geburt des Kommissars Maigret aufgehört zu lesen. Doch so belesen er ist, sagt uns Simenon nichts über die großen französischen Klassiker (Corneille, Racine oder Molière). Auch über viele seiner Zeitgenossen, deren Werke er kennt, schweigt er sich aus; diese aber sagen uns um so mehr über Simenon.

Von Max Jacob zu Georges Bernanos oder François Mauriac über Henry Miller («Simenon, der Monarch»[415]), Sacha Guitry, Hermann Graf Keyserling (der ihn einen «genialen Dummkopf» genannt hat[416]), André Gide, Jean Cocteau, Patricia Highsmith, Paul Morand, Ernest Hemingway («Die wunderbaren Bücher von Simenon»[417]), Michel Butor,

Sacha Guitry als bewundernder Leser

Pierre Boileau und Thomas Narcejac, Frédéric Dard, Michel Tournier, Philippe Sollers, Philippe Labro, Faulkner (der ihn mit Tschechow verglichen hat[418]); und mehr noch die größten Journalisten und Literaturkritiker, die zu erklären versuchen, worin die Originalität des Schriftstellers besteht.

Jean Améry zum Beispiel lobt «den nackten Stil» des «Vollbluterzählers, der Menschen gestaltet. Simenon erzählt, aber er beschreibt nicht. Die Außenwelt wird stets in ganz wenigen, vereinfachenden und großzügigen Strichen gezeichnet. Die Innenwelt der Menschen wird nicht psychologisierend erläutert, sondern erscheint in der Aktion.» Für Améry ist Simenon «ein Romancier des Tragischen. Jeder seiner Romane

François Mauriac...

und André Gide, zwei Nobelpreisträger für Literatur und Bewunderer Simenons

ist die Analyse einer Besessenheit, die Entfremdung eines Menschen von der Gesellschaft durch ein in ihm beschlossenes Schicksal.»[419] Ganz anders die Kritik Jean Paulhans: «Es ist schwierig, wenn nicht unmöglich, einen tragischen Roman mit Personen zu gestalten – seien sie Akademiker, berühmte Professoren oder Milliardäre –, die den Egoismus so weit treiben, bis sie nicht mehr die geringste Vorstellung von dem haben, was das Tragische sein kann.»[420]

Alfred Andersch rühmt an Simenon «neue Modelle feinster psychologischer Schilderung, unheimlicher Seelenkenntnis und dichtester Zeichnung von Umwelt und Epoche, in einer Sprache ohne Sentimentalität, wenn auch von großer Humanität, in einem hämmernden, schmucklosen, von knisternder Spannung erfüllten Stil.»[421] Bernard de Fallois (nach Simenons Meinung der einzige Literaturkritiker, der ihn wirklich verstanden habe) ermahnt zu Recht: «Um ein Werk zu verstehen, dürfen wir nicht vergessen, mit welchem Vergnügen wir es gelesen haben»; und wirklich ist dies ein Phänomen, das fast immer die Simenon-Lektüre begleitet: das Vergnügen, die Unmöglichkeit, ein Buch zu Seite zu legen. «Man war darauf gefaßt, eine Geschichte zu finden, und erstaunlicherweise findet man das Leben.» Diese Vorstellungskraft macht – so de Fallois – aus Simenon «den ersten und vielleicht einzigen geborenen Romancier in der Literatur», denn er schafft es, «die Synthese von Roman und Erzählung» zu erreichen. Er überfliegt die Geschichte, erforscht sie nach und nach und entdeckt sie. Simenon interessiert sich für das Geschehen und für die Person, er will die Wirklichkeit nicht übersetzen, sondern ausdrücken. Der letzte Roman, den er gelesen hat, scheint für den Leser oft auch der beste zu sein. Mit ihm hat er unwissentlich alle anderen wiedergelesen, und jedesmal ist er ein bißchen weitergekommen: Der Roman als «Mittel zur Selbsterkenntnis und beinahe als die Antwort auf sein persönliches Geschick».[422]

Doch trotz des unbestreitbaren Vergnügens kann man nicht umhin, ähnlich zu empfinden wie Claudine Gothot-Mersch: «Simenon stellt den Intellektuellen vor ein merkwürdiges Problem. Man schlägt einen seiner Romane auf – zufällig, eines Abends, weil man müde ist –, liest das Buch in einem Zug zu Ende und verachtet sich ein wenig dafür, daß man sich hat faszinieren lassen.» Die Autorin erklärt gleichfalls die Faszination, die von Simenons Büchern ausgeht, mit seiner Gabe, die Wirklichkeit darzustellen; aber bedauernd fügt sie hinzu: «Hätte der Autor der *Anneaux de Bicêtre* über seine Kunst nachdenken und sich mit dem Gedanken anfreunden wollen, daß es für den Wert eines Werkes auch den Maßstab der Technik gibt, so hätte er mit seiner Begabung, seiner außergewöhnlichen Sensibilität für die kleinen Dinge des Lebens etwas Besseres werden können als nur ein schriftstellerisches Phänomen: Einer der großen Romanciers seiner Zeit.»[423]

«Georges Simenon bleibt immer noch ein großer, in seinen besten Romanen sehr großer Erzähler und Sprachkünstler, dessen Meisterschaft so unbestreitbar ist wie seine Modernität»[424], schreibt François Bondy, der das Genie des Autors in «seiner eigentümlichen Mischung von Realismus und Phantastik» sieht. «Es ist zwar gelegentlich irritierend, manchmal aber auch erlösend, feststellen zu können, daß das eigene Schicksal kein Sonderfall, sondern etwas Alltägliches ist. Intensive Konzentration und Vereinfachung» charakterisieren seinen Stil. In seinen Geschichten «finden sich weniger auflösbare Rätsel als Geheimnisse, und das Geheimnis bleibt. Übrigens geht in Simenons Wirtschaft nichts verloren: Eine Nebengestalt aus einem Buch taucht alsbald im nächsten Roman unter anderem Namen als Hauptperson wieder auf»[425], oder wie Gilbert Sigaux es formuliert hat: «Alle Romane Simenons sind Teil ein und desselben Romans.»[426]

«Aber sein Grundthema der Intimität als menschlicher Fremdheit und der Schuld als eines Geheimnisses entfernt ihn vom Gesellschaftsroman.»[427] Ist er – wie François Mauriac sagt – der «Vater des Anti-Romans»[428] oder ein «Minimalist» (so Jürg Altwegg), der sich mittels einer Sprache ausdrückt, «die – auf einen Code reduziert – auf den Leser wie die Gebots- und Verbotstafeln im Straßenverkehr wirkt: als Orientierungssystem, beschränkt auf möglichst wenig Signale, die von allen automatisch verstanden werden»? Und was die Leser betrifft, so «wird ausschließlich an ihre Intuition appelliert; zur Gedankenarbeit außerhalb der Gemeinplätze ist Simenon nicht bereit. Das spiegelt sich in den Dialogen seiner Romanfiguren wider, deren Sprach- und Hilflosigkeit gelegentlich an Beckett oder Ionesco erinnern. Aber wie immer bleibt Simenon auf halbem Wege stehen. Die Frage nach dem Sinn wird umgangen, sie ist bei Simenon tabu.»[429] Emmanuel d'Astier de la Vigerie behauptet sogar, Simenon sei ein Volksdichter mit einem ebenso armseligen, vulgären Vokabular wie das der Straßenchansons.[430]

Für Thomas Narcejac müssen Simenons Personen, «um sich wiederzufinden, ihr scheinbares Ich aufgeben. Und diese Aufrichtigkeit eines gewissen Verzichts will Simenon fühlbar machen. In einer Hinsicht ist er der Romancier der Vernichtung des Ichs» und gehört «in einer völlig originellen Art zur allerneuesten Literatur, die vom Existentialismus herkommt»[431]. Robert Kemp dagegen ist der Meinung, Simenon sei «ein trauriger Autor, der weiß, daß das Leben traurig ist. Er sagt nichts darüber. Er gelangt darüber nicht zu einer existentiellen Philosophie. Monsieur Simenon ist ein Dichter der Demütigen, der nicht die Hand aufs Herz legt. Er filmt, und die Retuschen, mit denen er hier etwas Überflüssiges auslöscht und dort ein Detail hervorhebt, sind unsichtbar. Dichtung und Wahrheit ...»[432]

Das Wort «filmt» kehrt (neben dem Wort «malt») in Aufsätzen über Simenon am häufigsten wieder, und das ist gewiß kein Zufall. Tatsächlich scheint der Schriftsteller weniger von der Literatur gehalten zu haben als von der Malerei. In erster Linie ist er ein Augenmensch, der auf einzigartige Weise «das Motiv, wie man in der Malerei sagt»[433], wiederzugeben versteht. «Eigentlich greift Simenon immer wieder dasselbe Bild auf»[434] und «die *Dictées* sind auf irgendeine Art seine ‹Nymphéas›»[435]. Auch der Maler Maurice de Vlaminck war erstaunt: «Die Worte selbst, diese einfachen Worte» scheinen «Bilder zu projizieren. Man kennt schon ihre Gestalten. Mehr noch: Man glaubt, sie bereits gesehen zu haben. Man erkennt sie wieder. Man lebt ihr Leben.»[436] Luke Parsons dagegen ordnet Simenons Kunst der Fotografie zu: «Manchmal erinnert er uns an einen Fotografen, der seine Bilder kunstvoll komponiert und uns unverzerrte

Aufnahmen vom wirklichen Leben liefert.»[437] Und ein großer Cinéast wie François Truffaut (der zwar keines der Bücher Simenons verfilmt hat, doch tief beeindruckt von deren Suggestivkraft war) hat sich nicht gescheut zu erklären, daß Camus' «Der Fremde» «schwächer ist als jeder beliebige der zweihundert Romane Simenons»[438]: indirekt ein großes Kompliment für den Schriftsteller.

Meine Kindheit war vor allem vom Impressionismus und Pointillismus beeinflußt, hat Simenon einmal bekannt, *und ich gebe gerne zu, daß man das meinen Romanen anmerkt.*[439] *Vor allem den Impressionismus liebte ich, und im Grunde ist es ein wenig das, was ich in der Literatur machen wollte.*[440] So ließe sich Simenons Talent letztlich als das eines realistischen Malers definieren, der in kleinen Tupfern aus Licht und reinen Farben Szenen des einfachen und alltäglichen Lebens festhält, die uns vertraut zu sein scheinen. Seinen Helden sind wir irgendwann schon einmal begegnet, es sind unsere Verwandten, Freunde, Nachbarn oder Kollegen, ja, wir selbst sind es. Wir werden nicht auf der Ebene der Ratio berührt, sondern erkennen in Simenons Figuren unsere ungeliebten, verdrängten Instinkte und Antriebe wieder; hier mag auch der Grund dafür zu suchen sein, daß wir nach der Lektüre uns ein wenig unseres Vergnügens schämen. Ein Beweis, Monsieur Simenon, daß der Mensch doch mehr ist als das, was Sie aus ihm machen! Simenon scheint ein Spiel in uns wachzurufen, das wir einmal gut gekannt und dann wieder vergessen haben: das Rollenspiel unserer Kindheit, Freiraum des Unbewußten. Auf der einen Seite scheint sein ganzes Leben oft eine einzige Folge von Rollen gewesen zu sein, die er mehr oder weniger glaubwürdig gespielt hat – ein Nicht-Erwachsen-Sein; auf der anderen war Simenon offenbar von sich selbst und von dem Schicksal seiner nahen Mitmenschen so besessen, daß er sie gleichsam literarisch ‹in Szene› gesetzt hat und sie den Weg verfolgen ließ, den sie in der Situation, in die er sie gestellt hatte, gegangen sein könnten. Georges Simenon – ein Schriftsteller des (Sich-)In-Szene-Setzens, der uns hineinzieht in sein Spiel: *Kinder gestalten vielleicht um, aber sie erfinden nicht.*[441] Das also ist wohl das Geheimnis seines Erfolgs, wenn nicht gar seines Genies, denn – so Charles Baudelaire – «das Genie ist doch nichts anderes als die wiedergefundene Kindheit». Simenon aber wußte, daß er diese Kindheit nie verloren hatte.[442]

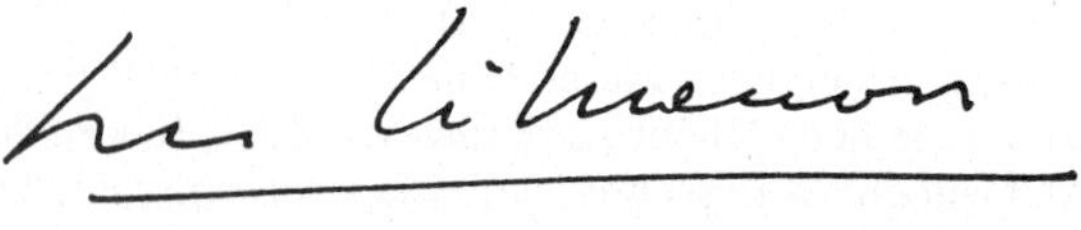

Anmerkungen

Die Ziffern der Quellennachweise beziehen sich zum einen (B) auf die von 1 bis 198 durchnumerierte Bibliographie (S. 148f), zum anderen (W) auf das von 1 bis 612 durchnumerierte Werkverzeichnis Georges Simenons (S. 125f). In einzelnen Fällen wurde nach französischen Neuausgaben (NA, nach «dépot légal») bzw. nach den deutschen Ausgaben (DA) zitiert. Trotz der Fülle von Sekundärliteratur wurde in der Regel den Primärquellen der Vorzug gegeben.

1 B 169, S. 27
2 B 100
3 W 282
4 W 282, NA 1955, S. 7
5 B 181
6 B 169, S. 30
7 B 121, S. 15
8 B 196
9 B 36
10 B 181
11 W 550
12 B 112, S. 13
13 B 169, S. 43
14 B 73
15 Siehe Anhang, S. 147
16 Siehe Anhang, S. 143f
17 Siehe Anhang, S. 144
18 B 181
19 B 112, S. 162
20 B 29
21 B 37
22 B 33
23 B 81
24 B 71
25 B 72
26 B 113
27 B 94
28 B 30
29 B 106
30 B 174
31 B 154
32 B 123
33 B 144
34 B 38, S. 376
35 W 528, hier und im folgenden zit. nach B 112, S. 273
36 Vgl. Meyers Konversation's Lexikon Band 12, Leipzig 1908, S. 878ff
37 B 181
38 W 528, S. 274
39 Ibid., S. 277
40 Ibid., S. 276
41 Ibid., S. 318
42 Ibid., S. 274
43 W 526, DA S. 297
44 Ibid., S. 324
45 W 528, S. 275
46 Ibid., S. 282
47 Ibid., S. 272
48 W 550, DA S. 479
49 W 528, S. 289
50 Ibid., S. 290
51 W 526, DA S. 17
52 W 528, S. 285
53 W 526, DA S. 17. Fest steht, daß Henriette 1880 geboren wurde und 1970 starb. Nach Simenon ist seine Großmutter Maria Brüll 1894 oder 1895 gestorben, während Fenton Bresler (B 38) «1901» angibt; das hieße, daß Henriette ihre Mutter noch zu deren Lebzeiten durch ihre Arbeit unterstützen wollte und bereits mit vierzehn die Stelle als Kindermädchen bei ihrer Schwester antrat. Damit ließe sich teilweise auch die Frage beantworten, die Simenon sich stellt: Wovon nämlich haben seine Mutter und seine Großmutter bis zu deren Tod gelebt? Unbedingt irrig aber ist Breslers Behauptung, Henriette habe sich im Alter von 21 Jahren beim «Innovation» vorgestellt. Simenon selbst hat freilich oft von sich gesagt, seine Erinnerung verschließe sich einer strikten Chronologie.
54 W 526, DA S. 21
55 Ibid., S. 20
56 Ibid., S. 43
57 W 528, S. 313
58 W 526, DA S. 327
59 W 528, S. 288
60 Ibid., S. 293
61 W 526, DA S. 62

62 Ibid., S. 270
63 Ibid., S. 329
64 Ibid.
65 B 86
66 B 85, S. 33
67 B 121, S. 273
68 W 273.2 zit. nach B 112, S. 71
69 Ibid., S. 64f
70 Ibid., S. 65
71 W 264, NA 1970, S. 17
72 Ibid., S. 14
73 Ibid.
74 W 526, DA S. 355
75 Ibid., S. 356
76 W 331, NA 1972, S. 154
77 W 526, DA S. 361
78 Ibid., S. 373
79 Ibid., S. 372
80 Ibid., S. 347
81 Ibid., S. 387
82 W 331, NA 1972, S. 172f
83 W 526, DA S. 472
84 Ibid., S. 483
85 Ibid., S. 491
86 B 121, S. 295
87 B 85, S. 17
88 W 250, NA n. d., S. 180
89 W 61
90 W 3
91 W 550, DA S. 26
92 Ibid., S. 19
93 W 331
94 W 395
95 B 17
96 B 171
97 W 384, NA 1981, S. 32f
98 B 181
99 B 122
100 W 550, DA S. 22
101 Ibid., S. 33
102 W 4.5
103 W 9.11
104 W 13.1
105 W 20.53
106 W 550, DA S. 30f
107 W 64
108 B 169, S. 188
109 Ibid., S. 26
110 Ibid., S. 188
111 W 217
112 W 221
113 B 169, S. 23ff
114 Ibid.
115 B 38, S. 18
116 B 85, S. 40
117 W 550, DA S. 853
118 Ibid., S. 551
119 B 115, S. 49
120 W 550, DA S. 358
121 Ibid., S. 41
122 Ibid., S. 41
123 B 169, S. 205
124 W 550, DA S. 239
125 B 121, S. 398
126 W 550, DA S. 395
127 W 169, S. 96
128 W 550, DA S. 31
129 Ibid.
130 W 119
131 W 327.13
132 W 154
133 B 17
134 B 38, S. 99
135 W 482
136 W 455
137 W 550, DA S. 36
138 W 265, NA 1972, S. 53ff
139 W 550, DA S. 35
140 Ibid., S. 36
141 Ibid., S. 37ff
142 W 326
143 W 327
144 W 325
145 W 550, DA S. 40
146 W 197, 230, 231, 232
147 W 248
148 B 38, S. 330
149 W 248, NA 1970, S. 219
150 Ibid., S. 84
151 Ibid., S. 12
152 W 282
153 W 550, DA S. 427
154 W 282, NA 1955, S. 180
155 B 169, S. 196
156 W 318, NA 1971, S. 71
157 W 379
158 W 323, NA 1973, S. 10
159 W 252, NA 1970, S. 55
160 B 118
161 W 282, NA 1955, S. 69
162 B 121, S. 183
163 B 118, S. 89
164 B 145, S. 186ff
165 W 253, NA n. d., S. 186ff
166 B 174
167 B 118, S. 79
168 B 121, S. 212
169 B 54
170 W 262, NA 1971, S. 35ff
171 B 121, S. 72
172 B 115
173 Ibid.
174 B 121, S. 98
175 B 146
176 W 254, DA S. 20f
177 B 114
178 B 17
179 Ibid.
180 B 31
181 B 146
182 W 262
183 W 284
184 W 264, NA 1970, S. 50; W 526, DA S. 337
185 W 282, NA 1955, S. 46
186 B 63, S. 233
187 B 121, S. 21
188 W 261
189 W 261, NA 1970, S. 5
190 B 115, S. 49
191 W 261, NA 1970, S. 6
192 Ibid., S. 11
193 W 319
194 B 146
195 W 261, NA 1970, S. 25ff
196 Ibid., S. 46
197 Ibid., S. 155ff
198 B 115
199 B 175, S. 78
200 B 115, S. 96
201 B 170, S. 157
202 B 169, S. 205
203 B 115, S. 220
204 Ibid.
205 B 175, S. 80
206 B 115, S. 222ff
207 B 189, S. IX

208 B 61, S. 16
209 B 115, S. 227
210 B 146
211 W 553
212 B 146
213 B 170, S. 167
214 B 53
215 W 326
216 W 327.1
217 W 325
218 W 378
219 W 379
220 W 323
221 W 257
222 W 262
223 W 550, DA S. 53
224 W 398, DA S. 86
225 W 457
226 W 527, S. 53
227 B 181
228 W 266
229 W 324
230 W 328
231 B 169, S. 30
232 B 121, S. 399
233 B 189, S. XIII
234 W 365
235 W 365, NA 1983, S. 16
236 Ibid., S. 39
237 Ibid., S. 18
238 Ibid., S. 33
239 Ibid., S. 36
240 B 85, S. 99
241 W 365, NA 1983, S. 26
242 Ibid., S. 33
243 W 375
244 W 375, NA 1984, S. 83
245 W 365, NA 1983, S. 44
246 Ibid., S. 49
247 Ibid., S. 164
248 Ibid., S. 86
249 B 189, S. 9
250 W 365, NA 1983, S. 89
251 Ibid., S. 141
252 Ibid., S. 147
253 B 189
254 W 365, NA 1983, S. 164
255 W 444, DA S. 207
256 B 121, S. 63
257 B 181
258 B 66, S. 185
259 Ibid., S. 189
260 W 390
261 W 395
262 W 255
263 W 331
264 W 526
265 W 382
266 W 361
267 W 343
268 W 329
269 W 412
270 W 446
271 W 438
272 W 359
273 W 396
274 W 448
275 W 357
276 W 385
277 W 380
278 W 335
279 W 402
280 W 451
281 W 332
282 W 367
283 W 387
284 W 345
285 W 383
286 W 406
287 W 409
288 W 410
289 W 444
290 W 390
291 W 425
292 W 440
293 W 398
294 W 334
295 W 435
296 B 189
297 W 400 a. 13
298 W 459
299 Vgl. B 189, S. 8
300 W 349
301 W 529
302 Ibid.
303 W 378
304 W 268
305 W 379
306 W 389
307 W 432
308 W 377
309 B 38, S. 207
310 Ibid., S. 237
311 Daniel Yonnet, in: «Ouest-France», 7.9.1989
312 W 526
313 W 526, DA S. 9
314 W 525
315 B 112, S. 226
316 W 526, DA S. 10
317 Ibid., S. 11
318 B 17
319 W 550
320 W 270
321 W 550, DA S. 152
322 Ibid., S. 153
323 Ibid., S. 189
324 Ibid., S. 191
325 Ibid., S. 199 f
326 W 390
327 W 390, DA S. 165
328 W 387
329 W 550, DA S. 324
330 W 396
331 W 282
332 W 485, 486
333 W 504
334 W 550, DA S. 270
335 W 395
336 W 550, DA S. 294
337 Ibid., S. 458
338 W 444
339 W 444, DA S. 177
340 Ibid., S. 196
341 B 17
342 W 528, zit. nach B 112, S. 312
343 B 38, S. 263
344 B 17
345 B 38, S. 285
346 W 550, DA S. 524
347 W 295
348 W 418
349 W 425
350 W 550, DA S. 559
351 B 181
352 B 175
353 W 510
354 W 527
355 W 550, DA S. 642
356 Ibid., S. 668
357 Ibid., S. 671
358 Ibid., S. 673
359 Ibid., S. 674
360 W 435
361 B 85, S. 79
362 W 435, DA S. 12
363 Ibid., S. 16

364 Ibid., S. 321
365 B 110
366 Ibid.
367 W 439
368 W 311
369 W 440
370 W 550, DA S. 761
371 B 38, S. 350
372 W 323
373 W 550, DA S. 871
374 Ibid., S. 846
375 Ibid., S. 856
376 W 527
377 B 17
378 B 38, S. 355
379 W 550, DA S. 857
380 B 175
381 B 38, S. 18
382 W 550, DA S. 808
383 Zit. nach B 38, S. 138f
384 B 157
385 B 38, S. 314
386 W 528
387 W 550, DA S. 823
388 W 529
389 W 549
390 W 535
391 W 545
392 B 169, S. 170
393 W 550, DA S. 859
394 B 175
395 W 550, DA S. 881
396 W 550
397 Zit. nach W 550, Rückumschlag der DA
398 B 38, S. 359
399 B 162
400 Ibid.
401 B 110
402 Ibid.
403 W 526, DA S. 405
404 B 181
405 W 550, DA S. 654
406 B 85, S. 18
407 B 189, S. 36
408 Zit. nach B 169, S. 144
409 Ibid., S. 207
410 Ibid., S. 142
411 Ibid., S. 145f
412 B 121, S. 370
413 B 169, S. 207
414 B 112, S. 149
415 B 38, Rückumschlag
416 B 169, S. 154
417 Ibid., S. 112
418 B 112, S. 1
419 B 169, S. 100ff
420 B 121, S. 282
421 B 169, S. 85ff
422 Ibid.
423 B 85, S. 102f
424 B 112, S. 13
425 B 169, S. 71ff
426 B 121, S. 17
427 B 169, S. 171
428 Ibid.
429 Ibid., S. 173ff
430 B 121, S. 266
431 Ibid., S. 19f
432 B 85, S. 246
433 Ibid., S. 242
434 B 121, S. 21
435 B 169, S. 169
436 Ibid., S. 44f
437 Ibid., S. 84
438 B 17
439 W 527, S. 359f
440 B 181
441 W 528, S. 87
442 B 85, S. 42

Zeittafel

1903 Georges Joseph Christian Simenon wird am 13. Februar in Lüttich (Liège) als Sohn des Versicherungsangestellten Désiré Simenon und seiner Frau Henriette (geb. Brüll) geboren

1906 Geburt des Bruders Christian

1909 Eintritt in das katholische Institut Saint-André

1911 Meßdiener

1914 Eintritt in das Jesuiten-Kolleg Saint-Louis; Simenon beschließt, Schriftsteller oder Priester zu werden

1915 Wechsel zum naturwissenschaftlichen Kolleg Saint-Servais; Simenon darf die Themen seiner Arbeiten für den Französisch-Unterricht selbst bestimmen

1918 Wegen einer Angina pectoris des Vaters verläßt er die Schule und nimmt eine Arbeit als Verkaufsgehilfe in einer Buchhandlung an; nach sechs Wochen wird er entlassen und beginnt eine Konditorlehre, die er ebenfalls abbricht

1919 Reporter bei der ultrakonservativen «Gazette de Liège», für die er kurze Artikel schreibt; erste Erzählungen

1920 Erster Roman, *Au Pont des Arches* (veröffentlicht 1921)

1921 Verlobung mit der Malerin Régine Renchon; Militärdienst; Tod des Vaters

1922 Übersiedlung nach Paris, wo Simenon als «Privatsekretär» für den konservativen Schriftsteller Binet-Valmer arbeitet

1923 Eheschließung mit Régine Renchon; erste Erzählungen für diverse Pariser «Revues galantes», für die bis 1936 mehr als 1000 solcher Texte entstehen werden; Privatsekretär und Reisebegleiter des konvervativen Marquis de Tracy (bis 1924)

1924 Erster Groschenroman *Roman d'une dactylo*; bis 1937 werden mehr als 180 Groschenromane entstehen; die materielle Lage Simenons verbessert sich zusehends

1925 Vertrag mit dem Verleger Tallandier (und in der Folge mit fünf weiteren Verlagen) über die regelmäßige Lieferung von Groschenromanen; Henriette Liberge («Boule») tritt als Angestellte in Simenons Dienst

1927 Alleinherausgeber und Redakteur der kurzlebigen Zeitschrift «Le Merle blanc»

1928 Simenon erwirbt das Boot «Ginette» und läßt es als Hausboot ausrüsten; Reise über die Flüsse und Kanäle Frankreichs; erste Reportagen

1929 Bau des Segelkutters «Ostrogoth». Reisen nach Holland, Norwegen, Lappland, Deutschland... In Delfzijl schreibt Simenon den ersten Maigret-Roman, *Pietr-le-Letton*, der 1931 als erstes Werk unter eigenem Namen veröffentlicht wird

1930 Weitere Reisen an Bord der «Ostrogoth»; Abkommen mit dem Verleger Fayard über eine Serie von Maigret-Romanen
1931 Simenon veranstaltet in Paris den «Bal anthropométrique», der die Figur Maigrets über Nacht berühmt macht, bevor noch der erste Maigret-Roman erschienen ist; Verkauf der «Ostrogoth»
1932 Reise nach Afrika; Verfilmung von *Le Chien jaune* durch Jean Tarride und von *La Nuit du carrefour* durch Jean Renoir; Übersiedlung auf den Landsitz «La Richardière» bei La Rochelle. Veröffentlichung des ersten Non-Maigret-Romans *Le Passager du Polarlys*
1933 Europa-Reise, Reise in die Türkei; Begegnung mit Leo Trotzki in Prinkipo; Vertrag mit dem Verlag Gallimard
1934 Mittelmeer-Reise; Übersiedlung Simenons in das Château de la Cour-Dieu nahe Orléans
1935 Weltreise; Übersiedlung nach Paris; in der Folge ständige Ortswechsel
1938 Beginn des Briefwechsels mit André Gide; Simenon kauft ein altes Priorat in Nieul unweit von La Rochelle
1939 Geburt des Sohnes Marc (am 19. April); Ausbruch des Weltkriegs
1940 Anfang Mai wird Simenon von der belgischen Botschaft zum Flüchtlingskommissar ernannt; nach der Kapitulation der belgischen Armee kümmert er sich um die Rückkehr der Flüchtlinge in ihre Heimat; im September übersiedelt er nach Fontenay-le-Comte; nach der Fehldiagnose eines Arztes fürchtet er, an Angina pectoris zu leiden und binnen zweier Jahre sterben zu müssen
1941 *Je me souviens* entsteht, Simenons erste autobiographische Schrift, die auf Anregung André Gides revidiert wird und 1948 unter dem Titel *Pedigree* erscheint
1944 Régine erfährt von dem (schon neunzehn Jahre dauernden) Verhältnis Simenons mit Boule; das Paar lebt fortan – wenn auch unter demselben Dach – getrennt
1945 Im Oktober trifft Simenon mit seiner Familie in New York ein und übersiedelt bald darauf nach Ste. Marguerite-du-lac-Masson in der Provinz Québec; Denyse Ouimet – seine spätere zweite Frau – tritt als Sekretärin in den Dienst Simenons
1946 Reise die Ostküste entlang bis nach Florida; letzte Reportagen; mehrere Umzüge
1947 Tod des Bruders Christian im Indochina-Krieg
1948 Ende des Jahres wird Denyse schwanger; Simenon bereitet seine Scheidung von Régine vor
1949 Geburt des Sohnes Johnny (am 29. September)
1950 Am 21. Juni läßt sich Simenon in Reno von Régine scheiden und heiratet am selben Tag Denyse; Umzug nach Lakeville im Bundesstaat Connecticut
1952 Europa-Reise anläßlich der Aufnahme in die belgische Académie Royale
1953 Geburt der Tochter Marie-Jo (am 22. Februar)
1954 Zweite Europa-Reise
1955 Im März verlassen die Simenons endgültig Amerika und kehren nach Europa zurück; vorerst lassen sie sich in Cannes nieder
1956 Im Juni übersiedeln die Simenons nach Lausanne
1957 Simenon mietet das Schloß Échandens in der Nähe von Lausanne
1959 Geburt des Sohnes Pierre (am 26. Mai)

1960 Marc heiratet; Präsident der Jury des Filmfestivals von Cannes; Simenon läßt in Épalinges ein großes Anwesen nach eigenen Plänen erbauen
1961 Teresa, die Simenon als dritte Lebensgefährtin 28 Jahre lang begleiten wird, tritt als Kammerzofe Denyses in den Dienst des Schriftstellers
1963 Erster Aufenthalt Denyses in einer psychiatrischen Klinik; Umzug in das Haus in Épalinges
1964 Simenon trennt sich endgültig von Denyse; erste psychiatrische Behandlung der Tochter Marie-Jo; Boule verläßt das Haus, um sich fortan als Kindermädchen um Marcs Kinder zu kümmern
1966 In Delfzijl wird in Anwesenheit Simenons ein Maigret-Denkmal enthüllt
1967 Die Éditions Rencontre beginnen mit der Ausgabe der *Œuvres complètes* Simenons
1970 Unter dem Titel *Quand j'étais vieux* erscheint Simenons erste der 21 *Dictées*. Am 8. Dezember Tod der Mutter Simenons
1972 *Les Innocents*, der letzte «harte» Roman Simenons
1973 Nach *Maigret et Monsieur Charles* gibt Simenon der Weltöffentlichkeit bekannt, keine Romane mehr schreiben zu wollen
1974 Épalinges steht zum Verkauf, Simenon bezieht ein kleines Haus in der Nähe von Lausanne; *Lettre à ma mère* erscheint
1976 Simenon vermacht seine Manuskripte, Bücher und Dokumente als «Nachlaß zu Lebzeiten» der Universität Lüttich
1978 Selbstmord Marie-Jos (am 19. Mai)
1981 Letzte Veröffentlichung: *Mémoires intimes* und *Livre de Marie-Jo*
1984 Simenon unterzieht sich einer siebeneinhalbstündigen Operation, um einen Gehirntumor entfernen zu lassen
1988 Eine Gehirnblutung lähmt seine Beine und einen Arm
1989 Am 4. September stirbt Georges Simenon, 86 Jahre alt

Zeugnisse

Halten Sie mich nicht für einen großen Kenner in Sachen Literatur. Ich habe niemals gewußt, woran man einen gut gemachten (wie man so sagt) oder schlecht gemachten Roman erkennt. Ihr letztes veröffentlichtes Buch gefällt mir ungemein, wie alles, was Sie veröffentlicht haben... Was Sie mit den größten Romanciers der Geschichte verbindet, ist, daß alle Gesten Ihrer Helden etwas offenbaren, während geringere Schriftsteller in solchen Fällen herumtappen. *Das* ist die große Kunst, nicht wahr? Und was für scharfe Umrisse! Und was für eine schöne, konkrete Sprache!

Max Jacob (1933)

Man hat immer wieder auf die Mittelmäßigkeit der Gestalten Simenons hingewiesen. Sicher ist sie zu bedauern. Aber was ich feststelle und was mich berührt, das ist ihr angsterfülltes, gräßliches Wissen um diese Mittelmäßigkeit, in der sie leben; das ist ihre Anstrengung, die sie manchmal unternehmen, um sich daraus zu befreien; eine ungeschickte, absurde Anstrengung, die sie oft nur tiefer in dieses Mißgefühl verstrickt.

André Gide (1941)

Lieber Monsieur Simenon – den ich so wenig kenne – was ich ziemlich bedauere! –, ich verschlinge im Moment Ihre Bücher, alle Ihre Bücher – und die, die ich schon kannte, lese ich noch einmal. Übrigens reißen meine Frau und ich sie einander aus der Hand: «Nein, das da ist heute abend meins.» – «Ich verbiete dir, es mir zu erzählen!» – «Es ist zwei Uhr, ich flehe dich an, mach doch das Licht aus!» Und ich möchte Ihnen meine Bewunderung mitteilen – für verschiedene Gründe – von denen einige tiefer sind als andere. Was für eine Lehre erteilen Sie all den Langweilern und falschen Psychologen – und welch ein wunderbares Gespür für das Theater Sie haben!

Sacha Guitry (vor 1957)

Er ist alles, was ein Schriftsteller sein wollte, und er bleibt ein Schriftsteller. Ein Schriftsteller außerhalb aller Norm, wie jeder weiß. Er ist wirklich einzigartig, nicht nur heutigentags, sondern zu jeder beliebigen Epoche.

(Man muß bis zu Lope de Vega zurückgehen, um ein vergleichbares Phänomen zu finden.)

Henry Miller (1961)

Ich würde alles auf der Welt tun, um Simenon einen Dienst zu erweisen, und ich bin sicher, er würde alles auf der Welt tun, um mir einen Dienst zu erweisen... Der Romancier der Komplexe, des Unbehagens, der Geheimnisse, der hartnäckigen, düsteren Seelen, ist ein Fürst der Freundschaft ohne Fehl und Tadel.

Jean Cocteau (1961)

In all seinen Büchern ergreift Simenon die Partei des «underdog». Wenn es irgend etwas gibt, was er haßt, so sind es die Rechtsanwälte, und gleich danach wahrscheinlich: das Gericht. Die wichtigste Eigenschaft seiner jungen Jahre ist wohl seine Abneigung gegen jede Art von Verurteilung. Das gibt seinen Büchern ihre Offenheit, ihre unwiderstehliche Aufrichtigkeit, ihre klare Einfachheit und Lesbarkeit. Jeder Künstler hat eine Persönlichkeit; seine eigene Brille, durch die er die Welt sieht; an dieser Brille erkennt man ihn und fällt seine Entscheidung für oder wider das Werk. Simenons Brille, so könnte man sagen, ist aus reinem Glas, sie verzerrt nichts. Und es ist interessant, daß er der meistgelesene lebende Autor ist. Offensichtlich zieht das Publikum die unverfälschten «Fakten» vor.

Patricia Highsmith (1969)

Simenons Unterhaltungsliteratur soll die Köpfe leeren, die Nerven entspannen. Darum wird sie gelesen – auch von jenen, über die Simenon schreibt. Schon Zola und andere haben die Unterprivilegierten zum Thema ihrer besten Werke gemacht. Aber erst Simenon ist es gelungen, diese Massen als Leser zu gewinnen.

Jürg Altwegg (1976)

Seine Geschichten sind alle mit bewundernswert logischer Strenge und Klarheit aufgebaut, aber das Merkwürdige ist, daß man sich nach einem Jahr nicht mehr an die Handlung erinnert. Was zurückbleibt ist bloß ein Eindruck, ein unverwechselbares, sehnsüchtiges Gefühl, und dieses Gefühl lockt einen, das Buch noch einmal und noch ein zweites Mal wiederzulesen.

Federico Fellini (1978)

Ich war niemals ein Simenon-Leser. Mir scheint, er ist der zeittypische Fernseh- oder Film-Schriftsteller. Damit gehört sein Bücherberg zur audiovisuellen Vergangenheit. Daß Gide ihn – nachdem er Proust abgelehnt hatte – als *den* großen Schriftsteller seiner Zeit angesehen hat, ist von unwiderstehlicher Komik. Die Welt schmutziger Leidenschaften ist ein Feind der Welt des Lasters, und nur diese ist interessant.

Philippe Sollers (14. September 1989)

Simenons literarisches Genie? Das liegt auf der Hand. Es ist der flüssige, schlichte Stil. Das Bemühen um Visualisierung, um Miniaturisierung. Das Wort «Atmosphäre» ist eigens für ihn erfunden worden. Er sucht die großen Themen, vergräbt sich in Klischees und wächst über sie hinaus. Ein Riese des Krimis, ein faszinierender Typ und ein echter Schöpfer – voilà Simenon.

Philippe Labro (14. September 1989)

Werkverzeichnis

Für die sechs häufigsten Verlage wurden die Kürzel Fa (Fayard), Fe (Ferenczi), G (Gallimard), Pr (Prima), Pc (Presses de la Cité) und T (Tallandier) verwendet.

I. Pseudonym erschienene Werke

Die folgenden, zwischen 1919 und 1937 entstandenen Werke Simenons sind unter verschiedenen Pseudonymen veröffentlicht worden:
Germain d'Antibes, Aramis, Bobette, Christian Brulls, Georges Caraman, M. le Coq, Jacques Dersonne, Jean Dorsage, Luc Dorsan, Jean Dossage, Georges-Martin Georges, Gom Gut, Georges d'Isly, Kim, Miquette, Jean du Perry, Jean Perry, Maurice Pertuis, Plick et Plock, Poum et Zette, Jean Sandor, Sim, Georges Sim, Gaston Vialis, G. Violis.

A. Geschichten und Erzählungen

1 In: La Gazette de Liège (1919) 1) Une Idée de génie – 2) Les Conséquences d'un coup de ciseau – 3) La Première gifle – 4) Le Langage des cravates
2 In: La Gazette de Liège (1920) Neun Erzählungen
3 In: La Revue sincère (1922) Le Compotier tiède
4 In: Frou-Frou (1923) 1) Le Corset de Madame Godruchon – 2) Deux Hommes en pyjama – 3) L'Admiratrice inconnue – 4) Un Professionnel – 5) L'Amant ingénu – 6) La Sauterelle – 7) La Lugubre aventure – 8) La Nuit d'amour d'Antonin – 9) Le Portrait d'Anna – 10) La Tentation du docteur Antoine – 11) L'Ascenseur d'amour – 12) L'Aventure du trouffion amoureux – 13) Le Timbre d'un sou – 14) La Jolie bouffarde d'amour – 15) La Fenêtre ingénue – 16) Un Virtuose – 17) Fillocheau et le Godruchon – 18) Le Mari, la cantharide et l'électricien
5 In: La Revue sincère (1923) Engourdissement
6 In: Le Matin (1923) 1) La Petite idole – 2) Un Coup de feu
7 In: Sans-Gêne (1923) 1) Théodore et la danseuse – 2) Trouillet et la nourrice – 3) La Femme au divan – 4) Les Expériences du docteur Pinoche – 5) La Méprise du jeune Bidoche
8 In: L'Almanach de l'humour (1924) 1) Le Phonographe d'amour – 2) La Pommade
9 In: Frou-Frou (1924) 1) Les Bretelles élastiques – 2) L'Aventure de Truc – 3) Deux Couples enlacés – 4) Biquet et la dame veuve – 5) Un Homme d'affaires – 6) La Chemise illusion – 7) Adolphe Motte gentil-homme cambrioleur – 8) Nids de passereaux nids d'amour – 9) Murmures et soupirs – 10) Un Véritable amour – 11) La Dompteuse passionnée – 12) Une Heure sur une barrique – 13) La Culotte de Jersey – 14) Petit Bout d'ambre – 15) Un Tour de cochon – 16) Candeur – 17) Papouillard et le 14 juillet – 18) La Nymphe arrangeante – 19)

No Bananas – 20) Le Kama Soutra – 21) Le Piano d'amour – 22) Savoir Vivre – 23) Les Vaches à sonnettes – 24) Histoire d'une chemise – 25) Les Conseils du vieux suiveur – 26) Une Ingénue – 27) La Pétaude – 28) 23 bis rue Richepanse – 29) L'Averse – 30) Une Garçonne – 31) Une Bonne maison – 32) Le Taureau – 33) Des Amants qui abusent – 34) J'veux rester nue – 35) Sous le nez du mari – 36) Délit en mer – 37) Les Transes de Monsieur Pouille – 38) Un Sauvetage en mer – 39) A l'abri dans l'hôtel – 40) Un Coin de rue – 41) Un Sensible – 42) Confidences d'une Olympiquée – 43) La Chicane galante – 44) Fables Express – 45) Leurs Rêves d'été – 46) L'Oreille à la porte – 47) L'Île des cœurs – 48) Un Lâcheur – 49) Le Viol – 50) Cyrille – 51) La Maison des turpitudes – 52) Le Glady's bar – 53) Un Malchanceux – 54) Je vous avoue – 55) L'Amoureuse infortune – 56) Méthodes Américaines – 57) Autos d'amour – 58) Une Bonne place – 59) Natures Mortes – 60) Fraîcheur – 61) Les Clientes du petit bar – 62) Rubans – 63) Hésitations – 64) La Puce à tout prix – 65) Oculi – 66) Denise et ses sœurs – 67) L'Île des singes – 68) Les Trois rois – 69) Les Souhaits de Monsieur Tahin

10 In: Gens qui rient (1924) 1) L'Assurance – 2) Le Bibelot érotique – 3) L'Illusion perdue – 4) Le Petit chapeau – 5) Les Bibelots d'amour (Japonaiseries / Les Coussins du divan / La Chemise-Pantalon / Ma Jarretière-montre / La Liseuse) 6) Comment elles aiment (12 Geschichten)

11 In: L'Humour (1924) 1) Un Ami qui a du tact – 2) Le Silène – 3) Une Sentimentale – 4) Déductions – 5) Boîtes à sardines – 6) Le Bon bougre – 7) Histoire Américaine – 8) Approximations – 9) Troublantes Réminiscences – 10) Une Bonne fortune – 11) La Nuit blanche de Bidouillard – 12) Un Sportif – 13) Un Ménage olympique – 14) Impudence – 15) L'Enterrement – 16) La Pénitente – 17) La Petite femme nue – 18) En détail – 19) Et de trois – 20) Le Souffleur ésotérique – 21) Un Monsieur cocu – 22) Réclame payée – 23) La Cornemuse – 24) La Balle – 25) Dilemme – 26) Corrida – 27) Soulagement – 28) Le Phonographe d'amour – 29) La Pommade – 30) Une Grue – 31) Indignation – 32) Histoire de poils – 33) L'Amour oublié

12 In: Le Matin (1924) 1) Un Homme sur la voie – 2) L'Étape – 3) Le Grisou – 4) Le Saxophone – 5) Mélie – 6) Dédé – 7) L'Ivrogne – 8) Convalescence – 9) Tuer – 10) Les Lacroix – 11) Le Timbre – 12) Les Roues – 13) Jeannot – 14) L'Avaleur d'aiguilles – 15) Un Couple passa – 16) Le Chant du soir – 17) L'Accident – 18) Méprise

13 In: Le Merle blanc (1924) 1) Une Mission délicate – 2) Le Beau régiment tondu

14 In: Miousic (1924) Les Histoires de la déshabilleuse

15 In: Paris-Flirt (1924) 1) Pêche à la ligne – 2) Frusques et frasques – 3) Un Cœur sensible – 4) Olympiades – 5) En vitesse – 6) Une Erreur – 7) Menus Emprunts – 8) La Cure – 9) Encore un bout de pellicule – 10) Le Gigolo – 11) Photos Galantes – 12) L'Air de la mer – 13) Une Femme potelée – 14) L'Agrafe – 15) Une Femme dévouée – 16) Dinard – 17) La Garçonnière – 18) Croquis de vacances – 19) Bouffe les eaux – 20) Deauville – 21) Une Vengeance – 22) La Dent – 23) Un Voyeur – 24) Une Voyageuse – 25) Dans la Forêt – 26) Robinson – 27) La Chambre N° 8 – 28) Un Homéopathe – 29) Triples Croches et soupirs – 30) Le Billet de faveur – 31) Frénésie – 32) Une Histoire banale – 33) Le Contrôleur – 34) Un Grand machin – 35) Fichue Sensation – 36) Un Maniaque – 37) Flagrant délit – 38) Le Placard N° 9 – 39) Le Petit chien – 40) L'Occasion – 41) Pantalons ouverts – 42) La Chaîne

16 In: Paris-Soir (1924) 1) Un Monsieur antipathique – 2) La Barque de pêche – 3) Le Vieux monsieur – 4) Trouillard le perspicace

17 In: Sans-Gêne (1924) 1) Tom Gut aux folies amoureuses – 2) Un Tempérament qui se révèle – 3) La Rencontre de Monsieur Mouche – 4) La Tirelire – 5) Le Gibier rare – 6) L'Impossible réplique – 7) La Tournée en Amérique – 8)

Les Honoraires de Delphine – 9) Les Satyres des galeries Mistouflettes – 10) Un Estomac délicat – 11) La Vengeance de Madame Pousset – 12) Entresol à louer – 13) On Demande une dactylo – 14) Le Dentiste – 15) Le Feu de cheminée – 16) Un Fichu pari – 17) Un Maître-chanteur – 18) Le Cerf – 18) Le Pantalon de la concierge

18 In: Le Sourire (1924) 1) L'Hôte inattendu – 2) Une Ame champêtre – 3) Poisson d'avril – 4) Double Décime – 5) L'Athlète au vasistas – 6) Miquette au Grand Prix –7) Un Banquier merveilleux – 8) Le Trou de la serrure

19 In: Eve (1925) L'Inconnue

20 In: Frou-Frou (1925) 1) C'est dans le métro – 2) Une Petite femme délicate – 3) Méprise – 4) La Dame masquée – 5) Chastes Etreintes – 6) Histoires immorales – 7) Un Monsieur susceptible – 8) Des Amants candides – 9) Monsieur Tiburce marchand d'amour – 10) L'Amour au balcon – 11) Le Réveillon aux pantalons – 12) Une Simple erreur – 13) Le Carquois épuisé – 14) Délicatesse – 15) Modernisme – 16) Le Masque pâle – 17) Madame Triche – 18) L'Amant nature – 19) L'Anguille sous roche – 20) Rancœur – 21) Rébecca femme entretenue – 22) Allo Kleber – 23) Politesses – 24) Un Cercle bougrement vicieux – 25) Pantomimes – 26) Un Saligaud – 27) Cinq de l'après-midi – 28) Piston – 29) Un Travesti suggestif – 30) Mariage d'inclination – 31) Yvon et Yves – 32) Jolis Cadeaux – 33) Un Homme – 34) Conditions draconiennes – 35) Un Grand seigneur – 36) Barbillon d'Avril – 37) De Citron – 38) Pâques Jaunes – 39) L'Épouvantable aventure – 40) Petits Trucs de printemps – 41) Polissonneries de saison – 42) La Jupe croisée – 43) Savoir y faire – 44) Un Bon fils – 45) La Catastrophe – 46) Caoutchouc – 47) L'Oncle Isidore – 48) Accomodements – 49) Lucile et Eugénie – 50) Un Monsieur vraiment tout rond – 51) Un Honnête homme – 52) Un Malhonnête homme – 53) Un Cochon de cocu – 54) Les Mœurs – 55) Sous Bois – 56) Bobette et la photographe – 57) La Culotte rose – 58) Question de poitrine – 59) Tombons d'amour – 60) Icul – 61) Comparaisons – 62) Pas trop n'en faut – 63) Le Mari lumineux – 64) Partouzes et surprises – 65) Un Très fâcheux oubli – 66) Monsieur Bob – 67) Le Pavillon à musique – 68) Un Procès très américain – 69) Occasion providentielle – 70) Les Vacances de Lebillard – 71) Le Bandit corse – 72) Touche étouffait – 73) Les Bonnes amies – 74) Moi dit l'un – 75) Confidences d'un valet de chambre – 76) Confidences d'une femme de chambre – 77) Amours Mondaines – 78) Initiations – 79) Vicieuses – 80) D'un trottoir à l'autre – 81) Hiver, ô bel hiver – 82) Hiver, infâme hiver – 83) Entre Portiers du ciel – 84) Bals musette – 85) Bals mondains – 86) Le Réveillon des Loiseau

21 In: Gens qui rient (1925) 1) Fleurs et fruits d'arrière-saison – 2) Bals musette

22 In: L'Humour (1925) 1) Bonne Volonté – 2) Une Femme éhontée – 3) Choses qui volent – 4) Une Sale blague – 5) Le Chantage du jeune Papotin – 6) Le Suçon d'Irma – 7) Histoire d'un sac – 8) Le Vertigineux voyage – 9) Les Cheveux – 10) Pour Vous mesdames – 11) Un Violeur – 12) Le Drame de la mer – 13) Une Occasion exceptionnelle – 14) Lohengrin – 15) Empreintes digitales – 16) L'Ingénue aux Olympiades – 17) La Rafle – 18) Le Livre de médecine – 19) Le Pliant – 20) Massage Électrique – 21) Pinaléion Amoureux – 22) Une Brave petite – 23) Grand Nettoyage

23 In: Le Matin (1925) 1) Les Larmes – 2) La Lettre – 3) Retour – 4) La Porte N° 9 – 5) M'ame Casaquin – 6) La Preuve – 7) Monsieur Frogeot, caissier – 8) Joe – 9) Le Père Manillon – 10) Le Silence – 11) La Peur du sang – 12) Faits divers – 13) La Valise – 14) L'Ombre sur le rideau – 15) La Barque – 16) L'Agresseur – 17) L'Annonce – 18) La cavée – 19) Le rôdeur – 20) La nuit atroce – 21) Le pêcheur obstiné – 22) Le récital

24 In: Le Merle blanc (1925) 1) Aïda – 2) Une tête de poire – 3) Un monsieur pointilleux – 4) Le gigôt – 5) Le Corbillard – 6) Les Cacahuètes – 6) Le Dernier mot – 7) Un Ami scrupuleux

25 In: Paris-Flirt (1925) 1) De Jolies nièces – 2) Une Petite main qui se cramponne – 3) L'Amant pratique – 4) L'Amour en wagon-lit – 5) Pour Vingt sous – 6) Le Raide roide – 7) Le Blé qui lève – 8) Un Chique historique – 9) Le Règlement – 10) Le Réveil – 11) Moulin d'amour – 12) L'Avant-dernier – 13) Vengeance ratée – 14) Pelotages – 15) Honnête Homme – 16) Une Vilaine affaire – 17) Comme Salomon – 18) L'Ordonnance – 19) Mots d'amour – 20) La Vie parisienne – 21) Crotte – 22) Une Bonne journée – 23) Vous me rappelez quelque chose – 24) Le Pyjama – 25) Histoire morale – 26) Ernestine – 27) Quelques Opinions mesdames – 28) La Paix conjugale – 29) Fable express – 30) Jaloux – 31) Permis de conduire – 32) Un Ménage – 33) Le Cambrioleur – 34) Dialogues entendus place Pigalle – 35) Modernes – 36) Odette et son papa – 37) Coup Double – 38) Naïvetés de vacances – 39) Le Bon trou – 40) Délaissée – 41) Sale Métier – 42) En Famille – 43) Mauvaise Blague – 44) Bien Renseigné – 45) Un Passionné – 46) Superfluités – 47) Charmante Enfant – 48) Il faut semer – 49) Retour de vacances – 50) L'Amant résigné – 51) Le Paquet – 52) Fameux Argument – 53) Le Ménage Babolin – 54) Pudeurs – 55) Croquis Galant – 56) Sous le plaid – 57) Un Maniaque – 58) La Dame du Bois de Boulogne – 59) Une Bonne blague – 60) Parisienneries d'automne – 61) La Chambre rentre – 62) Une Noce au fromage – 63) Un Falzar chez la Colonelle – 64) Le Dernier soir – 65) Une Tenue négligée – 66) La Fidélité de Madame Floche – 67) Des Vicieux – 68) Banalités – 69) La Rencontre – 70) L'Aventure

26 In: Paris-Plaisirs (1925) 1) Madeleine-Bastille en douze arrêts galants – 2) Le Rouge et le noir – 3) L'Art d'être nue – 4) Le Nu déshabillé – 5) Le Nu tout nu – 6) D'un nu à l'autre – 7) Des Tabourets du Cliquet's Bar

27 In: Paris-Soir (1925) Premier Anniversaire

28 In: Le Rire (1925) 1) Planchard et son taxi – 2) La Chambre de bonne – 3) Signe d'argent – 4) L'Homme qui voulait être cocu – 5) La Treizième chemise – 6) Le Truc de Pouillard – 7) Monsieur Pomme cocaïnomane – 8) Machechose exagère – 9) Un Veau – 10) Combinaison de vacances – 11) Une Arrivée sensationnelle

29 In: Sans-Gêne (1925) 1) Le Beau jeune homme blond – 2) Un Homme fichu – 3) Un Frère – 4) Saturnin satyre – 5) L'Enfant du tamponnement – 6) Un Fameux lapin – 7) L'Hélicon – 8) L'Outil – 9) Tronçon a perdu une femme nue – 10) L'Avancement d'Eugène Lamouille – 11) Le Sergent noir – 12) Hilarion s'émancipe – 13) La Fidélité d'Annette – 14) Le Cocu scientifique – 15) L'Article 10 – 16) La 40 HP conduite intérieure – 17) Le Bonnet de bain gris perle – 18) Un Monsieur influençable – 19) Histoire en quatre lettres – 20) Les Débuts d'Irma – 21) Monsieur Gustave – 22) Au Château de Chaudésir – 23) Un Sacré bureau d'affaires

30 In: Le Sourire (1925) 1) Le Danseur inconnu – 2) Les Pieds sensibles – 3) L'Autobus en folie – 4) Le Placard aux amants – 5) L'Appartement des Fermato – 6) Variante sur le drame à trois – 7) Un Virtuose – 8) Une Petite femme démonstrative

31 In: Frou-Frou (1926) 1) Quelques Traits de caractère – 2) Un Amour au music-hall – 3) Nuit de noces – 4) Pauvre Cyprien – 5) Muflerie de poète – 6) Sec ou à l'eau – 7) Danses lascives – 8) L'Autre – 9) Étreintes – 10) Madame Pouche et les Belles-Lettres – 11) La Main articulée – 12) Préjugés – 13) Une Vengeance compliquée – 14) Un Garçon imperturbable – 15) Hôtels meublés – 16) Choses entendues – 17) Masques et accessoires – 18) Serpentins et confetti – 19) L'Impossible étreinte – 20) Sempiternelle Histoire – 21) Le Petit trottin – 22) Sur les grands boulevards – 23) L'Odyssée d'un homme excité – 24) L'Affaire T – 25) Petite Fête – 26) Loufoque – 27) La Gourde – 28) A Bâtons rompus – 29) Des Tourtereaux – 30) La Cicatrice – 31) A la lanterne – 32) Le Docteur Trucul – 33) M. Octave – 34) Le Paravent – 35) La Femme de choses – 36) Innocence – 37) Madame Amélie – 38) Une Histoire d'argent –

39) Un Diable d'homme – 40) Où passer le ler mai? – 41) Hokala la noire – 42) Les Satyres – 43) Une Expérience concluante – 44) Les Cochons – 45) Une Épouse délicate – 46) La Bonne à tout faire – 47) La Boniche du 3e – 48) Vie de château – 49) L'Agent 7260 bis – 50) Vantardises – 51) Femmes qui aiment – 52) L'Ocarina – 53) Toutes ces dames au choix – 54) La Rencontre – 55) Dames de bonnes maisons – 56) Gardez le fox – 57) Femmes Nues – 58) L'Idylle artistique – 59) Le Monsieur nu – 60) La Dame des chaussettes – 61) Deux Ménages – 62) Suivons le guide – 63) Une Dame et des messieurs – 64) Monsicur Chose – 65) Les Dancings – 66) Les Succès de Joël – 67) L'Objet de convoitise – 68) Virginie – 69) Le 14 juillet – 70) Humilité – 71) Lili Manucure – 72) La Bonne manière – 73) Croquis de plage – 74) On part, on part – 75) Celles qu'on laisse à Paris – 76) Les Bonnes vacances – 77) La Servante d'hôtel – 78) La Maîtresse de Mascarin – 79) L'Oncle Arthur – 80) Un Amour de petit sein – 81) Vacances parisiennes – 82) Le Cocu de mari – 83) La Dame en verdâtre – 84) La Dame en maillot – 85) Choses entendues en vacances – 86) Un Mâle de choix – 87) Chez l'habitant – 88) L'Initiatrice – 89) Échange d'aménité – 90) Alphonsine – 91) Le Maître baigneur – 92) Yves et Nicolas – 93) Les Pique-niques – 94) Un Voyeur – 95) Un Tempérament excessif – 96) Dans les coins – 97) L'Ouverture – 98) La Chasseresse – 99) L'Astéroïde – 100) Suivez le guide – 101) Un Véritable amateur – 102) A Huis clos – 103) Choses qu'on dit en rentrant – 104) On rentre – 105) Souvenirs de vacances – 106) Alice et Victor – 107) Sa Petite cousine – 108) Les Amours juives – 109) La Nouvelle bonne – 110) Le Vin nouveau – 111) Le Jeune homme intimidé – 112) L'Heure H – 113) Une Lamentable histoire – 114) Maternité – 115) Mathilde – 116) Le Dentiste – 117) Le Stock – 118) No, no Harry – 119) Le Pantalon de la concierge – 120) Les Garçonnières – 121) Sur le seuil – 122) Les Rastaquouères – 123) Un Bien beau mariage – 124) On se déshabille – 125) La Bonne pipe – 126) Le Pot aux roses – 127) La Grosse Fafa – 128) Dialogues entendus – 129) Méprises – 130) Catherine – 131) La Vraie nourrice – 132) Ne rien perdre – 133) La Nourrice sèche – 134) Mamuna – 135) A Matrices – 136) Arts d'agrément – 137) Professeurs – 138) Une Fameuse cuite – 139) La Nuit de Noël – 140) Ce Pauvre Ducouillon – 141) Croquis de réveillon – 142) Le Jeune homme du 3e – 143) Un Sacré Noël – 144) C'est Delphine qui invite – 145) Le Réveillon improvisé – 146) Chez Monsieur Machin – 147) Un Sale type – 148) Au Picratt's Bar – 149) Choses entendues le jour de l'an – 150) Empêchements – 151) Vive l'an neuf – 152) Étrennes

32 In: Gens qui rient (1926) 1) Les Six chutes d'une honnête femme – 2) Avant, pendant, après – 3) Mon Kodak de vacances – 4) Bruits d'amour – 5) La Fille du pharmacien – 6) Aventures – 7) Miettes d'amour – 8) Couples en tout genre – 9) Coins de rues – 10) Rideaux entr'ouverts

33 In: L'Humour (1926) 1) Une Femme à scrupules – 2) Le Phonographe – 3) A peu près – 4) L'Occasion – 5) Les Chaussettes – 6) Le Scandale – 7) La Moustache – 8) Flagrant Délit – 9) J'enlève ma chemise – 10) Piédestal – 11) Le Dégoût collecteur – 12) Une Combine – 13) La torpille – 14) Le Pot de fleurs – 15) Coïncidences

34 In: Lectures de Quinzaine (1926) 1) Un Malade – 2) Coïncidence – 3) La Vieille – 4) L'Ondée – 5) La Gifle

35 In: Le Matin (1926) 1) Le Fakir – 2) S.O.S. – 3) Le Beau roman – 4) Le Mousse – 5) Le Train de nuit – 6) Le Flacon – 7) Les Cyclamens – 8) L'Exemple – 9) Le Couple – 10) Soupçons – 11) Un Beau joueur – 12) Dénouement – 13) Un Brave homme – 14) Le Portrait – 15) Le Porte-bonheur – 16) Le Beau train bleu – 17) Trichet – 18) Le Ridicule – 19) Le Chien loup – 20) Le Bahut – 21) L'Amiral – 22) Irma – 23) L'Ours – 24) Lettres d'amour – 25) Le Vaccin – 26) Le Solliciteur – 27) Le Colonel – 28) Les Vibrants

36 In: Paris-Flirt (1926) 1) La Gaffe – 2) Premier Flirt – 3) Tante Léontine – 4)

L'Enivrant baiser – 5) La Trace révélatrice – 6) Le Pont des soupirs – 7) Une Femme à scrupules – 8) Le Français tel qu'on le parle – 9) Almanach de 1916 – 10) Les Treize vierges de Bouchamour – 11) La Cicatrice – 12) Simple Histoire en timbres-poste – 13) Les Bonnes vacances – 15) On oublie toujours quelque chose – 15) Le Coup du vent qui ferme la porte – 16) Le Message ambigü – 17) Une Jeune fille

37 In: Paris-Plaisirs (1926) 1) Concorde-Dauphine en six hôtels plus ou moins particuliers – 2) Montparnasse en six séances de pose – 3) Montmartre en six noces – 4) Cuisses Nues, jambes en l'air – 5) L'Héritage – 6) Griseries et voluptés – 7) Sans Chats – 8) Leurs Bas

38 In: Sans-Gêne (1926) 1) Le Nu réclame – 2) L'Amour en Égypte – 3) Un Homme sur les toits – 4) Du Danger des courants d'air – 5) L'Adultère sentimental – 6) Un Mensonge d'avant-garde – 7) Le Jeune homme de trois heures – 8) L'Amour en famille – 9) Une Pièce rare – 10) Secrétariat particulier – 11) L'Amant à scrupules – 12) L'Amour et la volupté – 13) Frais Bocages – 14) L'Enflure – 15) Les Tarifs de la ferme – 16) Julien – 17) Complications – 18) Lettres d'affaires – 19) Un Vilain monsieur – 20) Chemise d'occasion – 21) La Bonne – 22) Le Danseur de Maman – 23) Essayages Matrimoniaux – 24) Un Cas de conscience

39 In: Le Sourire (1926) 1) Devoirs de vacances – 2) Un Fameux viol

40 In: Frou-Frou (1927) 1) Collection – 2) Alcove – 3) Victor – 4) Fils à papa – 5) Charmant Enfant – 6) A Fleur de peau – 7) Une Grande joie – 8) Une Simple histoire d'amour – 9) Choses vues – 10) L'Impuissant – 11) Choses entendues – 12) Vengeance – 13) Légère Erreur – 14) Une Aventure dans un train – 15) Quelques Stupidités – 16) Le Coup de foudre – 17) Eugénie – 18) La Dame au chien – 19) Un Beau ménage – 20) La Vocation – 21) Question de sauce – 22) L'Heure morne – 23) L'Odyssée de Lucien – 24) L'Irrésistible – 25) Un Bon garçon – 26) Avertissement – 27) Le Séducteur – 28) Une Déveine – 29) Un Bougre – 30) Une Bougresse – 31) A la hussarde – 32) Parbleu – 33) Escarmouches – 34) Le Maquereau – 35) Brave Justin – 36) Une Garçonnière délicieuse – 37) Sept Croquis de carnaval – 38) Le Pompier de service – 39) Le Pompier de ces dames – 40) Souvenirs – 41) L'Aventurière – 42) Une Bonne partie – 43) Poissons d'avril – 44) La Sève monte – 45) Recettes – 46) Les Premières vacances – 47) Très Bien la bicoque – 48) Dans la peau – 49) Sécurité Discrétion – 50) Entre Deux maux – 51) Un Événement – 52) Sam suffit – 53) Villa mon rêve – 54) L'Avant-dernier – 55) L'Amant de Madame Casse-noix – 56) A Trois Roues – 57) Le Monsieur qui a une auto – 58) Le Salaud de l'arbre – 59) La Feuille à l'envers – 60) L'Émotion – 61) Partouzes et partouzards – 62) Exile Sentimental – 63) Improvisation – 63) Petite Crapule va – 64) Histoire de nymphes – 65) Au Temps des nymphes et des satyres – 66) La Nuit du 14 au 15

41 In: Lectures de Quinzaine (1927) 1) Un Malheureux – 2) Douleur

42 In: Paris-Plaisirs (1927) 1) Au Temps des grandes duchesses – 2) Discrétions – 3) Bob – 4) Le Dieu à manivelles – 5) Réparation – 6) Le Maharadjah – 7) Pâmoisons – 8) Mon Gigolo – 9) Deux Cœurs et des cocktails – 10) Un Mari nu

43 In: Sans-Gêne (1927) 1) La Veuve inconsolable – 2) Karamazov et les quatorze râles – 3) Le Ménage Lafleur – 4) Les Maîtresses de ces messieurs – 5) Les Amants d'Irma – 6) Être sur le journal – 7) Le Monsieur de la chambre 3 – 8) L'Homme aux douze étreintes – 9) Au Ventre qui remue – 10) Un Sacré bastringue – 11) La Leçon d'amour dans un train – 12) Un Jeune homme qui n'a rien dans le ventre – 13) La Dame en papier de soie – 14) Une Démarche flatteuse – 15) L'Amant multicolore – 16) Attention à Héloïse

44 In: Frou-Frou (1928) 1) Les Histoires du barman – 2) Un Drôle de coco – 3) La Femme de quarante ans – 4) Un Oubli – 5) De Fil en aiguille – 6) Boudoirs et placards – 7) Mots d'amour – 8) Ce Sacré Eusèbe – 9) En Papoue, na – 10) Un Tendre – 11) Choses vues et entendues – 12) Agitez – 13) Les Dents – 14)

Le Contrôleur – 15) L'Amoureux de Madame Chaume – 16) L'Éclusière – 17) Tromper sa femme – 18) Types de femme – 19) Un Mélange – 20) Types de casino – 21) Le Truc de la cabine – 22) Boby et sa sœur – 23) La Poule – 24) Le Jeune homme – 25) Le Pont Neuf – 26) Une Gamine insupportable – 27) Une Autre – 28) Le 4e monsieur – 29) Une Petite qui a du cran – 30) Drôle de type – 31) Cornichon – 32) La Grosse Bertha – 33) Liquidation – 34) Plus d'imprévus – 35) Histoires belges – 36) Vieux Chose

45 In: Paris-Plaisirs (1928) 1) Véritable Histoire d'adultère – 2) Débuts – 3) Le Piège – 4) Un Jeune homme délicat – 5) La Main – 6) Amours – 7) Ma Femme est en bas

46 In: Ric et Rac (1928) 1) Les Violons de Terre-Neuva – 2) Jérémie – 3) L 53

47 In: Sans-Gêne (1928) 1) L'Île déserte – 2) Un Cœur obstiné – 3) La Fiancée ineffable – 4) Un Garçon moderne – 5) Les Jurés folichons – 6) Les Finalet veulent du vice – 7) Les Jambes de Madame Bignolet – 8) Les Soupirs d'Emma – 9) Le Parisien

48 In: Frou-Frou (1929) 1) Une Plaisanterie peu spirituelle – 2) Cinq Cents Francs – 3) Un Homme serviable – 4) La Grosse brute – 5) Bon Cœur – 6) Jeune Homme – 7) Empreintes – 8) Héroïsme – 9) Fleurs d'occasion – 10) Dignité – 11) T.S.F. – 12) Soir de bravoure – 13) Première Chasse – 14) Pluie – 15) La Jalousie d'Ernestine – 16) De Petits polissons – 17) De Sales mômes – 18) Un Rude effronté – 19) Lisbeth et sa mère – 20) L'Oseille d'Emma – 21) Cette Chère Ada – 22) Le Maître baigneur – 23) Poste restante – 24) Ce sera à l'œil – 25) L'Entêtement – 26) Monsieur Machin – 27) Un Incompris – 28) Un Divorce – 29) Je ne suis pas celle… – 30) Juliette – 31) Un Homme fichu – 32) La Belle barbe – 33) Joseph – 34) Le Chauffeur – 35) Le Bain de soleil – 36) La Grande brute – 37) Un Homme tout rond – 38) Le Concombre

49 In: Paris-Plaisirs (1929) 1) Moune – 2) Le Jeune homme en bleu – 3) L'Amour des bêtes – 4) Le Patron du petit bar – 5) L'Inconnu au coup de chapeau – 6) Jalousie – 7) Ah les femmes – 8) Le Bijoutier entreprenant – 9) Raccomodage – 10) Philantropie – 11) Tendresse – 12) Un Monsieur qui n'en revient pas

50 In: Ric et Rac (1929) 1) Le Bonhomme de Lagny – 2) Le Grappin de M. Sancette – 3) Fredo la Terreur – 4) L'Homme aux allumettes – 5) L'Assassinat de la marquise – 6) L'Histoire des montres – 7) Les Trois clients – 8) Le Coffre-fort d'acajou – 9) La Dame aux yeux noirs – 10) Le Jeune homme pâle – 11) Le Nègre et la panthère – 12) Train 133 – 13) Le Yacht et la panthère – 14) Le Rat du quai – 15) Du Dépôt au laboratoire – 16) Le Sacre de Napoléon – 17) DKV – 18) Policier Mammouth – 19) Je fais tourner les têtes – 20) Le Kaspern – 21) La Veste – 22) Le Monsieur de papier – 23) La Petite bonne vindicative – 24) La Femme étrange

51 In: Frou-Frou (1930) 1) Le Portrait de Monsieur Mig – 2) La Puce – 3) En Musique – 4) Cœur de lilas – 5) A Quatre mains – 6) Incompris – 7) L'Homme fleuri – 8) Névralgies – 9) Un Type extraordinaire – 10) Chambre N° 17 – 11) Les Chocolats – 12) Un Drôle de mariage – 13) Un Chic type – 14) L'Avancement de Monsieur Eugène – 15) Une Histoire de… – 16) Le Pantalon de la concierge – 17) Le Cocu scientifique – 18) Faire ou ne pas faire – 19) Une Bonne surprise – 20) Les Tacotot – 21) Les 22 Maîtresses – 22) Eva – 23) La Jeune fille aux gifles – 24) La Petite dame qui sourit – 25) Mademoiselle Betty – 26) La Vengeance en salade – 27) Poste restante – 28) L'Amour devant l'objectif – 29) Dame à ménager – 30) Chacun son tour – 31) Sollicitude – 32) Un Poison – 33) Tronçon a perdu une femme nue – 34) Coucou – 35) Les Portraits – 36) Une Histoire courte – 37) Félix – 38) Nénesse – 39) Politesse – 40) Éloquence – 41) Une Petite connaisseuse – 42) Confidences – 43) Une Petite amie – 44) A Recommencer – 45) Monsieur le Comte – 46) Le Rabatteur – 47) La Tournée – 48) Un Sale gosse

52 In: Paris-Plaisirs (1930) 1) Les Incartades de Madame Folette – 2) Une

Dame dans une avant-scène – 3) Le Petit bar – 4) Gaston – 5) La Veine et l'amour – 6) Lettre anonyme – 7) Dolly et Suzy – 8) Un Homme délicieux – 9) Croquis parisiens – 10) Mots d'amour – 11) Une Petite erreur – 12) Une Véritable aventure – 13) Les Bonnes vacances – 14) Chacun son tour – 15) Jean – 16) Une Vraie surprise

53 In: Ric et Rac (1930) 1) L'Archiviste – 2) Le Vase de Delft – 3) Les Trois rats de quai – 4) Le Yacht et la panthère – 5) Le Rat de quai

54 In: Frou-Frou (1931) 1) L'Étui à cigarettes – 2) Les Souliers – 3) Après – 4) La Noce – 5) L'Homme bleu – 6) Chéri Minet – 7) L'Escalier – 8) Jojo à Lulu – 9) Ernest et Ernestine – 10) Un Cas de conscience – 11) Dans les coins – 12) L'Hirondelle – 13) Prudence – 14) Rencontre – 15) Les Trois larrons – 16) L'Enfant du tamponnement – 17) A Recommencer – 18) Monsieur le Comte – 19) Le Rabatteur – 20) La Tournée – 21) Un Sale gosse

55 In: Paris-Plaisirs (1931) 1) Le Coup du jardin – 2) Tendrement – 3) La Caméra – 4) La Dame sourde – 5) Le Mari au tonneau – 6) La Vedette

56 In: Vu (1931) Sing Sing ou la maison des trois marches

57 In: L'Intransigeant (1933) 1) La Nuit du Pont-Marie – 2) Moss et Hoch

58 In: Le Courrier royal (1935) 1) Histoires de partout et d'ailleurs – 2) Non Monsieur ... – 3) Ici Hollande – 4) Hiérarchie Mongolaise – 5) Les Moules et le député

59 In: Frou-Frou (1935) 1) La Gaffe – 2) Cornichon

60 In: Le Courrier royal (1936) 1) L'Enterrement, le petit garçon, la girl et l'urne aux cendres – 2) Un Homme à sa place et des places à prendre – 3) De la maturité des fruits et des républiques – 4) L'Opinion des autres – 5) Une Décoration bien méritée – 6) Le Colonel national – 7) Sous le signe de l'asticot

B. Groschenromane

61 Au Pont des Arches, Benard S.A. (1921)
62 Le Bouton de col, nicht erschienen (1921)
63 Jehan Pinaguet, nicht erschienen (1921)
64 Le Roman d'une dactylo, Fe (1924)
65 Amour d'exilée, Fe (1924)
66 L'Oiseau blessé, Fe (1925)
67 La Fiancée fugitive, Fe (1925)
68 Entre Deux Haines, Fe (1925)
69 Ceux qu'on avait oubliés, Fe (1925)
70 Pour qu'il soit heureux, Fe (1925)
71 A l'assaut d'un cœur, Fe (1925)
72 Pour le sauver, Fe (1925)
73 La Prêtresse des vaudous, T (1925)
74 Étoile de cinéma, Rouff (1925)
75 Au Grand 13, Pr (1925)
76 Aux 28 négresses, Pr (1925)
77 Plaisir Charnel, Pr (1925)
78 Les Yeux qui ordonnent, Fe (1926)
79 De la rue au bonheur, Fe (1926)
80 L'Orgueil d'aimer, Fe (1926)
81 L'Heureuse fin, Fe (1926)
82 Amour d'Afrique, Fe (1926)
83 Celle qui est aimée, Fe (1926)
84 Un Pêché de jeunesse, Fe (1926)
85 L'Orgueil qui meurt, Le livre national (1926)
86 Nox l'insaisissable, Fe (1926)
87 Se Ma Tsien le sacrificateur, T (1926)

88 Que Ma mère l'ignore!, Fe (1926)
89 Les Larmes avant le bonheur, Fe (1926)
90 Nichonette, Pr (1926)
91 Histoire d'un pantalon, Pr (1926)
92 Nuit de noces, Pr (1926)
93 Mémoires d'un vieux suiveur, Pr (1926)
94 Nini violée, Pr (1926)
95 La Noce à Montmartre, Pr (1926)
96 Liquettes au vent, Pr (1926)
97 Une Petite très sensuelle, Pr (1926)
98 Un Viol aux «Quat'z Arts», Pr (1926)
99 Perversités frivoles, Pr (1926)
100 Voluptueuses étreintes, Pr (1926)
101 Orgies bourgeoises, Pr (1926)
102 Défense d'aimer, Fe (1927)
103 Les Voleurs de navires, T (1927)
104 Le Cercle de la soif, Fe (1927)
105 Le Feu s'éteint, Fa (1927)
106 Paris leste, Pr (1927)
107 Un Monsieur libidineux, Pr (1927)
108 La Pucelle de Bénouville, Pr (1927)
109 L'Homme aux douze étreintes, Pr (1927)
110 Étreintes passionnées, Pr (1927)
111 Lili-Tristesse, Fe (1927)
112 Un Tout petit cœur, Fe (1927)
113 Le Secret des lamas, T (1928)
114 Les Maudits du Pacifique, T (1928)
115 Le Roi des glaces, T (1928)
116 Les Nains des cataractes, T (1928)
117 Le Sous-marin dans la forêt, T (1928)
118 Le Monstre blanc de la Terre de Feu, Fe (1928)
119 Le Semeur de larmes, Fe (1928)
120 Songes d'été, Fe (1928)
121 Le Sang des gitanes, Fe (1928)
122 Aimer d'amour, Fe (1928)
123 Le Lac d'angoisse, Fe (1928)
124 Miss Baby, Fa (1928)
125 Les Cœurs perdus, Fa (1928)
126 Chair de beauté, Fa (1928)
127 Le Désert du froid qui tue, Fe (1928)
128 Annie danseuse, Fe (1928)
129 Mademoiselle X, Fa (1928)
130 Dolorosa, Fa (1928)
131 Les Adolescents passionnés, Fa (1928)
132 Le Document violet, Fa (1928)
133 La Maison des disparues, Fa (1928)
134 L'Amour méconnu, Fe (1928)
135 Cœur exalté, Fa (1928)
136 Le Fou d'amour, Fa (1928)
137 Un Jour de soleil, Fa (1928)
138 Les Amants de la mansarde, Fa (1928)
139 Trois Cœurs dans la tempête, Fa (1928)
140 Cabotine, Fe (1928)
141 Aimer, Mourir, Fe (1928)
142 Les Cœurs vides, Fe (1928)

143 Un Soir de vertige, Fe (1928)
144 Brin d'amour, Fe (1928)
145 Haïr à force d'aimer, Fe (1928)
146 Un Petit corps blessé, Fe (1928)
147 Un Seul baiser, Fe (1928)
148 Bobette et les trois satyres, Pr (1928)
149 Une Petite dessalée, Pr (1928)
150 Un Petit poison, Pr (1928)
151 Le Chéri de tantine, Pr (1928)
152 L'Amant fantôme, Pr (1928)
153 Les Distractions d'Hélène, Pr (1928)
154 La Femme en deuil, T (1929)
155 L'Île des hommes roux, T (1929)
156 Le Gorille-roi, T (1929)
157 En Robe de mariée, T (1929)
158 La Panthère borgne, T (1929)
159 Un Drôle de coco, Pr (1929)
160 Celle qui revient, Fe (1929)
161 La Fiancée aux mains de glace, Fa (1929)
162 Les Bandits de Chicago, Fa (1929)
163a Les Contrebandiers de l'alcool, Fa (1929)
163b Destinées, Fa (1929)
164 La Femme qui tue, Fa (1929)
165 La Maison sans soleil, Fa (1929)
166 Le Roi du Pacifique, Fe (1929)
167 L'Île des maudits, Fe (1929)
168 Un Drame au Pôle Sud, Fa (1929)
169 Captain S.O.S., Fa (1929)
170 L'Amant sans nom, Fa (1929)
171 Les Pirates du Texas, Fe (1929)
172 Deux Cœurs de femme, Fe (1929)
173 L'Épave d'amour, Fe (1929)
174 L'Amour et l'argent, Fe (1929)
175 Le Mirage de Paris, Fe (1929)
176 Cœurs de poupée, Fe (1929)
177 La Fille de l'autre, Fe (1929)
178 Une Femme a tué, Fe (1929)
179 Nuit de Paris, Fe (1929)
180 Une Ombre dans la nuit, Fe (1929)
181 Voleuse d'amour, Fe (1929)
182 Le Parfum du passé, Fe (1929)
183 Trop Beau pour elle, Fe (1929)
184 La Merveilleuse aventure, Fe (1929)
185 Hélàs, je t'aime, Fe (1929)
186 Les Deux maîtresses, Fe (1929)
187 Les Mémoires d'un prostitué par lui-même, Vorwort (?), Pr (1929)
188 L'Œil de l'Utah, T (1930)
189 Le Pêcheur de bouées, T (1930)
190 Le Chinois de San Francisco, T (1930)
191 L'Homme qui tremble, Fa (1930)
192 La Femme 47, Fa (1930)
193 L'Inconnue, Fa (1930)
194 Mademoiselle Million, Fa (1930)
195 Nez d'argent, Fe (1930)
196 Jacques d'Antifer, roi des Îles du Vent, Fe (1930)

197 Train de nuit, Fa (1930)
198 Les Amants du malheur, Fe (1930)
199 Celle qui passe, Fe (1930)
200 Petite Exilée, Fe (1930)
201 La Puissance du souvenir, Fe (1930)
202 Bobette mannequin, Fe (1930)
203 La Double vie, Fe (1930)
204 La Porte close, Fe (1930)
205 Le Bonheur de Lili, Fe (1930)
206 Un Nid d'amour, Fe (1930)
207 Lili-sourire, Fe (1930)
208 Folie d'un soir, Fe (1930)
209 La Femme ardente, Fe (1930)
210 Les Étapes du mensonge, Fe (1930)
211 Baisers mortels, Fe (1930)
212 Les Chercheurs de bonheur, Fe (1930)
213 Cœur de jeune fille, Fe (1930)
214 Sœurette, Fe (1930)
215 L'Homme de proie, Fa (1931)
216 Les Errants, Fa (1931)
217 Katia acrobate, Fa (1931)
218 La Maison de la haine, Fa (1931)
219 Les Forçats de Paris, Fa (1931)
220 Pour Venger son père, Fe (1931)
221 L'Homme à la cigarette, T (1931)
222 Marie-Mystère, Fa (1931)
223 Victime de son fils, Fe (1931)
224 Ame de jeune fille, Fe (1931)
225 Pauvre Amante, Fe (1931)
226 La Fiancée du diable, Fa (1932)
227 L'Épave, Fa (1932)
228 Matricule 12, Fe (1932)
229 Fièvre, Fa (1932)
230 La Figurante, Fa (1932)
231 La Maison de l'inquiétude, T (1932)
232 La Femme rousse, T (1933)
233 Le Château des Sables Rouges, T (1933)
234 Deuxième Bureau, T (1933)
235 Le Paria des Bois Sauvages, Fe (1933)
236 Le Yacht fantôme, Fe (1933)
237 Le Cercle de la mort, Fe (1933)
238 L'Île de la désolation, Fe (1933)
239 Le Lac des esclaves, Fe (1933)
240 Le Naufrage du Pélican, Fe (1933)
241 L'Évasion, Fa (1934)
242 La Chasse au whisky, Fe (1934)
243 En Route pour le bonheur, Fe (1934)
244 L'Héritier du corsaire, Fe (1934)
245 Le Bateau d'or, Fe (1935)
246 L'Île empoisonnée, Fe (1937)
247 Seul parmi les gorilles, Fe (1937)

II. Unter eigenem Namen erschienene Werke

A. Die Maigret-Romane und -Erzählungen

Die Gestalt Maigrets erscheint erstmals 1930 in dem unter dem Pseudonym «Christian Brulls» veröffentlichten Groschenroman *Train de nuit* (197), sowie später in *La Figurante* (230), *La Maison de l'inquiétude* (231) und *La Femme rousse* (232).

248 Pietr-le-Letton, Fa (1931)
249 M. Gallet décédé, Fa (1931)
250 Le Pendu de Saint-Pholien, Fa (1931)
251 Le Charretier de la Providence, Fa (1931)
252 La Tête d'un homme, (L'homme de la tour Eiffel), Fa (1931)
253 Le Chien jaune, Fa (1931)
254 Un Crime en Hollande, Fa (1931)
255 La Danseuse du Gai-Moulin, Fa (1931)
256 La Guinguette à deux sous, Fa (1931)
257 La Nuit du carrefour, Fa (1931)
258 Le Port des brumes, Fa (1932)
259 L'Ombre chinoise, Fa (1932)
260 Chez les flamands, Fa (1932)
261 Le Fou de Bergerac, Fa (1932)
262 Liberty Bar, Fa (1932)
263 Au Rendez-vous des Terre-Neuvas, Fa (1933)
264 L'Affaire Saint-Fiacre, Fa (1933)
265 L'Écluse No 1, Fa (1933)
266 Maigret, Fa (1934)
267 Le Prisonnier de la rue, Sept-Jours (1940)
268 Maigret revient, G (1942) 1) Cécile est morte – 2) Les Caves du Majestic – 3) La Maison du juge
269 Les Nouvelles enquêtes de Maigret, G (1944) 1) La Péniche aux deux pendus – 2) L'Affaire du boulevard Beaumarchais – 3) La Fenêtre ouverte – 4) Monsieur Lundi – 5) Jeumont, cinquante et une minutes d'arrêt! – 6) Peine de mort – 7) Les Larmes de bougie – 8) Rue Pigalle – 9) Une Erreur de Maigret – 10) L'Amoureux de Madame Maigret – 11) La Vieille dame de Bayeux – 12) L'Auberge aux noyés – 13) Stan le tueur – 14) L'Étoile du Nord – 15) Tempête sur la Manche – 16) Mademoiselle Berthe et son amant – 17) Le Notaire de Châteauneuf – 18) L'Improbable Monsieur Owen – 19) Ceux du Grand-Café
270 Signé Picpus, G (1944) 1) Signé Picpus – 2) L'Inspecteur Cadavre – 3) Félicie est là – 4) bis 8) s. 381
271 La Pipe de Maigret, Pc (1947) 1) La Pipe de Maigret – 2) Maigret se fâche
272 Maigret à New York, Pc (1947)
273 Maigret et l'inspecteur malchanceux, (Maigret et l'inspecteur malgracieux), Pc (1947) 1) Maigret et l'inspecteur malgracieux – 2) Le Témoignage de l'enfant de chœur – 3) Le Client le plus obstiné du monde – 4) On ne tue pas les pauvres types
274 Les Vacances de Maigret, Pc (1948)
275 Maigret et son mort, Pc (1948)
276 La Première enquête de Maigret, Pc (1949)
277 Mon Ami Maigret, Pc (1949)
278 Maigret chez le coroner, Pc (1949)
279 L'Amie de Madame Maigret, Pc (1950)
280 Maigret et les petits cochons sans queue, Pc (1950) 1) bis 5) s. 400 – 6) L'Homme dans la rue (= 267) – 7) Vente à la bougie – 8) und 9) s. 400
281 Maigret et la vieille dame, Pc (1950)
282 Les Mémoires de Maigret, Pc (1951)

283 Un Noël de Maigret, Pc (1951)
284 Maigret au Picratt's, Pc (1951)
285 Maigret en meublé, Pc (1951)
286 Maigret et la grande perche, Pc (1951)
287 Maigret, Lognon et les gangsters, Pc (1952)
288 Le Revolver de Maigret, Pc (1952)
289 Maigret et l'homme du banc, Pc (1953)
290 Maigret a peur, Pc (1953)
291 Maigret se trompe, Pc (1953)
292 Maigret à l'école, Pc (1954)
293 Maigret et la jeune morte, Pc (1954)
294 Maigret chez le ministre, Pc (1954)
295 Maigret et la corps sans tête, Pc (1955)
296 Maigret tend un piège, Pc (1955)
297 Un Échec de Maigret, Pc (1956)
298 Maigret s'amuse, Pc (1957)
299 Maigret voyage, Pc (1958)
300 Les Scrupules de Maigret, Pc (1958)
301 Maigret et les témoins récalcitrants, Pc (1959)
302 Une Confidence de Maigret, Pc (1959)
303 Maigret aux assises, Pc (1960)
304 Maigret et les vieillards, Pc (1960)
305 Maigret et le voleur paresseux, Pc (1961)
306 Maigret et les braves gens, Pc (1962)
307 Maigret et le client du samedi, Pc (1962)
308 Maigret et le clochard, Pc (1963)
309 La Colère de Maigret, Pc (1963)
310 Maigret et le fantôme, Pc (1964)
311 Maigret se défend, Pc (1964)
312 La Patience de Maigret, Pc (1965)
313 Maigret et l'affaire Nahour, Pc (1967)
314 Le Voleur de Maigret, Pc (1967)
315 Maigret à Vichy, Pc (1968)
316 Maigret hésite, Pc (1968)
317 L'Ami d'enfance de Maigret, Pc (1968)
318 Maigret et le tueur, Pc (1969)
319 Maigret et le marchand de vin, Pc (1969)
320 La Folle de Maigret, Pc (1970)
321 Maigret et l'homme tout seul, Pc (1971)
322 Maigret et l'indicateur, Pc (1971)
323 Maigret et Monsieur Charles, Pc (1972)

B. Die Non-Maigret-Romane und -Erzählungen

324 La Folle d'Itteville, Jacques Haumont (Foto-Roman, 1931)

325 Les Treize coupables, Fa (1932) 1) Ziliouk – 2) M. Rodrigues – 3) Madame Smitt – 4) Les «Flamands» – 5) Nouchi – 6) Arnold Schuttringer – 7) Waldemar Strvzeski – 8) Philippe – 9) Nicolas – 10) Les Timmermans – 11) Le Pacha – 12) Otto Müller – 13) Bus

326 Les Treize mystères, Fa (1932) 1) L'Affaire Lefrançois – 2) Le Coffre-fort de la S.S.S. –3) Le Dossier No 16 – 4) Le Mort invraisemblable – 5) Le Vol du lycée de B... – 6) Le Dénommé Popaul – 7) Le Pavillon de la Croix-Rousse – 8) La Cheminée du Lorraine – 9) Les Trois Rembrandt – 10) L'Écluse No 14 – 11) Les Deux ingénieurs – 12) La Bombe de l'Astoria – 13) La Tabatière en or

327 Les Treize énigmes, Fa (1932) 1) «G 7» – 2) Le Naufrage du «Catherine» – 3)

L'Esprit déménageur – 4) L'Homme tatoué – 5) Le Corps disparu – 6) Hans Peter – 7) Le Chien jaune – 8) L'Incendie du parc Monceau – 9) Le Mas Costefigues – 10) Le Château des disparus – 11) Le Secret du fort Bayard – 12) Le Drame de Dunkerque – 13) L'Inconnue d'Étretat
328 Le Passager du Polarlys, Fa (1932)
329 Le Relais d'Alsace, Fa (1933)
330 Les Gens d'en face, Fa (1933)
331 L'Ane rouge, Fa (1933)
332 La Maison du canal, Fa (1933)
333 Les Fiançailles de M. Hire, Fa (1933)
334 Le Coup de lune, Fa (1933)
335 Le Haut-mal, Fa (1933)
336 L'Homme de Londres, Fa (1934)
337 Le Locataire, G (1934)
338 Les Suicidés, G (1934)
339 Les Pitard, G (1934)
340 Les Clients d'Avrenos, G (1935)
341 Quartier Nègre, G (1935)
342 L'Évadé, G (1936)
343 Les Demoiselles de Concarneau, G (1936)
344 45° à l'ombre, G (1936)
345 Long Cours, G (1936)
346 Faubourg, G (1937)
347 L'Assassin, G (1937)
348 Le Blanc à lunettes, G (1937)
349 Le Testament Donadieu, G (1937)
350 Ceux de la soif, G (1938)
351 Les Sept minutes, G (1938) 1) Le Grand langoustier – 2) La Nuit des sept minutes – 3) L'Énigme de la Marie-Galante
352 Les Rescapés du Télémaque, G (1938)
353 La Mauvaise étoile, (nach 478) G (1938)
354 Chemin sans issue, G (1938)
355 Touriste de Bananes, (Les dimanches de Tahiti), G (1938)
356 L'Homme qui regardait passer les trains, G (1938)
357 Les Trois crimes de mes amis, G (1938)
358 M. La Souris, G (1938)
359 La Marie du port, G (1938)
360 Le Suspect, G (1938)
361 Les Sœurs Lacroix, G (1938)
362 Le Cheval blanc, G (1938)
363 Le Coup de vague, G (1939)
364 Chez Krull, G (1939)
365 Le Bourgmestre de Furnes, G (1939)
366 Les Inconnus dans la maison, G (1940)
367 Malempin, G (1940)
368 Cour d'assises, G (1941)
369 La Maison des sept jeunes filles, G (1941)
370 L'Outlaw, G (1941)
371 Bergelon, G (1941)
372 Il pleut, bergère, G (1941)
373 Le Voyageur de la Toussaint, G (1941)
374 Oncle Charles s'est enfermé, G (1942)
375 La Veuve Couderc, G (1942)
376 Le Fils Cardinaud, G (1942)
377 La Vérité sur Bébé Donge, G (1942)

378 Le Petit docteur, G (1943) 1) Le Flair du petit docteur – 2) La Demoiselle en bleu pâle – 3) Une Femme a crié – 4) Le Fantôme de Monsieur Marbe – 5) Les Maries du ler décembre – 6) La Mort tombe du ciel – 7) La Bonne fortune du Hollandais – 8) Le Passager et son nègre – 9) La Piste de l'homme roux – 10) L'Amiral a disparu – 11) La Sonnette d'alarme – 12) Le Château de l'arsenic – 13) L'Amoureux aux pantoufles
379 Les Dossiers de l'Agence O, G (1943) 1) La Cage d'Émile – 2) La Cabane en bois – 3) L'Homme tout nu – 4) L'Arrestation du musicien – 5) L'Étrangleur de Moret – 6) Le Vieillard au porte-mine – 7) Les Trois bateaux de la calanque – 8) Le Fleuriste de Deauville – 9) Le Ticket de métro – 10) Émile à Bruxelles – 11) Le Prisonnier de Lagny – 12) Le Club des vieilles dames – 13) Le Docteur Tant-Pis – 14) Le Chantage de l'Agence O
380 Le Rapport du gendarme, G (1944)
381 Signé Picpus, G (1944) 1) bis 3) s. 270 – 4) L'Escale de Buenaventura – 5) Un Crime au Gabon – 6) Le Policier d'Istanbul – 7) L'Enquête de Mademoiselle Doche – 8) La Ligne du désert
382 La Fenêtre des Rouet, La Jeune Parque (1945)
383 L'Aîné des Ferchaux, G (1945)
384 Les Noces de Poitiers, G (1946)
385 Le Cercle des Mahé, G (1946)
386 La Fuite de Monsieur Monde, La Jeune Parque (1946)
387 Trois Chambres à Manhattan, Pc (1946)
388 Au bout du rouleau, Pc (1947)
389 Le Clan des Ostendais, G (1947)
390 Lettre à mon juge, Pc (1947)
391 Le Destin des Malou, Pc (1947)
392 Le Bilan Maletras, G (1948)
393 Le Passager clandestin, Pc (1948)
394 La Jument perdue, Pc (1948)
395 La Neige était sale, Pc (1948)
396 Le Fond de la bouteille, Pc (1949)
397 Bénis soient les humbles, (nach 400.3), Mystère-Magazine (1949)
398 Les Fantômes du chapelier, (nach 400.3), Pc (1949)
399 Les Quatre jours du pauvre homme, Pc (1949)
400 Maigret et les petits cochons sans queue, Pc (1950) 1) Les Petits cochons sans queue – 2) Sous Peine de mort – 3) Le Petit tailleur et le chapelier (1947, s. 397 und 398) – 4) Un Certain Monsieur Berquin – 5) L'Escale de Buenaventura (nicht identisch mit 381.4) – 6) und 7) s. 280) – 8) Le Deuil de Fonsine – 9) Madame Quatre et ses enfants
400a Les Petits cochons sans queue, Rencontre (nach 1967) 1) Les Mystères du Grand-Saint-Georges – 2) La Tête de Joseph – 3) Little Samuel à Tahiti – 4) Le Crime du Malgracieux – 5) Le Vieux couple de Cherbourg – 6) Annette et la dame blonde – 7) Le Naufragé de l'armoire à glace – 8) La Piste du Hollandais – 9) Madame Quatre et ses enfants – 10) L'Escale de Buenaventura – 11) Sous Peine de mort – 12) Les Petits cochons sans queue – 13) Sept Petites croix dans un carnet
401 Un Nouveau dans la ville, Pc (1950)
402 Les Volets verts, Pc (1950)
403 L'Enterrement de Monsieur Bouvet, Pc (1950)
404 Tante Jeanne, Pc (1950)
405 Le Temps d'Anaïs, Pc (1950)
406 Une Vie comme neuve, Pc (1951)
407 Marie qui louche, Pc (1951)
408 La Mort de Belle, Pc (1951)
409 Les Frères Rico, Pc (1952)

410 Antoine et Julie, Pc (1953)
411 L'Escalier de fer, Pc (1953)
412 Feux Rouges, Pc (1953)
413 Le Bateau d'Émile, Ga (1954) 1) La Femme du pilote – 2) Le Doigt de Barraquier – 3) Le Baron de l'écluse – 4) Le Nègre s'est endormi – 5) Valérie s'en va – 6) L'Epingle en fer à cheval – 7) L'Homme à barbe – 8) Le Deuil de Fonsine (s. 400.8) – 9) Le Bateau d'Émile
413a La Bateau d'Émile, Rencontre (nach 1967) 1) La Révolté du canari – 2) La Femme du pilote – 3) Le Châle de Marie Dudon – 4) Le Doigt de Barraquier – 5) Le Destin de Monsieur Saft – 6) Le Baron de l'écluse – 7) Le Nègre s'est endormi – 8) Valérie s'en va – 9) L'Épingle en fer à cheval – 10) L'Homme à barbe – 11) Le Deuil de Fonsine – 12) Le Bateau d'Émile
414 Crime Impuni, Pc (1954)
415 L'Horloger d'Éverton, Pc (1954)
416 Le Grand Bob, Pc (1954)
417 Les Témoins, Pc (1955)
418 La Boule noire, Pc (1955)
419 Les Complices, Pc (1955)
420 En Cas de malheur, Pc (1956)
421 Le Petit homme d'Arkhangelsk, Pc (1956)
422 Le Fils, Pc (1957)
423 Le Nègre, Pc (1958)
424 Strip-Tease, Pc (1958)
425 Le Président, Pc (1958)
426 Le Passage de la ligne, Pc (1959)
427 Dimanche, Pc (1959)
428 La Vieille, Pc (1959)
429 Le Veuf, Pc (1959)
430 L'Ours en peluche, Pc (1960)
431 Betty, Pc (1961)
432 Le Train, Pc (1961)
433 La Porte, Pc (1962)
434 Les Autres, Pc (1962)
435 Les Anneaux de Bicêtre, Pc (1963)
436 La Rue aux trois poussins, Pc (1963) 1) Le Docteur de Kirkenes – 2) Les Demoiselles de Queue de Vache – 3) Le Comique du Saint-Antoine – 4) Le Capitaine du «Vasco» – 5) Le Vélo de l'enfant de choeuer (Le Matin des trois absoutes) – 6) La Rue aux trois poussins – 7) Le Mari de Mélie – 8) Les Mains pleines
436a La Rue aux trois poussins, Rencontre (nach 1967) 1) bis 8) = 436 – 9) Un Certain Monsieur Berquin (s. 400.4) – 10) Le Petit restaurant des Ternes
437 Les Nolepitois, Elle (1963)
438 La Chambre bleue, Pc (1964)
439 L'Homme au petit chien, Pc (1964)
440 Le Petit Saint, Pc (1965)
441 Le Train de Venise, Pc (1965)
442 Le Confessionnal, Pc (1966)
443 La Mort d'Auguste, Pc (1966)
444 Le Chat, Pc (1967)
445 Le Déménagement, Pc (1967)
446 La Prison, Pc (1968)
447 La Main, Pc (1968)
448 Il y a encore des noisetiers, Pc (1969)
449 Novembre, Pc (1970)
450 Le Riche homme, Pc (1970)

451 La Disparition d'Odile, Pc (1971)
452 La Cage de verre, Pc (1971)
453 Les Innocents, Pc (1972)

C. Die journalistischen Arbeiten (Auswahl)

1. Reportagen
Einige der Reportagen (*) sind zunächst pseudonym erschienen, wurden aber später in Sammelbänden unter Simenons Namen wiederveröffentlicht. Zwei Sammelbände erschienen unter den Titeln *A la découverte de la France* und *A la recherche de l'homme nu*.

454 Escales Nordiques, Le Petit Journal (1.3. – 12.3.1931)
455 L'Aventure entre deux berges, Vu (1.7.1931)
456 Au Fil de l'eau, Le Figaro illustré (1.5.1932)
457 L'Heure du Nègre, Voilà (8.10. – 12.11.1932)
458 Sa Majesté la douane, Voilà (1.1. – 28.1.1933)
459 Europe 33, Voilà (18.3. – 29.4.1933)
460 L'Afrique qu'on dit mystérieuse, (*) Police et reportage (27.4.1933)
461 Les Grands palaces européens, (*) Police et reportage (25.5.1933)
462 Chez Trotsky, Paris-Soir (16./17.6.1933)
463 Police Judiciaire, (*) Police et reportage (22.6.1933)
464 Cargaisons Humaines, (*) Police et reportage (24.8.1933)
465 La Caravane du crime, Détective (28.9.1933)
466 Une Première à l'île de Ré, Voilà (7.10.1933)
467 Sixième Continent, Témoignages de notre temps (12.1933)
468 En Marge de l'affaire Stavisky, Paris-Soir (26.–28./30./31.1. / 1./2./4.–6./10./11.2.1934)
469 La Machine à suicider, Excelsior (1.3.1934)
470 La Mafia, Excelsior (10.3.1934)
471 A la recherche des assassins du conseiller Prince, Paris-Soir (20.–23./25.–30.3. / 6.4.1934)
472 Si l'on voulait arrêter les coupables, Excelsior (25.3.1934)
473 Peuples qui ont faim, Le Jour (4.–15./17./19./21./23./25./27./29.4. / 1./3./5./8.5.1934)
474 Des Crimes vont être commis, Je Sais Tout (5.1934)
475 Mare Nostrum (La Méditeranée en goëlette), Marianne (27.6. / 11.7. / 1./8./16.8. / 5./12.9.1934)
476 Inventaire de la France (Quand la crise sera finie), Le Jour (31.10. / 1./2./4.–10./13.–18./20./21./24./26./27.11.1934)
477 En Marge des méridiens, Marianne (30.1. / 6./13./20./27.2. / 3.4. / 22.5. / 11./18./25.9.1935)
478 Les Vaincus de l'aventure, (s. 353) Paris-Soir (12.–25.6.1935)
479 Histoires du monde malade, Le Jour (23./24./27.–29./31.8. / 2.–4.9.1935)
480 Les Coulisses du paradis terrestre (Les gangsters dans l'archipel des amours), Paris-Soir (17.–21.9.1935)
481 Police-Secours (Les nouveaux mystères de Paris), Paris-Soir (6.–14./16.2.1937)
482 Long Cours sur les rivières et canaux, Marianne (12.5.1937)
483 Au Chevêt du monde malade, France-Soir (14.–16./26.12.1945)
484 Un Grand peuple en marche, France-Soir (1.1946)
485 Le Canada, France-Soir (22./23.2.1946)
486 Les U.S.A. de M. Tout-le-Monde (L'Amérique en auto), France-Soir (5.–8./10./14./15./17./20./22.11.1946)

2. Artikel, Essays, Texte über eigene Werke und Vorträge

487 Mes Fiches, Revue sincère (1923) 1) Claude Farrère – 2) Paul Fort – 3) Léon Daudet – 4) Tristan Bernard – 5) Maurice Barrès – 6) Henri Duvernois
488 Comment on écrit un roman policier, L'Éclair du soir (26. 2. 1932)
489 Les Gens d'en face, Les Annales (1. 11. 1933)
490 A la providence du voyageur, Témoignages de notre temps (11. 1933)
491 Maigret reprend du service, Le Jour (19. 2. 1934)
492 N'oubliez-pas les tigres, Paris-Soir (24. 2. 1934)
493 Carlo Rim, Marianne (4. 4. 1934)
494 Les Romans qu'on dit policiers, Marianne (27. 11. 1935)
495 Quartier Nègre, Théâtre Galeries Saint-Hubert (11. 12. 1936)
496 Sur les décors lointains, Le Petit Parisien (24. 6. 1937)
497 L'Assassin, Pressenotiz, Nouvelle Revue Française (2. 1937)
498 Seul à Paris (Noël de l'écrivain), L'Ouest-Éclair (26. 12. 1937)
499 L'Aventure, Vortrag (1937), (Les Étincelles), Éditions de Savoie (1945)
500 Ceux de la soif, Pressenotiz, Nouvelle Revue Française (2. 1938)
501 La Marie du port, Pressenotiz, Nouvelle Revue Française (11. 1938)
502 La Maison des sept jeuens filles, Pressenotiz, Ciné-mondial (26. 12. 1941)
503 L'Age du roman, Confluences (2. 1943)
504 Le Romancier, The French Review (2. 1946)
505 Discours de réception, Vortrag (1952), Bulletin de l'Académie royale de langue et de littérature française de Belgique (10. 5. 1952)
506 Le Dernier quart d'heure, La Table Ronde (1955)
507 Lettre à Jean Cocteau, Arts (10. 1955)
508 Raimu le colosse, Arts (18. 1. 1956)
509 Pedigree, Vorwort Pc (1957)
510 Le Roman de l'homme, Vortrag (3. 10. 1958), Arts (12. 10. – 9. 12. 1958), Pc (22. 2. 1960)
511 Ansprache beim Congrès de la Fédération internationale des écrivains médecins, (5. 1962), Médecine et Hygiène (27. 6. 1962), Nouvelles littéraires (21. 6. 1962)
512 Hommage à Pierre Mac Orlan, Revue des Belles Lettres (1965)
513 La Prison, Vorwort, Constellation (4. 1968)

D. Vorworte

514 Ludo Patris: «L'Homme d'ombre», Édition de la Toison d'or (1942)
515 Arthur Omre: «Traqué», Pc (1944)
516 Roxane Topliceano: «Bagatelles et autres», Fournier (1946)
517 Jean Bouret: «Bernard Buffet», Achille Weber (1958)
518 Paul Fort: «Ballades Françaises et chroniques de France», Flammarion (1958)
519 Daniel Frasnay: «La Femme en France», Pc (1958)
520 Jean Ambrosi: «Commissaire de quartier», Éditions du Scorpion (1959)
521 Quentin Ritzen: «Les Nervures de l'être», Éditions Rencontre et Plon (1967)
522 Pierre Benoît: «Œuvres Complètes», Cercle du Bibliophile (1967)
523 Bernard Buffet: «Lithographies 1952–1966», Trinckvel (1968)
524 Christian Strich: «Fellinis Filme», Diogenes (1976)

E. Autobiographische Werke

525 Je me souviens, Pc (1945)
526 Pedigree, Pc (1948)
527 Quand j'étais vieux, Pc (1970)
528 Lettre à ma mère, Pc (1974)
529 Un Homme comme un autre, Pc (1975)

530 Des Traces de pas, Pc (1975)
531 Les Petits hommes, Pc (1976)
532 Vent du Nord, vent du Sud, Pc (1976)
533 Un Banc au soleil, Pc (1977)
534 De la cave au grenier, Pc (1977)
535 A l'abri de notre arbre, Pc (1977)
536 Tant que je suis vivant, Pc (1978)
537 Vacances obligatoires, Pc (1978)
538 La Main dans la main, Pc (1978)
539 Au-Delà de ma porte-fenêtre, Pc (1979)
540 Je suis resté un enfant de chœur, Pc (1979)
541 A quoi bon jurer? Pc (1979)
542 Point-virgule, Pc (1979)
543 Le Prix d'un homme, Pc (1980)
544 On dit que j'ai soixante-quinze ans, Pc (1980)
545 Quand vient le froid, Pc (1980)
546 Les Libertés qu'il nous reste, Pc (1981)
547 La Femme endormie, Pc (1981)
548 Jour et nuit, Pc (1981)
549 Destinées, Pc (1981)
550 Mémoires intimes, Pc (1981)

F. Bühnenwerke

551 Quartier Nègre (= 341)
Bearbeitung und Regie: Georges Simenon
Brüssel 1936

552 Le Pavillon d'Asnières (nach La Nuit de sept minutes = 351.2)
Bearbeitung: Charles Mère und Robert Ancelin
Paris 1943

553 La Neige était sale (= 395)
Bearbeitung: Georges Simenon und Frédéric Dard
Regie: Raymond Rouleau
Paris 1950

554 Liberty Bar (= 262)
Bearbeitung: Frédéric Valmain
Regie: Jean Dejoux
Paris 1955

555 La Chambre (Ballet)
Bühnenbild: Bernard Buffet
Musik: Georges Auric
Choreographie: Roland Petit
Paris 1955

556 Le Flair du petit docteur (The man who run away = 378.1)
England 1956

557 Liberty Bar (= 262)
Bearbeitung: Giorgio Bandini
Rom 1959

558 Les Scrupules de Maigret (= 300)
Bearbeitung: H. R. Stauffacher und Charles Régnier
Zürich 1960

559 Maigret se trompe (= 291)
Bearbeitung: Arturo Rigel
Madrid 1960

560 Maigret et la vieille dame (= 281)
England 1965
561 Maigret et l'homme du banc (= 289)
UdSSR 1973
562 La Prison (= 446)
Regie: Robert Hossein
Reims 1972

G. Kino-Filme (Auswahl)

563 La Nuit du carrefour (= 257)
Regie: Jean Renoir. Besetzung: Pierre Renoir (Maigret) etc. Frankreich 1932
564 Le Chien jaune (= 253)
Regie: Jean Tarride. Besetzung: Abel Tarride (Maigret) etc. Frankreich 1932
565 La Tête d'un homme (= 252)
Regie: Julien Duvivier. Besetzung: Harry Baur (Maigret), Damia etc. Frankreich 1933
566 Les Inconnus dans la maison (= 366)
Regie: Henri Decoin. Besetzung: Raimu, Mouloudji, Jean Tissier, Noël Roquevert etc. Frankreich 1941
567 Annette et la dame blonde (= 400a.6)
Regie: Jean Dréville. Besetzung: Henri Garat, Simone Valère etc. Frankreich 1941
568 La Maison des sept jeunes filles (= 369)
Regie: Albert Valentin. Besetzung: Marianne Hardy, Jean Tissier etc. Frankreich 1942
569 Le Voyageur de la Toussaint (= 373)
Regie: Louis Daquin. Besetzung: Jean Desailly, Jules Berry, Simone Valère, Gabrielle Dorziat, Serge Reggiani etc. Frankreich 1942
570 Monsieur La Souris (= 358)
Regie: Georges Lacombe. Besetzung: Raimu etc. Frankreich 1943
571 Picpus (= 270/381)
Regie: Richard Pottier. Besetzung: Albert Préjean (Maigret), Jean Tissier, Noël Roquevert etc. Frankreich 1943
572 L'Homme de Londres (= 336)
Regie: Henri Decoin. Besetzung: Fernand Ledoux, Jules Berry etc. Frankreich 1943
573 Cécile est morte (= 268.1)
Regie: Maurice Tourneur. Besetzung: Albert Préjean (Maigret) etc. Frankreich 1943
574 Les Caves du Majestic (= 268.2)
Regie: Richard Pottier. Besetzung: Albert Préjean (Maigret), Denise Grey etc. Frankreich 1945
575 Panique (nach Les Fiançailles de Monsieur Hire = 333)
Regie: Julien Duvivier (Dialog: Charles Spaak). Besetzung: Michel Simon, Viviane Romance etc. Frankreich 1947
576 Dernier Refuge (nach Le Locataire = 337)
Regie: Marc Maurette. Besetzung: Raymond Rouleau, Noël Roquevert etc. Frankreich 1947
577 Temptation Harbour (nach L'Homme de Londres = 336; englisch unter dem Titel «Newhaven-Dieppe»)
Regie: Lance Confort. Besetzung: Robert Newton, Simone Simon etc. England 1948
578 The Man of the Eiffel Tower (nach La Tête d'un homme = 252)
Regie: Burgess Meredith und L. Allen. Besetzung: Charles Laughton (Maigret), Belita und Burgess Meredith etc. Frankreich/USA 1948

579 La Marie du port (= 359)
Regie: Marcel Carné. Besetzung: Jean Gabin, Nicole Courcel etc. Frankreich 1950

580 La Vérité sur Bébé Donge (= 377)
Regie: Henri Decoin. Besetzung: Danielle Darrieux, Jean Gabin, Gabrielle Dorziat etc. Frankreich 1951

581 The Man who watched the Train go by (nach L'Homme qui regardait passer les trains = 356)
Regie: Harold French. Besetzung: Claude Rains, Marta Toren etc. USA 1952

582 Brelan d'as (Episodenfilm, darin eine Episode nach Le Témoignage de l'enfant de chœur = 273.2)
Regie: Henri Verneuil. Besetzung: Michel Simon (Maigret), Christian Fourcade etc. Frankreich 1952

583 Le Fruit défendu (nach Lettre à mon juge = 390)
Regie: Henri Verneuil. Besetzung: Fernandel, Raymond Pellegrin, Fernand Sardou etc. Frankreich 1952

584 La Neige était sale (= 395)
Regie: Luis Saslavsky. Besetzung: Daniel Gélin, Valentine Tessier etc. Frankreich 1952

585 Maigret mène l'enquête (Episodenfilm, darin eine Episode nach Cécile est morte = 268.1)
Regie: Stany Cordier. Besetzung: Maurice Manson (Maigret), Peter Walker, Svetlana Pitoeff etc. Frankreich 1955

586 A Life in the Balance (nach Sept Petites croix dans un carnet = 400a.13)
Regie: Harry Horner. Besetzung: Ricardo Montalban, Anne Bancroft, Lee Marvin etc. USA 1955

587 Le Sang à la tête (nach Le Fils Cardinaud = 376)
Regie: Gilles Grangier. Besetzung: Jean Gabin, Renée Faure etc. Frankreich 1956

588 The Bottom of the Bottle (nach Le Fond de la bouteille = 396)
Regie: Henry Hathaway. Besetzung: Van Johnson, Joseph Cotten, Margaret Hays etc. USA 1956

589 The Brothers Rico (nach Les Frères Rico = 409)
Regie: Phil Karlson. Besetzung: Richard Conte, Diana Foster, Kathryn Grant etc. USA 1957

590 Le Passager clandestin (= 393)
Regie: Ralph Habib. Besetzung: Martine Carol, Serge Reggiani, Arletty etc. Frankreich/Australien 1958

591 Maigret tend un piège (= 296)
Regie: Jean Delannoy. Besetzung: Jean Gabin (Maigret), Annie Girardot, Jean Desailly, Lucienne Bogaert, Jean Tissier, Lino Ventura etc. Frankreich 1958

592 En Cas de malheur (= 420)
Regie: Claude Autant-Lara (Dialog: Jean Aurenche und Pierre Bost). Besetzung: Jean Gabin, Brigitte Bardot, Edwige Feuillère etc. Frankreich 1958

593 Maigret et l'affaire Saint-Fiacre (nach L'Affaire Saint-Fiacre = 264)
Regie: Jean Delannoy. Besetzung: Jean Gabin (Maigret), Michel Auclair, Robert Hirsch, Jacques Morel etc. Frankreich 1959

594 Le Baron de l'écluse (= 413.3)
Regie: Jean Delannoy. Besetzung: Jean Gabin, Micheline Presle, Jean Desailly etc. Frankreich 1959

595 Simenon, Arbre à romans (Film-Reportage mit Teilverfilmung des Romans Le Président = 425)
Regie: Jean-François Hauduroy. Besetzung: Michel Simon (Le président) etc. Schweiz 1960

596 La Mort de Belle (= 408)
Regie: Édouard Molinaro (Dialog: Jean Anouilh). Besetzung: Jean Desailly, Alexandra Stewart, Yves Robert etc. Frankreich 1961

597 Le Président (= 425)
Regie: Henri Verneuil (Dialog: Maurice Druon). Besetzung: Jean Gabin, Bernard Blier, Alfred Adam, Renée Faure etc. Frankreich 1961

598 Le Bateau d'Émile (= 413.9 / 413a.12)
Regie: Denys de la Patellière (Dialog: Michel Audiard). Besetzung: Lino Ventura, Annie Girardot, Michel Simon, Pierre Brasseur etc. Frankreich 1962

599 L'Aîné des Ferchaux (= 383)
Regie: Jean-Pierre Melville. Besetzung: Jean-Paul Belmondo, Charles Vanel, Michèle Mercier etc. Frankreich 1963

600 Maigret voit rouge (nach Maigret, Lognon et les gangsters = 287)
Regie: Gilles Grangier. Besetzung: Jean Gabin (Maigret), Françoise Fabian etc. Frankreich 1963

601 Trois Chambres à Manhattan (= 387)
Regie: Marcel Carné. Besetzung: Maurice Ronet, Annie Girardot etc. Frankreich 1965

602 Maigret à Pigalle (nach Maigret au Picratt's = 284)
Regie: Mario Landi. Besetzung: Gino Cervi (Maigret), Lila Kedrova, Alfred Adam, Raymond Pellegrin etc. Italien 1967

603 Stranger in the House (nach Les Inconnus dans la maison = 366)
Regie: Pierre Rouve. Besetzung: Geraldine Chaplin, James Mason etc. England 1967

604 Maigret und sein größter Fall (nach La Danseuse du Gai-Moulin = 255)
Regie: Alfred Weidenmann. Besetzung: Heinz Rühmann (Maigret) etc. Österreich 1968

605 Le Chat (= 444)
Regie: Pierre Granier-Deferre. Besetzung: Simone Signoret, Jean Gabin etc. Frankreich 1971

606 La Veuve Couderc (= 375)
Regie: Pierre Granier-Deferre. Besetzung: Simone Signoret, Alain Delon etc. Frankreich 1971

607 Le Train (= 432)
Regie: Pierre Granier-Deferre. Besetzung: Jean-Louis Trintignant, Romy Schneider etc. Frankreich 1973

608 L'Horloger de Saint-Paul (nach L'Horloger d'Éverton = 415)
Regie: Bertrand Tavernier. Besetzung: Philippe Noiret, Jean Rochefort etc. Frankreich 1974

609 L'Étoile du Nord (nach Le Locataire = 337)
Regie: Pierre Granier-Deferre. Besetzung: Simone Signoret, Philippe Noiret etc. Frankreich 1980

610 Les Fantômes du chapelier (= 398)
Regie: Claude Chabrol. Besetzung: Charles Aznavour, Michel Serrault etc. Frankreich 1982

611 Équateur (nach Le Coup de lune = 334)
Regie: Serge Gainsbourg. Besetzung. Francis Huster, Barbara Sukowa etc. Frankreich 1983

612 Monsieur Hire (nach Les Fiançailles de M. Hire = 333)
Regie: Patrice Leconte. Besetzung: Michel Blanc, Sandrine Bonnaire etc. Frankreich 1989

III. Übersetzungen

Die Romane von Georges Simenon sind in 40 Ländern und 56 Sprachen erschienen.

A) Die Länder

Arabien, Argentinien, Australien, Belgien, Brasilien, Bulgarien, Ceylon, Chile, China, Dänemark, Deutschland, England, Finnland, Frankreich, Griechenland, Holland, Indien, Island, Israel, Italien, Japan, Jugoslawien, Kanada, Korea, Neuseeland, Norwegen, Pakistan, Polen, Portugal, Rumänien, Rußland, Schweden, Schweiz, Spanien, Südafrika, Thailand, Tschechoslowakei, Türkei, Ungarn, Vereinigte Staaten von Amerika

B) Die Sprachen

Africaans, Arabisch, Armenisch, Belorussisch, Bulgarisch, Buriatisch, Chilenisch, Chinesisch, Dänisch, Deutsch, Englisch, Esperanto, Estnisch, Finnisch, Flämisch, Französisch, Gallisch, Georgisch, Griechisch, Gujarathi, Hebräisch, Hindustani, Holländisch, Isländisch, Italienisch, Japanisch, Jiddisch, Kasachisch, Katalanisch, Kirgisisch, Koreanisch, Lettisch, Litauisch, Marathi, Mazedonisch, Moldauisch, Norwegisch, Pakistanisch, Polnisch, Portugiesisch, Romantsch, Rumänisch, Russisch, Schwedisch, Serbokroatisch, Singhalesisch, Slowakisch, Slowenisch, Spanisch, Tartarisch, Thailändisch, Tschechisch, Türkisch, Ukrainisch, Ungarisch, Usbekisch.

Bibliographie

1 N. N.: Dossier Georges Simenon. In: Revue de critique et de création littéraire du Nord/Pas-de-Calais, 6/1978
2 N. N.: Georges Simenon et Federico Fellini. In: L'Express, 28. 2. 1977
3 N. N.: Interview. In: Marie-France, 6/1958
4 N. N.: «J'ai horreur de discuter littérature». In: Actualités littéraires, 4/1958
5 N. N.: Le grand amour de Pierre Benoît. In: Les Nouvelles littéraires (NL), 8. 3. 1962
6 N. N.: Mes débuts. In: NL, 30. 12. 1965
7 N. N.: Quand Simenon et Fleming parlent métier. In: Le Figaro littéraire (FL), 9. 4. 1964
8 N. N.: Simenon raconte Simenon. In: Paris-Match, 8. 4. 1967
9 N. N.: Simenon s'interroge. In: Arts, 12. 10. – 3. 12. 1958
10 N. N.: Un écrivain vous parle: Georges Simenon. In: Réalités, 11/1961
11 Altenheim, Hans: Ein Traum von Maigret. In: SZ, 1/1969 (s. 169)
12 Altwegg, Jürg: Der Goethe der schweigenden Mehrheit. In: Die Zeit, 15/ 2. 4. 1976 (s. 169)
13 Améry, Jean: Das fleißige Leben des Georges Simenon. In: Westermanns Monatshefte, Jg. 106/7, 1965 (s. 169)
14 Andersch, Alfred: Simenon und das Klassenziel. In: Die Weltwoche, 29. 4. 1966 (s. 169)
15 Arens, Arnold: Das Phänomen Simenon. In: Dokumente XXXIX/1983
16 Astori, Gabriella: Simenon sans Maigret. Mailand 1967/68
17 Audivéro, Gabriel, und José-Louis Bocquet: Week-End Georges Simenon. France-Culture 1988 (Rundfunk)
18 Austin, Richard: Simenon's Maigret and Alfred Adler. In: Adam, 340–342/1970 (s. 121)
19 Baronian, Jean-Baptiste: Enquête sur Simenon. In: Le Magazine littéraire (ML), 219, 5/1985
20 Baronian, Jean-Baptiste: Simenon perdu et retrouvé. In: ML, 169, 2/ 1981
21 Beissmann, Irene: Von Maigret zu Bärlach. McGill University 1973 (Diss.)
22 Beitel, Barbara: Verschmelzung zwischen Autor und Gestalt. In: Börsenblatt für den deutschen Buchhandel, XXXVII/1981
23 Benelli, Graziano: Simenon nella critica italiana. In: Il Cristallo, XXV/1, 4/1983
24 Benelli, Graziano: Studi italiani su Simenon. In: Francofonia, III/5, 1983
25 Benvenuti, S. [u. a.]: Le Roman criminel – histoire, auteurs, personnages. Nantes 1982
26 Bergues, Pascal: Interview. In: Lui, 3/1964
27 Beringer, Johannes: Die Fantome des Romanmachers. In: Filmkritik, XXVII/1983

28 Biquet, Marie-Françoise: Recherche sur la technique romanesque de Georges Simenon. Löwen 1968/69
29 Blöcker, Günther: Ein Mensch wie jeder andere. In: FAZ, 93/21.4.1979
30 Blumenberg, Hans-Christoph: Der Mensch ist niemals schuldig. In: Die Zeit, 46/12.11.1982
Bocquet, José-Louis: s. Audivéro, Gabriel
31 Bohbot, Roger: Simenon. In: Le Nouveau détective, 385/14.9.1989
32 Boileau, Pierre-Louis, und Thomas Narcejac: Le Roman policier. Paris 1964
33 Bondy, François: Das Wunder Simenon – Ein Balzac unserer Tage? In: Der Monat, 106, 7/1957 (s. 169)
34 Bondy, François: Groß-Schriftsteller Simenon. In: Schweizer Monatshefte, LVIII/1978 (s. 112)
35 Bondy, François: Proteus am Schreibtisch. In: Deutsche Zeitung, 26/23.6.1978
36 Bonnet, Jacques: Simenon, l'homme se penche sur son passé. In: FL, 3.12.1977
37 Brasillach, Robert: Le Phénomène Simenon. In: Les Quatre jeudis, Paris 1944
38 Bresler, Fenton: Georges Simenon. Hamburg 1983
39 Brochier, Jean-Jacques: L'Homme au magnétophone. In: ML, 179, 12/1981
40 Bronne, Carlo: Discours à Simenon. Paris 1952
41 Bronne, Carlo: Simenon académicien. In: La Revue des Deux Mondes, 15.5.1952
42 Campe, Joachim: Der stabilisierte Konflikt. In: Literatur für viele, I, 1975
43 Cau, Jean: Interview. In: FL, 16.2.1963
44 Cawelti, John G.: The Art of Simenon. Chicago/London 1976
45 Cellard, Jacques: Les quatre-vingts ans de Georges Simenon. In: Le Monde des livres, 11837/18.2.1983
46 Chabrol, Claude: Der Schriftsteller und der Regisseur. In: Filmkritik, XVII/1983
47 Chastenet, Patrick und Philippe: Simenon – Album de famille. Paris 1988
48 Chenoy, Léon: Propos sur Simenon: In: Thyrse, 1/1952
Chevallier, Jacques: s. Lemaître, Marie
49 Clouard, Henri: Histoire de la littérature française, du symbolisme à nos jours II. Paris 1962 (S. 325f)
50 Cobb, Richard: Maigret in Retirement. In: The Times, LXXIV/1975
51 Colin, Jean-Paul: La Communication selon St Jules (Maigret). In: Le Français dans le monde, 187/1984
52 Collins, Carvel: An Interview on the Art of Fiction. In: The Humanities, 23/1956
53 Costaz, Gilles: Les collègues de Maigret. In: ML, 107, 12/1975
54 Courtine, Robert: La Cuisine de Mme Maigret. Paris 1974
55 Daisne, Johann: Dictionnaire filmographique de la littérature mondiale. Gent 1975
56 Dal lago, Amalia: Réalisme et nature dans l'œuvre de Georges Simenon. Padua 1976/77
57 Daras, Danielle: Simenon et le roman des objets. Lüttich 1977/78
58 Dai Lewis, Cecil: The New York Times Book Review. New York 1967
59 De Baere, Dirk: Structures dans les romans policiers de Georges Simenon. Gent 1971/72
60 Debray-Ritzen, Pierre: Simenon, avocat des hommes. Paris 1961
61 Delcourt, Christian: L'Esthétique ensembliste de Simenon. In: Les Lettres romanes, XXXI/1977

62 DESONAY, FERNAND: Georges Simenon romancier et académicien. In: La Revue générale belge 1952
63 DEWEY, J.: For Bond Lovers Only. In: Panther Books 1965 (S. 116f)
64 DRYSDALE, DENNIS H.: A Study of Humanity. Nottingham 1972/73
65 DRYSDALE, DENNIS H.: Simenon and Social Justice. In: Nottingham French Studies, XIII/1974
66 DUBOIS, JACQUES: Lecture. In: *Le Bourgmestre de Furnes*, Ausgabe Brüssel/Paris 1983 (S. 179f)
67 DUBOURG, MAURICE: Petite Géographie de Simenon. Brüssel 1960 (s. 121)
68 DUPUY, J.: Le Roman policier. Paris 1974
69 EHRING, MARIA: Der französische Kriminalroman und einer seiner hervorragendsten Vertreter: Georges Simenon. In: Das Buch, II, XI/1950
70 EISENZWEIG, URI: Genèse et structure du roman policier. In: Degrés, VI 16/1978
71 ENCKELL, PIERRE: Un Monstre. In: L'Événement du jeudi, 14./20.9.1989
72 ÉZINE, JEAN-LOUIS: «Je déteste la littérature». In: NL, 2623/16.2.1978
73 ÉZINE, JEAN-LOUIS: Les Écrivains sur la sellette. Paris 1981
74 FABRE, JEAN: Enquête sur un enquêteur: Maigret. Montpellier 1981
75 FALLOIS, BERNARD DE: Simenon. Paris 1961 (s. 169)
76 FAUCHER, JACQUES: Les Médecins dans l'œuvre de Simenon. Paris 1965
77 FRACKMANN-BECKER, LUCILLE: Georges Simenon. Boston 1979
78 FRATTA, C.: Analisi del romanzo di Simenon *Le Déménagement*. In: Rendiconti LXV, Istituto di Bologna 1976/77
79 FREUSTIÉ, JEAN: Les Pensées de Maigret. In: Le Nouvel Observateur, 548/12.5.1975
80 GANNE, GILBERT: A quatre-vingt deux ans [sic!], sept heures et demie d'opération pour une tumeur au cerveau. In: Figaro Magazine, 274/22.–28.12.1984
81 GARCIN, JÉROME: Le Mystère Simenon. In: NL, 2812/13.11.1981
82 GAU, JEAN: Interview. In: FL, 16.2.1963
83 GAUTEUR, CLAUDE: Georges Simenon et le cinéma, le cinéma et Georges Simenon. In: La Revue du cinéma, 270, 3/1973
84 GAUTEUR, CLAUDE: Simenon à l'écran. In: L'Avant-Scène Cinéma, 273/1.12.1981
85 GEORGIN, ROBERT und ROSINE (Hg.): Simenon. Cistre essai 10, Lausanne 1980
86 GIANNOLI, PAUL: Interview. Lausanne 1981 (Fernsehen)
87 GIDE, ANDRÉ: Critique de Simenon. In: Le Bulletin des amis d'André Gide, 34, 4/1977
88 GILLS, BRENDAN: Out of the Dark. In: The New Yorker, 24.1.1953
89 GOTHOT-MERSCH, CLAUDINE [u. a.]: Lire Simenon – Réalité, Fiction, Écriture. In: Dossiers Media. Paris/Brüssel 1980
90 GOUSLAN, ÉLISABETH, SYLVIE MILHAUD und BÉNÉDICTE PHILIPPE: Oui, c'était un grand écrivain. In: L'Événement du jeudi, 14./20.9.1989
91 GRAZIANI, GILBERT: Simenon raconte Simenon. In: Paris-Match, 8.4.1967
92 GRINDEA, MIRON (Hg.): Adam – International Review 328–330. Rochester 1969
93 GRINDEA, MIRON: Simenon. In: Encyclopaedia Britannica, 1969
94 GRÖSSEL, HANNS: Der Mensch, das ungeschützte Tier. In: FAZ, 30/5.2.1983
95 GUÉGAN, GÉRARD: Simenon, le maître d'âme. In: NL, 2763/20.11.1980
96 HAMILTON, IAN: Georges Simenon and the Women. In: The Sunday Times, 8352/2.9.1984
97 HANLET, C.: Simenon et le roman policier. In: La Revue Générale belge, 1952
98 HARRIS, LIS: Maigret. In: The New Yorker, 2.4.1979
99 HEISSENBÜTTEL, Helmut: Über Literatur. Olten 1966 (S. 106f)

100 Henry, Gilles: Commissaire Maigret, qui êtes-vous? Paris 1977
101 Hensel, Georg: Der andere Simenon. In FAZ, 74/29.3.1977
102 Hicter, Marcel: Un Dimanche avec Simenon. In: Synthèses, 4/1952
103 Highsmith, Patricia: Miss Maigret. In: The London Review of Books, VI, 18/4.10.1984
104 Hoveyda, Ferendoun: Petite Histoire du roman policier. Paris 1956
105 Ivory, James: Quartet. In: L'Avant-Scène Cinéma, 273/1.12.1981
106 Jour, Jean: Simenon, enfant de Liège. Brüssel 1980
107 Jour, Jean: Simenon et *Pedigree*. Lüttich/Brüssel/Paris 1963
108 Kaech, René: Figures de médecins. In: La Littérature contemporaine, Genf 1959
109 Kanters, Robert: Frappé au ventre. In: FL, 1493/28.12.1974
110 Kanters, Robert: Simenon, l'anti-Balzac. In: FL, 18.5.1963 (s. 169)
111 Kanters, Robert: Simenon témoin de Simenon. In: FL, 1542/6.12.1975
112 Keel, Daniel (Hg.): Das Georges Simenon Lesebuch. Zürich 1982
113 Kerbouch, Jean-Claude: L'Évidence du Français moyen. In: NL, 2528/15.4.1976
114 Kieffer, Rob: Leiche vor der Kirche. In: Die Zeit, 43/19.10.1984
115 Krechel, Hans-Ludwig: Strukturen des Vokabulars in den Maigret-Romanen Simenons. Frankfurt/Bern 1982
116 Krolczyk, Ewa: Les Énoncés non-verbaux dans les ouvrages de Simenon. In: Romanica Wratislaviensia, XI/1975
117 Lacassin, Francis: Les Mémoires de Simenon. In: NL, 2540/8.7.1976
118 Lacassin, Francis: Maigret ou la clé des cœurs. In: ML, 107, 12/1975
119 Lacassin, Francis, und Gilbert Sigaux (Hg.): Mes apprentissages. Union Générale d'Éditions 1976
120 Lacassin, Francis: Mythologie du roman policier. Paris 1987
121 Lacassin, Francis, und Gilbert Sigaux (Hg.): Simenon. Paris 1973
122 Lacassin, Francis: Tenir ses personnages à bout de bras, c'est épuisant. In: ML, 107, 12/1975 (s. 169)
123 Lacroix, Jean-François: L'Érotisme et le sentiment du mal dans l'œuvre de Georges Simenon. Lüttich 1972/73
124 Lanzmann, Jacques: Interview. In: Lui, 6/1967
125 Lefebvre, Monique: Simenon a cassé sa pipe. In: Telerama, 2070/13.9.1989
126 Legros, Alice: De Dostoievski à Simenon: le thème moderne du criminel intellectuel. Lüttich 1973/74
127 Lemaître, Marie, und Jacques Chevallier: Simenon – Biographie, bibliographie et filmographie. Paris 1985
128 Lemoine, Michel: Index des personnages de Georges Simenon. Brüssel 1985
129 Lifchitz, Philippe: Simenon parle de Simenon. In: L'Express Rhône-Alpes, 11/1970
130 Lobet, Marcel: Gide et Simenon. In: La Revue Générale, CXIII, Brüssel 9/1977
131 Maheo, Michel: Georges Simenon, l'auteur d'étranges atmosphères. In: Cinema, 424/23.3.1988
132 Marquart, Alfred: Über Kommissar Maigret. Stuttgart 1984
133 Mauriac, Claude: Georges Simenon et le secret des hommes. In: La Littérature contemporaine, 1958
134 Mauriac, François: *Les Anneaux de Bicêtre*. In: FL, 5/1963 (s. 121 und 169)
135 Menguy, Claude: Bibliographie des éditions originales de Georges Simenon. In: Le Livre et l'Estampe, 49–50/1967
136 Menguy, Claude: Le Pari de Georges Sim. In: ML, 107, 12/1975
Milhaud, Sylvie: s. Gouslan, Élisabeth
137 Miller, Henry: Simenon. In: Candide, 4, 5/1961 (s. 121 und 169)

138 Miserez, Nestor (Hg.): Les Cahiers du Nord 2/3. Charleroi 1939
139 Moré, Marcel: Simenon et l'enfant de chœur. In: Dieu vivant, 19/1951 (s. 121)
140 Moret, Julien: L'Homme qui aimait les femmes. In: Le Nouveau détective, 365/14.9.1989
141 Mortimer, John: Georges Simenon. In: The Sunday Times, 16.5.1982
142 Narcejac, Thomas: Le Cas Simenon. Paris 1950
Narcejac, Thomas: s.a. Boileau, Pierre-Louis
143 Norci, Letizia: Les Introuvables de Simenon. In: Micromegas, VII, 17–18/1980
144 Oudin, G.: Médecins et malades dans l'œuvre de Simenon. Amiens 1975
145 Parinaud, André: Connaissance de Georges Simenon. Paris 1957
146 Parsons, Luke: Simenon and Chandler. In: The Contemporary Review, 167/1960 (s. 169)
Philippe, Bénédicte: s. Gouslan, Élisabeth
147 Piron, Maurice: L'Univers de Simenon. Paris 1983
148 Pividal, Rafaël: L'Illustre Maigret et l'ethnologue errant. In: NL, 2671/25.1.1979
149 Poggi, Jean: Le Chagrin de Maigret. In: Télé 7 jours, 9/1989
150 Porter, Dennis: The Pursuit of Crime. New Haven/London 1981
151 Poulet, Robert: Georges Simenon. In: La Lanterne magique, 1955
152 Poulet, Robert: Simenon. In: Les Écrits, 413, 5/1981
153 Price-Jones, David: The Fabulist's Story. In: The Times, 4174/1.4.1983
154 Querleu, Pierre: L'Omniprésence de la femme dans la vie de Simenon. Brüssel 1986
155 Raymond, John: Simenon in Court – A Study. London 1968
156 Reichwein, A.: Maigret – Perspektiven im Detektivroman. Duisburg 1984
157 Rentchnik, Dr.: Les Confidences de Simenon (Le génie de la création subconsciente). In: Médecine et Hygiène, 5.6.1968; als Buch: Simenon sur le grill. Paris 1969
158 Richter, Anne: Georges Simenon et l'homme désintégré. Paris 1966
159 Rivière, François: Simenon ou le malentendu. In: Europe, 589, 5/1978
160 Rops, Daniel: Les romans policiers de M. Georges Simenon. In: La Nouvelle revue des jeunes, 7/1932
161 Ross, Werner: Plauderei auf der Couch – Simenon über sich selbst. In: FAZ, 280/12.1984
162 Rossi, Pascal: Interview. Radio de la Suisse Romande 1989
163 Roy, Claude: L'Homme en question. Paris 1960 (S. 282f)
164 Ruble, Michèle Florence: *Mémoires intimes* by Simenon. In: Abstracts International, XLVI, Ann Arbor 1985/86
165 Rutten, Mathieu: Simenon, ses origines, sa vie, son œuvre. Brüssel 1986
166 Sadoul, Robert: Simenon se présente. In: Le Bulletin mensuel de la Guilde du Livre, 7–9/1957
167 Schloz, Günther: Monsieur Sim besucht Maigret. In: Deutsche Zeitung, 32/3.8.1979
168 Schloz, Günther: Simenon über Simenon. In: Deutsche Zeitung, 31/22.7.1977
169 Schmölders, Claudia, und Christian Strich (Hg.): Über Simenon. Zürich 1978
170 Schulz-Buschhaus, Ulrich: Formen und Ideologien des Kriminalromans. Frankfurt 1975
171 Servais, Jean: Le Fonds Simenon à l'Université de Liège. In: La Vie wallonne, LI/1977
172 Sigaux, Gilbert: Editorische Notizen. In: Georges Simenon – Œuvres complètes. Lausanne 1967f

173 Sigaux, Gilbert: Préface. In: *Le Coup de lune*. Paris 1955
174 Sigaux, Gilbert: Son dernier personnage, lui-même. In: ML, 107, 12/1975
Sigaux, Gilbert: s. a. Lacassin, Francis
175 Simenon, Denyse: Un Oiseau pour le chat. Paris 1978
176 Sorin, Raphaël: Dernier Polaroid. In: L'Événement du jeudi, 14/20.9.1989
177 Stéphane, Roger: Le Dossier Simenon. Paris 1961
Strich, Christian: s. Schmölders, Claudia
178 Swings, Chr.: Étapes d'une vie et d'une carrière. In: Dossiers du Cacef, 92, 12/1981 (S. 3f)
179 Symons, Julian: Am Anfang war der Mord. München 1972 (s. 169)
180 Symons, Julian: Critical Observations. London/Boston 1981
181 Tauxe, Henri-Charles: De l'humain au vide. Paris 1983
182 Tauxe, Henri-Charles: Ses Cendres sous le cèdre. In: L'Événement du jeudi, 14/20.9.1989
183 Thoorens, Léon: Qui êtes-vous, Georges Simenon? Brüssel 1959
184 Tillinac, Denis: Le Mystère Simenon. Paris 1980
185 Tourteau, Jean-Jacques: D'Arsène Lupin à San Antonio (1900 à 1970). Tours 1970
186 Tschimmel, Ira: Kriminalroman und Gesellschaftsdarstellung. Bonn 1979
187 Vandromme, Pol: Georges Simenon. Brüssel 1962
188 Vargas, Alain: Simenon et le cinéma, le cinéma et Simenon. In: Revue du cinéma, 335, 1/1979
189 Veldman, Hendrik: Die Verlockung des Unerreichbaren. In: Rodopi (Amsterdam), XXII/1981
190 Villeneuve, Charles: Simenon – La Dernière énigme. In: Paris-Match, 21.9.1989
191 Vogt, Jochen (Hg.): Der Kriminalroman. München 1971
192 Weisz, Pierre: Simenon and «le commissaire». New York 1985
193 Wiegand, Wilfried: Elegie auf Marie-Jo – Simenons *Mémoires intimes*. In: FAZ, 275/27.11.1981
194 Wiegand, Wilfried: Simenon der Große. In FAZ-Magazin, 137/15.10.1982
195 Wolf, Jürgen: Technik der Schilderung und des Romanaufbaus bei Georges Simenon. In: Die neueren Sprachen, 41/1969
196 Wolfromm, Jean-Didier: Un Romancier sans imagination. In: ML, 107, 12/1975
197 Zmegac, V. (Hg.): Der wohltemperierte Mord. Frankfurt 1971
198 Zuilen, A. J. van: Georges Simenon speurder naar de mens. Utrecht 1987

Namenregister

Die kursiv gesetzten Zahlen bezeichnen die Abbildungen

Über die Autorin

Nicole Geeraert, geboren 1955 in Nantes (Frankreich). Studium in Le Mans und Münster: Neuere französische Literatur. Anglistik und Musikwissenschaft. Lehrtätigkeit bis 1980, Übersetzungen und journalistische Arbeiten für verschiedene Buch-, Zeitschriften- und Schallplattenverlage. Im Schwerpunkt französische Literatur, freie Autorin für die Deutsche Oper am Rhein (Düsseldorf) sowie für verschiedene Rundfunkanstalten.

Quellennachweis der Abbildungen

François Gonet, Lausanne: 6, 100, 102
Sipa Press, Paris (Foto: Quinn): 9
Stiftung Deutsche Kinemathek, Berlin: 11, 63, 67
Sammlung J. V. Noël, Lüttich: 12
Paul Rutten, Wezembeek-Oppem: 25
Paul Buisson: 42
Aus: Fenton Bresler: Georges Simenon. Hamburg 1983: 47, 54, 65, 76, 80, 91
Look Magazine, New York: 87
EPOCA (Foto: Sergio del Grande): 96
André-Jean Lafaurie, Courbevoie: 106
Ullstein Bilderdienst, Berlin: 107, 111
Bilderdienst Süddeutscher Verlag, München: 108, 110

Alle übrigen Vorlagen stellten die Collections du Fonds Simenon, Universität Lüttich, zur Verfügung.

rowohlts bildmonographien

Thema Literatur

Bernhard Jendricke
Alfred Andersch (395)

Erling Nielsen
Hans Christian Andersen (5)

Helene M. Kastinger Riley
Achim von Arnim (277)

Helmut Hirsch
Bettine von Arnim (369)

Gaëtan Picon
Honoré de Balzac (30)

Pascal Pia
Charles Baudelaire (7)

Christiane Zehl Romero
Simone de Beauvoir (260)

Klaus Birkenhauer
Samuel Beckett (176)

Bernd Witte
Walter Benjamin (341)

Walter Lennig
Gottfried Benn (71)

Klaus Schröter
Heinrich Böll (310)

Peter Rühmkorf
Wolfgang Borchert (58)

Marianne Kesting
Bertolt Brecht (37)

Ernst Johann
Georg Büchner (18)

Joseph Kraus
Wilhelm Busch (163)

Hartmut Müller
Lord Byron (297)

Morvan Lebesque
Albert Camus (50)

J. Rives Childs
Giacomo Casanova de Seingalt (48)

Elsbeth Wolffheim
Anton Cechov (307)

Anton Dieterich
Miguel de Cervantes (324)

Peter Berglar
Matthias Claudius (192)

Peter Nicolaisen
Joseph Conrad (384)

Kurt Leonhard
Dante Alighieri (167)

Johann Schmidt
Charles Dickens (262)

Klaus Schröter
Alfred Döblin (266)

Janko Lavrin
Fjodor M. Dostojevskij (88)

Peter Berglar
Annette von Droste-Hülshoff (130)

Heinrich Goertz
Friedrich Dürrenmatt (380)

Paul Stöcklein
Joseph von Eichendorff (84)

Johannes Kleinstück
T.S. Eliot (119)

Jürgen Manthey
Hans Fallada (78)

Peter Nicolaisen
William Faulkner (300)

Reinhold Jaretzky
Lion Feuchtwanger (334)

bildmono ro ro ro graphien

C 2058/7

rowohlts bildmonographien

Thema Literatur

Yves Bonnefoy
Arthur Rimbaud (65)

Herbert Günther
Joachim Ringelnatz (96)

Helmuth Nürnberger
Joseph Roth (301)

Paul Mayer
Ernst Rowohlt (139)

Walter Lennig
Marquis de Sade (108)

Luc Estang
Antoine de Saint-Exupréry (4)

Renate Wiggershaus
George Sand (309)

Marion Giebel
Sappho (291)

Walter Biemel
Jean-Paul Sartre (87)

Friedrich Burschell
Friedrich Schiller (14)

Ernst Behler
Friedrich Schlegel (123)

Hartmut Scheible
Arthur Schnitzler (235)

Jean Paris
William Shakespeare (2)

Hermann Stresau
George Bernhard Shaw (59)

Manfred Linke
Carl Sternheim (278)

Urban Roedl
Adalbert Stifter (86)

Hartmut Vincon
Theodor Storm (186)

Justus Franz Wittkop
Jonathan Swift (242)

Fritz Heinle
Ludwig Thoma (80)

Wolfgang Rothe
Ernst Toller (312)

Janko Lavrin
Leo Tolstoj (57)

Otto Basil
Georg Trakl (106)

Tschechow
(siehe Cechov)

Klaus-Peter Schulz
Kurt Tucholsky (31)

Thomas Ayck
Mark Twain (211)

Volker Dehs
Jules Verne (358)

Hans-Uwe Rump
Walther von der Vogelweide (209)

Günter Seehaus
Frank Wedekind (213)

Jochen Vogt
Peter Weiss (367) Juni '87

Peter Funke
Oscar Wilde (148)

Werner Waldmann
Virginia Woolf (323)

Marc Bernard
Émile Zola (24)

Thomas Ayck
Carl Zuckmayer (256)

C 2058/7 c